中国多民族文学丛书 / 第四辑

跪拜我的大漠长林

曼娘/著

作家出版社

曼娘 蒙古族，呼伦贝尔鄂伦春旗人。出版个人文集3部，有作品被译成蒙古文、哈萨克文，并收入十余部选本及中学生语文阅读试卷。曾获第六届冰心散文奖、首届大庆岁月文学奖。鲁迅文学院第11期少数民族文学创作培训班学员。现居大庆。

作者近照

编 委 会

主　任：吉狄马加

副主任：邱华栋　邢　春　王　璇

编　委：王　冰　赵兴红　谭　杰

　　　　赵　飞　程远图　王锦方

目　录

行　走

3

跪拜我的大漠长林

托扎敏的故事

托扎敏，鄂伦春语，意指托河路的鄂伦春人。是内蒙古呼伦贝尔盟一个僻远的小镇。

那里，生长着茂密的白桦林；

那里，流淌着清爽的吉文河；

那里，有勇敢的蒙古族和鄂伦春族祖辈一匹马一杆枪一条犬地穿行在密林深处；

那里，是我永远的故乡。而我，是托扎敏永远的孩子。

葬在托扎敏的酒杯

我奶把簸箕往粗壮的树干上一撮，而后仰起粉白的脖颈，冲头上茂密的树杈大喊"跳下来！我接着你呢"。我爷瘦小的身子被层层叠叠的树叶遮盖着，但怯怯的声音遮盖不住，"你接得住吗？叫阿爸来吧！"

"你不怕阿爸打你？"我奶脆生生的问话吓住了我爷。

其实，那树并不高。四十年后，我爬上爬下轻松自如，犹如平地。我爷生性胆小，况且那时年龄还太小。那年，我奶七岁，我爷五岁。

我奶五岁时进了我爷的家门，做了我爷的童养媳。直至八十四岁病故，她一直陪伴在胆小的我爷身边，从未离开过。

我爷从树上跳下时，我奶是真真地把他接住了。从此，我爷更加信赖我奶。七岁的我奶个子比同龄孩子要高挑，眼睛大而亮，皮肤白而细，头发长而黑，已经显露出美女的神韵来。尽管我爷做了很大的努力，但他的个子、眼睛、皮肤和头发都没有长过我奶。于是，我奶成了我爷一生的骄傲。

我奶做我爷的童养媳不是因为家贫。我奶是大染坊里的千金小姐，有着良好的教养。我太爷之所以早早地把我奶迎娶过来，就是为了让我奶天生的文雅举止影响我爷。那时，我爷家是当地有名的富户，护家的院墙就有一米宽。我奶刚走进我爷的家门时，我太爷就指着水灵灵的五岁的我奶对三岁的我爷说："你永远都要听姐姐的话，记住了吗？"我爷重重地点着头。

十年后，在一个阳光如绵灿烂如花的日子里，我爷和我奶圆了房。那年我奶十五岁。十五岁的我奶面孔明亮，双眼晶莹，体态婀娜，成为托扎敏最美的新娘。从此，她把人生最美好最鲜亮的光阴给了我爷。俊俏胆大的我奶守着瘦弱胆小的我爷，一守就是八十年。

我奶喜酒。年轻时每顿一斤酒是不在话下的。八十岁以后每顿还能喝半斤酒。我爷也喝，似乎酒量与我奶不相上下。但我从来没见到我奶喝醉过，我爷倒是醉过两次，他像孩子般扑到我奶怀里哭泣，口齿不清地喊着"姐，姐"。我奶如母亲般轻轻地抚摸我爷的白发，拍打他的后背，没一会儿，我爷就在我奶的怀中睡去。我奶笑吟吟地说："男人的眼泪如珍珠般宝贵，它只有在亲爱的女人面前才会滚落。"

我奶喜饮"饺子酒"，我爷便包饺子，七个饺子一斤酒正好是我爷我奶一顿的口粮。我奶病故后，我爷每次去看我奶，总会带去七个饺子一斤酒，他坐在我奶坟前，一边自说自话，一边与我奶共饮"饺子酒"。我爷吃完三个饺子后，就会说"姐，我的吃完了，剩下的全是你的了"。

家住翠岗的四叔要把我爷从生活了八十多年的托扎敏接走，临行前一天，我爷去看我奶，他吃完属于自己的三个饺子后，老泪纵横，我爷说"姐，你当年是这里最美的姑娘，你一辈子都没离开过托扎敏，我却要离开这里离开你了，我以后怕不能来看你了，下辈子，我还陪你喝饺子酒"。

离开托扎敏后，我爷再没吃过一口饺子，更没喝过一口酒。他把酒杯永远地葬在了托扎敏，我奶的坟前。

狗肉香飘过马背

我妈的血管里流淌着高贵的满汉血液，她响应"上山下乡"的号召走进托扎敏的时候，根本没有想到会在那个蒙古人和鄂伦春人杂居的村庄里成家育子。这当然不能怪我妈。尽管她是托扎敏知识青年中最优秀的才女，但她还没有占卜未来的能力。那时，我妈因为才学出众容貌姣好，被镇里唯一的学校聘为老师，这就意味着，我妈再也不用每天爬山钻林去清理森林了。那时候，森林里经常有野兽出没，这些没有山林经验的城里人总会受到野兽的袭击，同来的知识青年看着我妈喜滋滋地拿起粉笔，简直羡慕得要死。

我妈开始上课了。一间教室三个年级八个学生。我妈没教过学，更没见过这种混合班级，但托扎敏就这样，人口不多孩子不少读书人却奇少。我妈先上历史课，讲郑成功收复台湾。我妈说："孩子们，你们知道郑成功吗？他是个很了不起的英雄……"话没说完，那面一个孩子举着手就站了起来，说"老师，我不知道郑成功，但我知道郑成功的阿妈是谁"。

我妈便愣了，我妈只知道郑成功却不知道郑成功的阿妈。我妈问："你叫什么？你怎么知道郑成功的妈妈？"

"我叫巴图。郑成功的阿妈叫反失败。我阿妈说失败是成功之母。"

我妈忍不住大笑起来。可是班上八个学生都没有笑，他们只是愣愣地不解地看着我妈。巴图无辜地问："老师，我错了吗？那你告诉我郑成功的阿妈是谁？"

我妈止了笑，顿了顿说"巴图，你没错"。

若干年后，我妈每次讲起这个故事时都会说"聪明是属于汉人的"。

顺锦家是托扎敏唯一的朝鲜族家庭。顺锦像很多朝鲜族女孩一样，是一个安静温柔长相俊美的姑娘，但同学们并不喜欢她，因为她总是带着狗肉味来学校。狗是马背民族最忠诚的朋友，狗离世时是要厚葬的，可是，顺锦一家却喜爱吃狗肉。我妈来学校的第三天，顺锦就请我妈去她家吃狗肉，我妈想都没想就去了。其实，我妈并不喜欢吃狗肉，这当然不是因为她的血管里还流淌着满族血液的原因，而是因为我妈天生就不喜欢吃各种动物肉。我妈说动物同人一样，是有灵魂有疼痛的物种。但那天我妈还是去了顺锦家，而且吃了一大碗狗肉。第二天，同学们看我妈的眼神就很不友好了。我妈却依然是笑嘻嘻的模样。

当全班除了顺锦以外的七名同学全部用凶巴巴的眼神射向我妈的时候，我妈才意识到问题的严重性。那天，我妈上思想品德课，讲"民族大团结"，我妈便大讲特讲中华民族的平等和团结，讲各民族的信仰和喜好。最后，我妈对全班同学说她吃的不仅仅是一碗狗肉，而是对朝鲜民族的尊重，更是马背民族和朝鲜民族风雨同舟并肩奋进的具体表现。我妈的一番言论说愣了全班同学，也说动了托扎敏的角角落落。

从此以后，当幽香的狗肉味从顺锦家飘出，浮荡在托扎敏的上空时，没有人再露出鄙视的目光了，那淡定如水的表情就好像根本就没有狗肉味的存在。我妈说，马背民族是宽容的民族，他们的心胸会容下整个世界。

我妈说得没错。

猎手里格布的愿望

那年我七岁，里格布八岁。我们是同桌。

每天早晨七点，托扎敏的广播就会准时飘唱起"鄂伦春小调"——高高的兴安岭一片大森林，森林里住着勇敢的鄂伦春，一呀一匹猎马一呀一杆枪，獐狍野鹿漫山遍野打呀打不尽。伴着轻快的歌声，我们走出家门。大人们去上班，孩子们去上学，猎人们去打猎，牧人们去放牧。

里格布的学习简直糟透了，而且糟得很不可思议。他数不明白十以内的数，却知道他牧的上百只羊丢没丢；他说话前言不搭后语，却能把牧歌唱得广阔醉人；他照着课本写不明白汉字，却能用白桦树皮做出各式各样的生活用品。我惊讶地看着他一面展示他的出众一面被老师责骂。

老师说："里格布，你告诉我，你的名字怎么写？"里格布低着头不动也不说话。老师再叫，里格布还是不动不说话。老师便生气了，走到他面前扯起他的衣领。里格布抬起无辜的双眼，说"老师，你叫的不是我，我不叫里格布，我改叫萨仁了"。在同学们的哄笑声中，老师愈加生气，说"那你就把萨仁两个字写给我"。里格布鬼精灵地说"老师，我的羊在叫我，让我送它们回家"。说着，里格布跑出了教室。

我们的教室外面就是一大片草场，绿茵茵的没过成年人的膝盖。里格布的羊每天在这片草场上吃草、晒太阳。里格布像他的鄂伦春先人们一样一直在山上住，直到一个月前才跟随父母走下山来。里格布告诉我，他一点儿也不喜欢山下，不喜欢读汉字书，也不喜欢住政府给他们建的房子。

"真搞不懂这些汉人，怎么会喜欢屋顶挡住了星星的房子？"里格布满脸疑惑。

"那你们怎么办？还要回山上吗？"我问。

"谁知道呢？阿妈在院子里搭了'撮罗子'，我们住那里，马和羊住进了没有星星的房子里。"

里格布像所有的鄂伦春人一样善良手巧，勇敢矫健，喜欢打猎。我第一天背着刚满月的小弟上学，里格布第二天便用他的巧手做了一个桦皮摇篮，小弟就可以不在我的怀里而是在摇篮里睡觉了。作为回报，我从父亲的子弹箱里拿了十颗子弹送给他，里格布高兴地说"相信我，我一定会成为一名阿雅莫里根①"。

我告诉里格布我要跟随父母搬离托扎敏的时候，里格布已经能够自己去近郊的南山打猎了。十二岁的里格布狠命地咬着下嘴唇，说"我以为你会等到我成为一名真正的阿雅莫里根，我想把你迎进我的'撮罗子'里"。里格布的语气溢满可惜。

三十年过去了，如今的托扎敏早已没有了"飞龙满天飞，狍子满山跑"的壮丽，那个千百年来在森林里以猎为生的勇敢的民族也已经基本完成了从山上到山下的迁徙。只是不知道，那个想要成为阿雅莫里根的鄂伦春少年是不是还能够一匹马一杆枪一条犬地奔跑在兴安岭的密林深处；也不知道是谁家的姑娘会带着母亲给予的火种走进他那顶能看到星星的"撮罗子"里……

---

① 阿雅莫里根，鄂伦春语，好猎手。

丢失在托扎敏的烙饼

朝南的窗户为燕子打开的时候，托扎敏的达达香花还没有开，清澈冰爽的吉文河水向远方流淌着，带走丢失的岁月和我爷的烙饼。

喔，喔，我奶一边用长长的烟袋杆敲打着炕沿，一边对我爷说"今晚吃烙饼"。我爷便欢喜起来。我爷喜欢吃烙饼，这也许与那个物质匮乏的年代有关，沾满豆油的烙饼毕竟是极为奢侈的美味。

我奶盘坐在炕头上，双脚脚底板骄傲地向天空张望着，她往铜质的烟袋锅里装烟丝，不紧不慢，不急不缓，我爷坐在我奶身边静静地看着她装烟丝，装满、压实、再装满、再压实，直到压不动时，我爷便会擦亮火柴点燃那锅烟丝。我奶深吸一口气，陶醉地眯起眼睛来，我爷见了，也会眯起眼睛，陶醉在我奶的烟香中。我爷一生不吸烟。

在我奶陶醉的烟香中，我爷按照我奶的吩咐完成了淘面、加水、和面的所有程序。面板摆好的时候，我奶将最后一口烟雾吐出，而后借助炕沿的力量清理干净烟袋锅里的烟渣。

我奶揪烙饼剂子，揪完，用菜刀把饼剂子拍大拍圆，我奶不用擀面杖。拍到盘子底大小时，我爷便会把饼从面板上拾起，扔到热热的锅里去烙。其实，烙饼的主要工作是由我爷完成的，但我爷一直不承认，他说饼是我奶烙的，因此，我奶去世后，我爷再不吃烙饼，他说没了我奶的味道。

饼在热锅里翻腾几个个儿后，就被我爷从锅里铲出，接着，我爷往锅里倒豆油。油熟了，他用刷锅刷子去蘸油，再逐一抹到烙饼上，而后把烙饼在锅边走一圈。我爷喜欢吃的美味烙饼就做好了。

我爷在做这些事情的时候，我奶依然盘坐在炕上，斜着身子，透过炕头与灶台相隔的窗玻璃看我爷完成所有的程序。我奶满脸笑容，我爷满眼庄重，似乎烙饼是一件很严肃很不能马虎的事情。

我奶走进我爷家门的时候，刚满五岁。五岁，一个应该在妈妈怀里撒娇的年龄，却因为"童养媳"这个身份，我奶不得不提前长大。我奶打小儿就长得水灵干净，身材高挑，眼睛明亮，体态婀娜，是托扎敏少有的美人。她生性泼辣，言语犀利，洞察力强，是非分明，是托扎敏有名的刺牡丹。而我爷不，我爷总是如月一样安详，如光一样平静，如鼠一样胆小。于是，我奶成了我爷一生的骄傲和依赖。

我奶说"我真想吃额吉（妈妈）的烙饼哟"。只这一句话，我爷便记下了。从此，我爷就吵着要吃烙饼，我太奶便生气，说烙饼费油不能吃。我爷便哭闹不停。心疼我爷的我太奶便只能应了我爷。

在托扎敏，我爷是少有的勤劳男人。除了种地以外，他还给一家工厂打工。我爷努力耕耘，以养活我奶鲜花一样的笑容。我爷日出而作，日落而归，家门口总会站着我奶和一排他们的骨肉。我爷便笑，夕阳映亮我爷酡红的面孔，一如满山红彤彤的达达香花。

我奶去世时我爷八十二岁。我爷郑重地向全家人宣布以后不再吃烙饼。他说烙饼太硬，咬不动。

托扎敏没有红柿子

母亲决定搬离托扎敏的原因似乎源于红柿子。

母亲的血管里流淌着高贵的满汉血液，她响应"上山下乡"的号召走进托扎敏的时候，以为这不过是"到广阔的天地里大有作为"的一堂劳动实践课。仅二八年华的母亲根本没有料到她会在那个被森林包裹着的蒙古人和鄂伦春人杂居的小镇里定居下来，也没有料到她会为一个身材短壮的蒙古男人育养子女，更没有料到她的回乡路会因为成家育子而变得愈加遥遥无期。母亲似乎从来就没有喜欢过托扎敏，她认为这座寒冷多于温暖的森林小镇是属于父亲的，是属于父亲的子女的，是属于所有在森林中奔跑的蒙鄂民族的，但不属于母亲。母亲的血管里流淌着高贵的满汉血液，托扎敏，只能是父亲和他的子女们的故乡，它永远是母亲的他乡。

托扎敏的春天短暂得让人无法察觉。当母亲把种子埋进土地的时候，土地还带着冰霜的气息，午后灿烂的阳光总会让冰冷的土地升腾起一缕缕温暖的气流。母亲一边点着菜籽一边叹息着说"不要再冷了，再冷就长不出青菜了"。我和我的伙伴们是不管冷不冷的，我们只是高兴可以褪去笨重的乌拉鞋和厚重的棉大袍，可以痛痛快快地上房爬树了。

当树叶抽出嫩芽，当朝南的窗户为燕子打开的时候，就是托扎敏的夏天了。母亲不再为寒冷叹息，脸上开始有了笑容。我喜欢夏季的母亲，忙碌的她不停地奔波在土地、单位和家之间，她一路小跑着上下班，进了家门担起水桶就跑去土地，为长在那里的青菜施肥、浇水，直到深蓝色的夜空挂满星星，母亲才会离开土地。看着小小的菜籽发芽、爬藤、开花，母亲的笑意越发浓了，她甚至不会因为我们的淘气而怪罪责骂我们。

　　一个清爽的黄昏，土地上的青菜已经结出果实，母亲看着土地，我看着母亲，血红骄阳下的母亲看上去柔和而俊美，我呆呆地盯着母亲问："为什么那么小的菜籽会长出果实来？"母亲笑中含嗔地说："傻丫头的脑子里总是胡思乱想。"母亲没有告诉我种子是希望，是希望就会在汗水辛劳中破土发芽，开花结果。

　　果实还青着的时候，秋天就来了。排着队的鸿雁飞越渐枯的草原和渐黄的森林开始向南迁徙，晚开的山花还没有来得及舒展开妩媚的身姿就开始凋零了。森林倒是热闹起来，挂霜的都柿果弥漫着幽雅的清香，娇嫩的山丁子醉红了团团的笑脸，黝黑的稠李子酸甜着孩子们的肠胃。我们每天忙着采山吃果，最兴奋的是骑在树杈上美餐，一把把的野果子塞进口，来不及细嚼就吞咽下肚，根本没机会去理会空空的篮子。吃够了，才会打着响嗝儿，采果，回家。母亲的脸又开始阴郁起来。她也忙碌着，把土豆、胡萝卜从地里刨出，再移到室内的地窖里存起来，那是一家人冬天的口粮；把长短粗细如手指头的茄子摘下，给父亲蘸酱吃；把又涩又青的柿子摘下，用棉被包裹起来，捂得内红外青的时候炒菜吃……那个时候，我不知道茄子可以长到一尺多长，更不知道柿子的味道还可以酸酸甜甜，而且可以在柿秧上长成红色，以至于若干年后，当我搬离托扎敏，在平原第一次看到秧上的红柿子时，很惊讶很不解——柿子怎么可以在秧上长成红色？

　　托扎敏的冬天漫长而寒冷，一米多深的雪常会把小个子的我淹没。每到下雪时，母亲就会站在院子里喊隔壁的孩子"她小林哥，一会儿带曼去上学"。隔壁的小林哥总会爽快地应着"好嘞！"上学时，高我两头的小林哥带着铁锹，一边走一边铲雪，我跟在小林哥的身后，百无聊赖地看着身体两侧高过我的雪墙。尽管冬天的母亲没有了笑脸，尽管严厉的家规让我生畏，我依然喜欢在冬天逃课。我爬上学校的青石墙，在墙头使劲一跃，就跳到墙外的雪地里了。从雪里爬出来是件很艰难的事情，我必须要在雪地里挪移许久，才会气喘吁吁地站起身来。

那年冬天，因为逃课改变了我一生的命运。

那年冬天的雪格外大，一列经由托扎敏开往俄罗斯的火车滞留在了托扎敏。上面装着一车皮的青菜。青菜是不能放久的，于是，就在托扎敏卸车了。柿子，一枚红红的柿子滚落到我的脚下。没做任何犹豫，我就捡起它，连手一起放进了兜，跑回家。我急于请教母亲这个红色的圆形东西到底是什么？母亲是知识青年下乡来到托扎敏的，她是托扎敏少有的才女，我相信她一定知道答案。当我展开手掌，把柿子亮在母亲眼前的时候，母亲的眼角滚出一串泪。我慌乱得不知所措，我以为母亲是因为我"偷"拿了别人的东西而羞愧落泪的，但不是，因为母亲少有地把我搂在怀里，并且轻柔地拍打着我的后背。

父亲下班回来后，母亲坚定地对父亲说"我们必须搬离这里"。父亲不解地说"生活得好好的，为什么要搬走"。母亲突然咆哮起来"怎么能是好好的？孩子连柿子都不认识"。于是我才知道，我捡到的那个红红的圆形的东西叫柿子。我扑到炕角，打开那床包裹着我家土地上长出来的柿子的棉被，看着这些大大小小的青柿子，疑惑着，那个红色的圆形东西怎么也叫柿子？

就这样随父母搬离了托扎敏，搬离了那片生我的土地，搬离了父亲和他的子女们的故乡，从此，再没回去。

我那寒冷的故乡的土地上，没有一尺长的大茄子，也没有长在秧上的红柿子。

布苏里茂密的森林

虽然我一直向往着神话般的布苏里森林，但我不敢一个人走进去。因为在托扎敏，女孩子是不允许上山进林的。我只在森林边高唱着"高高的兴安岭一片大森林，森林里住着勇敢的鄂伦春，一呀一匹猎马一呀一杆枪，獐狍野鹿漫山遍野打呀打不尽"，目送着托扎敏的男性公民背着枪，在马的嘶叫声中奔向森林深处，后面跟着如风般奔跑的狗。

我对一直想做一名好猎手的莫里根说："咱们去布苏里打猎好不好？"莫里根坚定地拒绝了我"不行，额吉（妈妈）说女孩子是不能去打猎的"。我对莫里根的回答很难过。为了安慰我，莫里根用白桦树皮为我做了一把小小的不能发出声音的马头琴，他还用一根红绳系住马耳朵，挂在我的脖子上。

莫里根是我指腹为婚的讷呼日（丈夫），他很优秀，继承了鄂伦春人所有的优点。他有着男人般的勇敢坚强，也有着女人般的心灵手巧。他总是用白桦树皮为我做各种各样的小东西，比如，带画的手镯、镂空的项链、带花的鞋子、带字的挂饰……虽然他的个子矮小但身板健壮，眼睛不大但目光如炬，脸盘扁平但皮肤黝黑，我们的汉族老师说莫里根是她见过的最帅的鄂伦春少年。我沾沾自喜地望着莫里根，他居然羞红了脸。从此，我与别的户黑（姑娘）说话时，总会用"我的最帅最棒的莫里根哟"开头，户黑们当然不敢对我的话提出异议，因为我们最有学问的汉族老师都说我的莫里根是最帅的小伙子。

我没想到莫里根会如此坚决地拒绝带我去布苏里，我知道他没去过。我真搞不懂，为什么美丽神秘的茂密森林诱惑不了这个想当好猎手的莫里根。

布苏里不断地在我的梦中出现。我总是梦见自己一袭白衣，垂发赤足地行走在布苏里森林中。枯木斜躺在流水里，各种动物飞来跑去，花草沁香了我的腿脚，动物围绕在我的身旁，似有似无的阳光照耀在我的身上，经年的落叶厚厚地铺满整个森林，走在上面潮湿而温软……这个美丽的梦境诱惑着我的灵魂。

我决定自己去那里。

背着亲人和莫里根，我开始着手出发的准备。我知道布苏里在托扎敏的东南方，翻过青翠的南山，蹚过清澈的吉文河，再走不到半天的路程就到了。我为自己备足了食物和水，但我没有属于自己的马，我只能把背袋背在自己的肩膀上徒步行走。

出发那天，阳光明媚，空气清爽，我激动地向南山走去，向我梦中的布苏里森林前行。这是我生命中的第一次逃离，兴奋和忐忑冲击着我小小的心房，但我没有恐惧，一丝一毫都没有。我甚至不知道南山是托扎敏一带林子最密、野兽最多的山。没有马，没有狗，没有枪，我依然唱着歌欢快地行走着。

天越来越黑了，我还是没有翻过南山。是的，我迷山了。我开始听到各种野兽的吼声。我无助地呼唤着莫里根的名字，哭了起来。我的最帅最棒最勇敢的莫里根呀，快来救救我吧！

"曼——曼——"我听到莫里根焦急的呼唤。是的，是我的莫里根。一定是他发现我丢了，他发现我没来上学又没在家，他知道我向往着神秘的布苏里，他知道我会在经过林子最密、野兽最多的南山时迷路。只有他最懂我。我激动地站起来，大声喊叫着："莫里根——我在这儿——"

我想在莫里根的臂弯里哭泣，但莫里根只是摸摸我的头发就拉着我的手快步去找他的马。他的马无法在太密的林子中行走，被他留在不远处的密林外。莫里根告诉我，我们的气味和叫声会引来太多的野兽，而他因为走得急没有带太多的子弹。野兽在我们周围发出高低不同的吼叫，我紧张地跟着莫里根找马。

野兽的智慧是不能小视的。莫里根把我扶上马的时候，狼出现了。莫里根快速地从靴子里拔出匕首狠命地扎进马的屁股，马仰天嘶吼，而后放开四蹄飞奔起来。夹杂着枪声的清风在我的耳边吹过，混合着血腥味的树林在我的眼前晃过，可是，泪流满面的我呼喊着"莫里根"的声音只有萨满听得到。

天亮了，我带着男人们重返南山。我们看到了心碎的场面。我的莫里根倒在血泊中，身躯被狼撕咬得残缺不全，他的周围斜躺着四匹狼，其中一匹狼头开裂，莫里根的枪插在里面。男人们说，一定是这匹狼咬住了莫里根的枪，另一匹狼趁机咬断了他的脖子。男人们又说，幸好现在不是冬天，狼不饿，不然，莫里根就会连根头发都找不到了。男人们还说，莫里根是好样的，他不仅一个人杀死了四匹狼，还在生命的最后一刻扣动了扳机……

我泪流满面。

我的讷呼日莫里根屁股上带刀的马把我带回了家，我却把我的讷呼日莫里根永远地留在了去往布苏里茂密森林的南山。

一年后，我跟随父母搬离托扎敏。临行前，我把莫里根那把扎进马屁股的匕首和他用白桦树皮为我做的小小的不能发音的马头琴埋在了南山脚下。

离开托扎敏那年，我十一岁。我指腹为婚的讷呼日莫里根与我同龄。

奶奶的烟袋爷爷的酒

　　蹚着过膝的积雪，走进浩茫的森林，我们送爷爷回家。

　　我爷好福气，半个小时就走完了从世间到出世间的路程。都说跨过这道坎不易，我爷却轻松地跨了过去，一如八年前离世的我奶。

　　我爷是我所见到的最爱流泪、最贪妻恋子的男人，他依赖我奶已经到了无以复加的程度。我奶离世后，我爷把我奶的相片挂满屋子的所有墙壁，每天跟相片中的我奶说话，说着说着我爷就泪流满面了。我奶活着时总说我家的祖坟是埋在河沿儿的，不然我爷和他们的一群骨肉不会个个都眼窝子浅，总把自己搞成个泪人儿。我奶这样说时，我爷便笑，笑得眉毛眼睛弯成月牙儿。我奶不爱哭。许是因为这个，我奶才成为我爷一生的坚强依靠。

　　存在记忆中的我奶一直盘坐在炕上，她的发髻清香平整，脖颈颀长白润，腰板纤细笔直，脚底板骄傲地望向天空。我奶就这样盘坐着吸烟、喝酒、打牌、聊天、吃饭……我奶的烟袋锅是纯金打造的，紫檀木的烟杆有四尺多长，蓝玛瑙的烟嘴圆润光滑。我奶极喜爱她的这杆烟袋，几乎手口不离，我爷坐在我奶身边，看我奶装烟、点火、擦拭，随着我奶的一吸一呼，不吸烟的我爷便微闭着双眼，陶醉在我奶的烟香中了。

　　我奶五岁时嫁给了三岁的我爷，十五岁圆房生子，三十五岁升格为奶奶，成为我家名副其实的"老太太"。因此，我奶的烟袋不单单用来吸烟，还用来教训儿孙晚辈。家中除了我爷以外，无论是谁，如果犯了错，一定要长跪在我奶面前，等我奶不紧不慢地吸完一锅烟后，受审挨训。我爷坐在我奶身边不说一句话，满脸庄严地看着我奶装烟丝、压实、再装烟丝、再压实，我爷划亮火柴，点燃我奶烟锅里的烟丝，我奶微闭着眼睛深吸一口，而后让烟雾从鼻孔和嘴巴里缓缓吐出。一炷香的时间，烟锅里的烟丝燃完了，我奶借助炕沿的力量开始清理烟袋锅，先是磕烟锅里的烟渣，而后从发髻里拔下簪子，用簪尖抠戳烟锅和烟嘴里的烟垢，最后撩起衣襟细细地擦亮烟锅和烟嘴。这个时候，已经跪了一个时辰的儿孙晚辈开始紧张起来，结结巴巴地说着"我错了，我错了"。我奶看都不看犯错的人，慢声细语地问"哪儿错了？说说看"。

我奶说话和风细雨，却威严十足。我一直没搞明白，大家是真的怕我奶，还是怕我奶手中的那杆烟袋。我想象得到，那纯金的硕大烟锅如果刨在头上肩上背上，一定会留下一个永不磨灭的烙印。其实，到我奶离世，我并没看过我奶的烟袋落在哪个儿孙晚辈的身上。

我一直认为，我爷喜酒是因为我奶的缘故。我奶年轻时每顿一斤酒是不在话下的。八十岁以后每顿还能喝半斤酒。我爷也喝，酒量应当与我奶有些距离。我从来没见到我奶喝醉，我爷却醉过，醉了，便扑到我奶怀里哭。我奶如母亲般轻轻地抚摸我爷的白发，拍打他的后背，直到我爷在我奶的怀中安静下来，稳稳地睡着。

我爷对我奶唯一的羡慕是身后的丧葬。我奶离世时，按照森林蒙古人的习惯进行了土葬，坑口面向东方，那是太阳升起的方向，塔形墓穴里装满了同我奶一起生活过的衣帽、蒙古刀、酒壶、茶碗、烟袋……我爷不想火葬，认为那是驱除晦气和肮脏的丧葬方式。九十岁的我爷感知生死后，常念叨着"天葬也好，树葬也好，为什么偏偏是火葬呢"。我知道他不甘心。儿孙晚辈们与我爷商量谋划着，在他身后不火葬，夜深时偷偷与我奶并骨。我爷便欢喜起来，拍着手对墙上的我奶相片说"这样好！这样好！孩子们就是聪明"。可是，腾格里（上天）没有遂了我爷的心愿，他离世时正值深冬，不要说半米厚的积雪，就连我奶的坟墓也如钢铁般坚硬，根本刨不动一丝一毫。

随我爷一同走进炼炉的，是他和我奶经常使用的酒壶和酒杯。其实，我奶离世后，那把酒壶和酒杯就已经不大使用了。看着升腾的袅袅烟雾，我叩首腾格里，祈愿他的慈悲宽厚，保佑我火葬的爷爷能够在天国找到土葬的我奶。愿他们在那里相依相伴，永不分离。

跪拜我的大漠长林

巴图①和乌兰托雅②的故事

我哥巴图望向群山的眼睛是绝望的。

跟所有的北方乡村一样，托扎敏漫长的冬季冻住了所有的东西，改革的春风还没有吹到托扎敏，外面的世界就已经精彩得让人眼花缭乱了。可是托扎敏还依然安静地坐落在群山的怀抱里，山上有茂密的森林，山下有清澈安静的吉文河、丰富的草场和成群的牛羊。金色的夕阳下，散落在吉文河边的羊群和牛群就会被晚霞映红。这座不足百户人家的小镇安逸恬适，日出而牧日落而归的简单生活使托扎敏缺少盛气凌人指手画脚的富人，人们像安静的吉文河一样，过着自给自足的安静生活。可是，我哥巴图要放弃这里简单安静的生活，执意要走出大山，到眼花缭乱的大城市天津去生活。

"哥，天津真的那么好吗？"我问巴图。

"当然好！"巴图加重了语气，"乌兰托雅说天津有很多很大的菜市场，有歌舞厅，有电影院，天黑了外面还会亮起很多五颜六色的灯，就像树上结满了刺玫果（托扎敏生长的一种野果子），你无法想象，这些美丽

---

① 巴图，蒙古语，意为牢固。这个身材健硕，扁脸吊睛的蒙古男人，用锲而不舍的恒心牢固着自己的爱情，但在眼花缭乱的城市里，他却没有办法牢固住自己漂泊在异乡的生命。

② 乌兰托雅，蒙古语，意为红色的光。她丰盈性感，圆眼高颧，是托扎敏少有的美女，她像一道光，点亮了镇子里所有少男少女走出群山的梦想。山里的孩子以她为榜样，给自己插上知识的翅膀，借助它飞翔。而托扎敏老人更加赞赏的则是她对巴图的坚贞，"你们要做乌兰托雅那样的女人呀！"托扎敏的母亲们总是这样对她们的女儿说。

的灯居然会亮一个晚上。"

我哥巴图最信乌兰托雅的话。乌兰托雅在大城市天津读书，是托扎敏唯一一个在城市里读书的人，况且乌兰托雅说得没错，托扎敏的确没有菜市场，没有歌舞厅，也没有电影院，可是托扎敏根本不需要这些东西，国家的粮店给了我们粮食，自家的菜园子给了我们蔬菜，我们所有的喜怒哀乐都化成篝火旁的"安代"（舞蹈）和面对群山的呐喊，我们自己的生活比那些电影里的故事更真实有趣。可是，巴图不愿意过这样的日子，乌兰托雅给他下了"离开"的蛊，他要像乌兰托雅一样飞出群山。可是，乌兰托雅有"读书"做翅膀，巴图的翅膀是什么？

"我可以打工，我会用自己使不完的力气赚很多钱，我可以养活自己，我还可以把钱寄给你们，让你们生活得更好。"巴图这样说。但是没有人相信，就连巴图的阿妈，我的大妈也不信。

"天津没有草原，没有森林，没有牧不了的羊群，也没有伐不完的树木，又怎么会有那么多的人需要帮工？"大妈这样对我阿妈说。

"不会是巴图想乌兰托雅了吧？"我阿妈这样问。

"可是，乌兰托雅是飞走的凤凰，巴图哪有金窝装凤凰哟！"

"所以巴图才着急去天津打工赚钱盖金窝呀。"

大妈觉得她的妯娌说得有道理，可是她担心巴图在天津根本找不到帮工的活儿，更担心乌兰托雅这只凤凰早有了高飞的心，不愿意与一只鸡在院子里低飞。"如果那样，还不如让乌兰托雅去攀她的高枝，让巴图娶个安稳人家的姑娘过日子，总是强过一蒂结两果的分心生活。"大妈叹着气，说"新社会了，指腹为婚不管用了"。

我哥巴图和乌兰托雅是指腹为婚，两人青梅竹马，两小无猜，在镇里读完初中后，乌兰托雅考到盟里读高中，巴图没考上，跟着清林队上山清林。定居后，林子里几乎看不到野兽了，但枝枝蔓蔓的枯杈有很多，除了个别鄂伦春人还有资格背着猎枪以外，其他人都把枪上交给了政府，走进树林伐木或清林。初中毕业的巴图还没有掌握伐木的本事，就只好跟着女人们去清林。巴图在山里一边清林一边长大，乌兰托雅在盟中一边读书

跪拜我的大漠长林

一边长大，我们都以为乌兰托雅从盟中毕业后就会走进巴图的木刻楞（房子），没想到，乌兰托雅居然一下子考进天津的大学，飞出了托扎敏。巴图的心慌慌的。乌兰托雅来一次信说天津的好，巴图的心就慌一次，我知道我哥的心思，飞走的凤凰哪有飞回来的道理？

"哥，要不你偷偷跑吧？大伯大妈肯定追不上你。"我给巴图出主意。

巴图望向群山绝望的眼睛倏地亮了。我知道巴图要跑了。

巴图当晚就跑了，他扒着那列火车跑的。每天半夜都会有一列运木材的火车路过托扎敏，猴急的巴图，没有一分钱的巴图，想念心上人的巴图，当晚就扒着那列火车跑了。我哥巴图由此成为托扎敏第一个借着"打工"翅膀飞出群山的人。大妈怔怔地看着群山，把双手交叉在胸前，说"腾格里（天神）呀，保佑巴图这个傻孩子吧"。

那列火车把我哥巴图带到了一个城市，这个城市没有乌兰托雅，但有乌兰托雅说的菜市场、歌舞厅、电影院和满街五颜六色的灯。巴图困惑起来。他不知道这座城市离乌兰托雅的天津有多远，如果离得近的话，也许能走得到，离得远就要花钱买车票。可钱在哪儿？

巴图是初中毕业生，又有一个大学生女友，聪明的巴图想到了打工。虽然这里不是天津，没有乌兰托雅，但毕竟离乌兰托雅近了。一个月以后，等巴图赚够了买车票的钱，就可以到有乌兰托雅的天津去打工了。这样想的时候，巴图就快乐地投入到找工作的行动上来。我哥巴图没有身份证，他不知道城里人把这东西时刻带在身上，没有身份证，哪里都不愿意雇他。走了一家又一家，就在巴图要绝望的时候，一家新开张的小吃部雇用了他。因为没有身份证做抵押，老板说拿一个月的工资做抵押，就是说，我哥巴图只有干满两个月，才会拿到一个月的工钱。饥渴交加的巴图答应了。

我哥巴图不好意思告诉乌兰托雅他偷跑出了托扎敏，更不好意思说自己被火车丢在了不知名的城市里，他只想等到两个月后去天津找她，因此，孤身异乡的巴图就只能数着日子生活了。一个又一个白天在巴图忙碌的脚掌间溜走，一个又一个难眠的夜晚在巴图思念的心中熬过。在这些日子里，老板逐渐知道了巴图和乌兰托雅的故事。善良的老板在两个月后给巴图结了两个月的工钱，又给他买好了去天津的车票，老板说"蒙古小伙子，张开翅膀快去追求你的姑娘吧"。

我哥巴图就这样来到了天津。幸好有在那个城市生活过的经历，面对更大的天津，巴图没有显得慌乱，他看好去往乌兰托雅大学的公共汽车站牌后，从容地登上公共汽车，俨然一个城里人的模样。

当乌兰托雅笑盈盈地站在巴图面前时，美丽的容颜晃亮了巴图的眼，他居然没出息地流下泪来，泪眼中的乌兰托雅在亭亭玉立中增添了如梦如幻的感觉。

托扎敏只有镇机关才有一部电话，公家电话怎么能用来谈情说爱呢？所以乌兰托雅从来没有给巴图打过电话。这一次，因为太久没有接到巴图的信，乌兰托雅才给镇上打了电话，镇里人告诉她巴图扒火车跑了。乌兰托雅就知道巴图要来了。这个聪明的姑娘开始给巴图找工作，她在学校附近给巴图找了一份包吃住的复印的活儿。瞧瞧，这就是读过书的姑娘才能干出来的事，不慌不忙地，就把一切都安排妥当了。

我哥巴图和乌兰托雅的幸福生活开始了。她用做家教赚来的钱给巴图买衣服、买他喜欢吃的东西，还勾着他的胳膊去街里。"乌兰托雅是好样的！她从来没有因为巴图是初中生而觉得难堪，她在用行动告诉别人她是巴图的女人。"我阿妈每次提起乌兰托雅都会这样说。

乌兰托雅大学毕业后，真的没有回托扎敏。乌兰托雅说她已经不习惯托扎敏没有暖气、没有上下水、没有抽水马桶的房子了，巴图笑着说"幸好我跑来天津了，不然你会像不习惯托扎敏的房子一样不习惯我了"。乌兰托雅说"不会，不管我走到哪儿，都会把你养在心里，你和我是一起长大的"。巴图笑了，或许想起我说过的那句话——飞走的凤凰哪有飞回来的道理？

乌兰托雅发现自己怀孕的时候，她和巴图还没有举行婚礼。这个早到的小家伙让他们改变了"先有事业再有家"的计划，准备扯证结婚。托扎敏的大伯大妈听到这个消息后更是乐不可支，开始张罗起了婚礼。所有的人都沉浸在喜悦中。

　　那个初秋的早晨，阳光在天地间泛着光彩，天很蓝，蓝得有点忧郁。乌兰托雅因为闹小病呕吐不止，清澈的双眼被折腾得流下泪来，巴图心疼极了。那一刻，巴图动了打掉孩子的念头，乌兰托雅拽着巴图的衣襟，笑着说"当妈妈哪能那么容易"，说着，乌兰托雅就直起身来，她想像一只骄傲的母鸡那样挺起肚皮，却不想，因为用力过猛扯掉了巴图衣襟上的纽扣。乌兰托雅要给巴图缝扣子，巴图见她那么难受的样子，就执意要自己缝，从没动过针线的巴图扎了两次手指头才缝上扣子。他自豪地对乌兰托雅说"以后我可以给孩子缝被子了"。在我哥巴图眼里，缝扣子与缝被子的距离只是相挨邻居间的距离。

　　我哥巴图去上班了。他在阳光明媚，蓝得有点忧郁的天空下匆匆地赶往单位，他小跑着追赶那辆公共汽车，司机停下刚启动的车，给巴图打开了车门。善良的司机知道这个时间都是着急赶着上班的人。巴图上了车，门在他身后合拢。巴图贴着门站着，大口地喘着气，平定呼吸后，他侧着身子挤进拥挤的车厢。这时，我哥巴图看到身边一个小偷把手伸进了别人的口袋。巴图是个不含糊的人，他敏捷地抓住了小偷的手腕，用眼神告诉小偷"把手拿出来，我不会声张"。小偷看明白了巴图的眼语，他轻轻地抽回了自己的手，亦如轻轻地伸出自己的手。

　　巴图下车的时候根本没有注意到那个小偷也跟着下了车，他着急往单位赶，早晨乌兰托雅呕吐和缝扣子耽误了他太多的时间。巴图奔跑起来，那个小偷也奔跑起来，他跑到巴图身边的时候手里多了一把刺刀，他凶狠地刺向巴图。从小偷挥刀的位置来看，他只是想刺伤巴图的胳膊，他是想教训一下巴图的，但巴图对小偷挥过来的刀本能地往后一闪，这一闪不要紧，刀刺进了巴图的左胸。那天明媚的阳光，忧郁的蓝天，还有刚刚启动的公共汽车里的人群都看到了，当小偷把刀从巴图左胸拔出来的时候，鲜血像哲别（神箭手）射向苍鹰的箭，从胸前喷涌而出。所有的人都惊呆了。

　　公共汽车停了下来，从车厢里跑下来很多人，人们叫喊着"捅人了！

捅人了！抓住他！抓住他"。我哥巴图在人们的叫喊声中像一座山般轰然地倒了下去。

小偷跑掉了，那么多人都没有追上他。"他奔跑的速度只有猎枪打出来的子弹才能够追得上。"乌兰托雅这样说。她说这话的时候，我哥巴图正在医院里接受抢救。三天后，巴图一句话也没留下就走了。年仅二十四岁的我哥巴图就这么和那一天的清晨永别了。他的乌兰托雅刚刚大学毕业，他们还没有来得及领结婚证，他们的孩子还在母体中孕育。

乌兰托雅到公安局报了案，从此开始了她对抓逃凶犯的漫长等待。

爱情是不能靠猜测的。就像当初我们以为乌兰托雅会嫌弃巴图一样，当我们家族所有人都认为乌兰托雅会打掉那个孩子，乌兰托雅家族所有人都动员她打掉那个孩子的时候，托扎敏唯一的金凤凰，大学生乌兰托雅决然要生下这个孩子——我哥巴图留在人世间的唯一骨肉。

巴图的遗体无法送回托扎敏，只能在天津火化。乌兰托雅没有钱买墓地，就把巴图的骨灰盒抱回了他们的租住屋。从此，不习惯托扎敏房子的乌兰托雅再也没有回过故乡，她和巴图的骨灰盒，还有他们的孩子一直生活在天津，那个有菜市场，有歌舞厅，有电影院，还有霓虹灯点亮整个晚上的城市。这座城市里有一座房子，房子的墙上挂着我哥巴图憨笑的相片。

乌兰托雅给她和巴图的孩子取名叫蒙荷，意为"永恒"。

像所有的蒙古族女人一样，巴图离世后，乌兰托雅带着蒙荷艰难地生活着，但她没有被困难压垮，她依然像森林里的百灵鸟一样快乐地唱歌、跳舞、上下班，她用没心没肺的笑声冲淡着单亲妈妈的辛苦。蒙荷像小绵羊一样一天天地成长起来，进了幼儿园，小学，初中，高中，大学，可是公安局依然没有抓获逃犯的消息。在日复一日年复一年的等待中，托扎敏的金凤凰乌兰托雅有了白发。站在穿衣镜前，乌兰托雅认真地把白发梳进黑发里，她不想拔掉它，她在心里想"用不了多久，我就可以到腾格里那里去见巴图了。只是不知道，去见蒙荷的爸爸巴图之前，那个凶手能不能抓得到"。

蒙荷结婚那年二十四岁，正是我哥巴图离世的年龄。看着女儿穿着婚纱的模样，乌兰托雅一会儿笑一会儿哭，她拍着巴图的骨灰盒说"那可儿（伴侣），你在腾格里那里看到了吧？我们的女儿出嫁了"。

又是秋天了，湛蓝的天空辽远清澈，清晨的暖阳斜挂在东方，没了盛夏的燥热，空气变得清爽宜人起来。这样美好的秋天早晨，蒙荷有了早孕反应。乌兰托雅想起巴图离开的那一天，也是这样的秋日，也是这样的暖阳，也是这样的呕吐……电话铃响了起来，是公安局的电话，说抓到了那个逃犯。

乌兰托雅匆忙地赶到公安局。才知道那个小偷，那个凶手，那个逃犯，他居然又杀了第二个人，在侦破那个案子的时候抓到了他。乌兰托雅长嘘一口气，她抬起头来，盯着天花板，她在心里说"那可儿，你看到了吧？凶手抓到了"。可是，公安局告诉乌兰托雅，根据刑法有关规定，法定判定最高刑为死刑的，经过二十年追逃期，犯罪不再追诉。就是说，这个即将被判为死刑的凶手，不是因为杀了巴图，而是因为杀了第二个人才被公诉的。

乌兰托雅蹲在地上号啕大哭，这是她第一次这样不顾脸面地放声大哭，哭得肝肠寸断，哭得骨裂心碎，哭得地动山摇。而后，她缓缓地站起身，缓缓地走出公安局，外面的天空依然很蓝，蓝得有点忧郁，路上的人匆匆地奔来跑去，不知道都在忙些什么。眼泪抽空了乌兰托雅身上所有的水分，她像失去水分滋养的鲜桃，一下子变得褶皱起来。

乌兰托雅对蒙荷说凶手真的抓到了。蒙荷笑了，说"邪恶的种子即使有石头挡着，也会有探头冒芽那一天"。这个从来没有看见过父亲的孩子还说"我的孩子一定取名叫高勒奇①"。

---

① 高勒奇，蒙古语，正义。

阳光碎了一地

我大伯大妈一直想要个女儿。但他们一连气生下四个儿子后，我大妈的肚皮就再也没有了声息。看着四个生龙活虎的淘小子在房前屋后地乱窜，我大伯大妈就长吁短叹起来，他们悲伤地说"如果有个女儿该多好！能像个乖母鹿一样跟在身边"。

终于，经过别人的牵线搭桥，我大伯大妈领养到了一个女儿。这孩子圆圆的脸盘，亮亮的眼睛，整个一俊俏的安其尔（天使）。更绝的是，四岁的小丫头刚看到我大伯大妈，就乖巧地拉住他俩的手，小嘴巴甜蜜蜜地说"阿爸阿妈，你们怎么才来呀？我等你们等了好久喽"。小姑娘居然还拉着他俩的手，走到镜子前，左看右瞅地说"瞧瞧，我的眼睛多像阿妈，我的脸盘多像阿爸"。就这样，没做什么犹豫，我大伯大妈就把四岁的小其其格（花）带回了家。

其其格虽然才四岁，但却经历了太多的悲惨生活。镇里人都这样传说着——其其格刚出生时，就被亲生父母抛弃了，抛在河边的青草地里。那天清晨，巴特尔（英雄）去河边饮马，在草地里发现了这个裹在襁褓里的小丫头，她那么瘦弱，看上去还没有一只健壮的野猫大。她的眼睛还不能彻底地睁开，只能半眯着与巴特尔对望。巴特尔认为这是他们一家人与小丫头有缘分，就把这个小家伙带回了家。巴特尔的女人乌尤（绿松石）生过两个儿子，还没有女儿，因此很喜欢这个小丫头，给她取名叫"其其格"。可是，其其格的好日子才过了半年就发生了变化。

巴特尔在打猎时被别人家的子弹误伤，县医院也没有救得了他的命。巴特尔离去后，他的母亲，也就是孩子们的奶奶，认为这一切都是小其其格造成的。她说自从这个女孩子进了家门后，家里每个月都会有坏事情发生，而且坏事情一个比一个大，先是巴特尔的大儿子与人打架、乌尤丢了新衣裳，接着就是小儿子被狗咬伤、死了一只嫩羊羔、奶奶又摔坏了腿，这一次更要命，他们家的主心骨巴特尔居然丢了性命。

奶奶执意要丢掉其其格，乌尤不同意，她说其其格太小，丢到外面，被野兽叼走了怎么办？婆媳俩争执不休。最后决定，其其格不被丢到外面，也不能留在屋子里，而是寄养在了她家的羊圈里。就这样，其其格在羊圈里吃喝拉睡，被羊群挤着顶着，又被小兄弟俩恶作剧地欺负着，居然无师自通地学会了走路、说话。乌尤看着其其格可怜，几次把她接到屋里，又几次被奶奶喝叫着推了出去。一年多以后，乌尤看奶奶一直没有软下心来，就放弃了把其其格留在身边的念头，开始张罗着给孩子找人家。可是在两年多的时间里，其其格走进这家，走出那家，来来回回被十几户人家抱养，可是没多久又都送了回来。这么多人家，都是在听说了巴特尔死的"理由"后才送回其其格的，他们的借口都是一个：这孩子命太硬。

他们是怕其其格带来晦气呀。

我大伯大妈不怕。他们去领养其其格之前，镇里人正在传说着其其格的事，我大妈听到后说给我大伯听，我大伯就动了领养其其格的念头。

那天，天气晴朗，白云悠悠，我大伯大妈提着一盒点心去了乌尤家。脏兮兮的其其格正坐在院子里仰头看天。我大伯大妈走过其其格身边的时候，小姑娘收回看天的大眼睛，看着他俩走进乌尤的房子。

我大妈透过窗玻璃看到其其格站起身，在院子里努力地张望屋内的他们。"你们把她带走吧！天越来越冷了，孩子进不了屋，又没有像样的棉衣服。"乌尤说，"其其格真的很乖，她也不是一个灾星。巴特尔的死跟她没有任何关系。真的。"

我大妈捏起一块点心，走出屋门，把点心递给脏兮兮的其其格。孩子有些惊慌地看着我大妈，双手紧绞着，她看着点心，没有接过去，却狠劲儿地咽下了一口唾沫，咽唾沫的声音太响，以至于我大妈听得一清二楚。唾沫声震动了我大妈那颗善良的心，她一把把其其格搂在怀里，哽咽地说"其其格吃，吃点心"。

我大妈牵着其其格的手进了乌尤的屋。乌尤说"其其格，这是你的阿爸阿妈"。乌尤的话音刚落，其其格就拉住我大伯大妈的手，小嘴巴甜蜜蜜地说"阿爸阿妈，你们怎么才来呀？我等你们等了好久喽"。她还拉着他俩的手，走到镜子前，说了一句我大伯大妈都为之心酸的千古谎言——"瞧瞧，我的眼睛多像阿妈，我的脸盘多像阿爸。"

走进我大伯大妈家，其其格的日子从此苦尽甘来。干干净净的其其格真是个俊俏的小仙女，她像个乖母鹿一样跟在我大伯大妈身边，甜甜的小嘴巴哄得他俩喜上眉梢。我大伯大妈严厉地警告他们的四个儿子"谁也不许欺负其其格！她是你们最应该疼爱的小妹妹"。

其其格多么幸福呀！在托扎敏，哪个姑娘能有福气天天跟在阿爸阿妈的身后？哪个妹妹能有福气受四个哥哥的疼爱？又有哪个丫头能有福气拥有自己独立的屋子做闺房？其其格悄悄地对我说"我是阿爸阿妈丢落的奥黑（女儿）呢，现在又找回来了"。其其格说得真是不错。

四哥麦拉斯（柏）大其其格两岁，三哥那日苏（松）大其其格五岁，因此，他们三个人总是在一起玩。其其格上学以后，都是那日苏和麦拉斯接送她。其实，学校离家并不远，一个镇子又能有多大呢？那是哥儿俩担心其其格被别人欺负哟。

那日苏初中毕业后，到加格达奇去读中专，而后留在了加格达奇工作。麦拉斯学习不好，初中都没读完就跑到一家饭店去学做厨师。那日苏不在的日子里，接送其其格的任务就由麦拉斯一个人承担了。初中、高中，不读书的麦拉斯陪着读书的其其格起早贪黑，披星戴月，风雨兼程。

哪个少年不多情？哪个少女不怀春？当其其格偷偷地告诉我她和麦拉斯谈了恋爱时，我一点儿也不惊讶。想想吧，从初中到高中，整整六年时间，麦拉斯天天陪在其其格身边，陪她吃喝，陪她上下学，陪她写作业，陪她聊天……麦拉斯是在陪着其其格一起长大呀！"麦拉斯说，等我长到二十岁，可以结婚的时候，就向阿爸阿妈提出来娶我。"其其格这样说的时候，双颊红得像满山盛开的达达香花。

麦拉斯和其其格偷偷谈恋爱的直接后果就是，其其格没有考上大学。是的，她落榜了。其其格并不懊恼，考不上大学又能怎么样呢？跟麦拉斯一起去饭店做厨师也很好呀！这时，那日苏出现了。他建议麦拉斯和其其格去加格达奇做厨师。多么好呀，三个人又可以在一起了。

那日苏、麦拉斯、其其格，这三个年轻人在加格达奇快乐地生活着。除了工作、睡觉，他们几乎时时腻在一起。他们真是愿意永远这样下去呀。可是，可是，可是……唉！怎么说呢？我大伯大妈的两个儿子，那日苏还有麦拉斯，他们两个居然都爱上了其其格。是的，我没说错，读者您也没有看错，这两个亲兄弟爱上了同一个姑娘。也就是说，那日苏和麦拉斯都要娶其其格为妻。

那天，那日苏和麦拉斯请其其格在饭店喝酒，庆祝其其格年满二十岁。这是一个多么让人快乐的年龄呀，"束发戴冠，桃李年华"，成人了。成人意味着什么？意味着其其格可以出嫁了。可是那天发生了什么？在酒精的作用下，麦拉斯居然用手抓起一块咕噜肉喂到了其其格的嘴里，其其格更邪乎，居然一边笑着用嘴巴接过咕噜肉，一边倒在了麦拉斯的怀里，她甚至还冲着麦拉斯仰起红嘟嘟的嘴巴，说"你让我吃，我就吃给你看"。天哟，那日苏吓坏了，他真担心麦拉斯会低头叼住其其格那张红嘟嘟的厚嘴唇。好在麦拉斯控制住了自己，他只是左手搂过其其格的肩膀，右手端起酒杯，兴奋地叫嚷着"祝我们的其其格生日快乐"。

那晚，那日苏失眠了。凭直觉，他知道麦拉斯也像他一样爱上了其其格，怎么办？那日苏辗转反侧。天亮时，他作出了决定，一定要把其其格娶回家。是的，在兄弟和女人面前，那日苏选择了女人。

周末，这三个年轻人回到托扎敏看父母。我大伯大妈看着满脸胡子的那日苏，又说出了往日那句话，"那日苏，你不小了，应该娶亲了"。没想到，那日苏这一次居然笑着说"是呀，我也正想跟阿爸阿妈说这事呢"。我大伯大妈异口同声地问"难道我们那日苏有了心爱的女人吗"？

"是呀是呀。"那日苏一边点着头，一边说"我想把其其格娶回家"。

那日苏的话说愣了家中所有的人。我大妈最先反应过来，她点头赞同地说"这真是个好主意！我怎么没有想到呢"。

我大妈的话音刚落，麦拉斯就生气地站了起来，他大声地呼着气，大声地喊叫着"我不同意！我不同意！我不同意"。说着，麦拉斯跑了出去。

麦拉斯是哭着跑出去的。但只有其其格看到了麦拉斯的眼泪。

我大伯大妈瞬间明白了，他们的两个儿子都爱上了其其格。这可怎么办好？

我大妈问其其格有什么主意，可是这个美丽的姑娘只知道哭。她语无伦次地说"对不起，阿妈，我没有想到是这样的。你和阿爸千万千万不能不要我呀，我不是灾星，我真的没有想到是这样的"。

我大妈叹口气，把可怜的其其格搂在怀里，就像当年搂过站在乌尤家院子里的四岁其其格一样。

我大妈误读了其其格的哭，她以为其其格除了不好意思以外，也是爱着两个哥哥的，而且爱得不分伯仲，无法决断。于是，她与我大伯商量了好几个白天和夜晚，最后决定，其其格应当嫁给那日苏。理由嘛，就是，那日苏是哥哥，应当先娶妻。

你能想象得到麦拉斯的痛苦吗？这个一直陪伴其其格长大的男人，他在六岁那年初见其其格的时候，就已经在心里种上了爱她的种子，经过这么多年的浇灌，爱情的种子已经破土、发芽，麦拉斯的心里早就全部开满了爱其其格的花朵。没有了其其格，也就没有了长满其其格的麦拉斯的心呀！

你能想象得到其其格的无奈吗？这个出生就被抛弃，被十几户人家接走又送回，在羊圈里生活了近四年的姑娘，她的血液里早已经根植下了恐惧。她一直害怕，害怕被阿爸阿妈抛弃，害怕居无定所，害怕回到那个被羊群挤着顶着的过去。她知道她只是喜欢和那日苏在一起，但她爱的是麦拉斯。她没有勇气告诉阿爸阿妈她的爱，是因为她害怕会因此失去阿爸阿妈的爱。这个可怜的姑娘啊！

我最后一次见到麦拉斯，是在那日苏和其其格的婚礼现场。那天晚上，我去找麦拉斯闹洞房时，发现他离家出走了。从此杳无音信。

那日苏和其其格结婚后，把家安在了加格达奇。一年后，他们有了一个健壮的儿子。其其格给他取名叫嘎尔迪，汉语"鹏"，传说是世上最大的鸟。

其其格总是点着嘎尔迪的小鼻了，自语着"嘎尔迪，你到底能飞多高多远呢？飞那么远了你还能不能看到我了呢"。根本听不懂话的嘎尔迪咯咯咯地笑着，旁边的那日苏却生气了。终于有一天，那日苏忍不住了，他气咻咻地说"你要是想麦拉斯了就去找他，我不拦你"。空气一下子凝固了，连嘎尔迪的笑声都冻结在了那里。

其其格和那日苏就这么离婚了。

其其格带着嘎尔迪回到托扎敏，又住回了我大伯大妈家中，那里有一间属于她自己的闺房。

嘎尔迪一年年地长大了。那日苏，嘎尔迪的父亲，他依然生活在加格达奇。自从那年他把离异后的其其格母子送回托扎敏后，就再也没有回来过。我大伯大妈年老后，那日苏把他们接到了加格达奇生活，直到离世。

其其格呢？自从回到托扎敏后，就再也没有离开过。我们都说她在等麦拉斯，那个心中种满其其格的男人。

世事像圆圈一样环绕着大家。麦拉斯因为托扎敏没有了其其格，而离开了此地。可是，当其其格回到托扎敏的时候，这里再也没有了麦拉斯的身影。那日苏找不到他，我们也找不到他。

麦拉斯，他一定不知道其其格在托扎敏等他。一定的。

老旧的时光

　　总是在某个温暖的午后，那些老旧的人不经意间就出现在我的面前，虽然记忆中的眷恋爱意已经在我的一遍遍回想中变得模糊起来。

　　走在繁华喧闹的城市街角，我仿佛游离在隔世离空与滚滚红尘之间，总会在某个转弯处，看到那个迎面而来的身影犹如曾经最熟悉的人。

　　我在纷杂的汽笛声中，停下脚步，安静地看着，看那些陌生的熟悉背影渐渐地，渐渐地，走出我的视线。

父亲行前

父亲越来越瘦弱了。

存在记忆中的健硕身躯此时蜷在被子里，犹如婴儿般孱弱无力。他张着清澈的眼睛，安静地躺在那里，不说一句话，也不喊一声疼。我猜不透瘫痪后的父亲在想些什么，但我知道，不管他在回忆中忏悔还是在期盼中憧憬，我都没有资格去打扰他宁静的心情。

父亲已病入膏肓。这是我不愿面对又必须得面对的事实。三年前那个冰雪消融的初春，父亲被确诊为肺癌晚期，骨转移。那时的父亲就已经忍受着骨痛的折磨了，先是肋骨、锁骨、脊柱，而后是腿骨、踝骨……菜刀切破我的无名指，鲜血伴着钻心的疼痛流下，我落泪无声，想我亲爱的父亲所承受的刻骨疼痛该是一种怎样的痛彻心扉？！

父亲不喜言语，却爱子如命，我们姐弟即便做错了天大的事情，他也不会责骂一句，更不会抡起吓人的巴掌。在我家，父是慈父，母是严母，打骂孩子的事情向来都是由母亲做，父亲下不去手，甚至听不得母亲对我们的责骂。他对我们称得上是溺爱的。我家在内蒙古居住时，牛羊肉总是免不了要吃的，可我偏偏不喜欢吃。母亲便生气，顿顿做牛羊肉，执意要改变我的秉性。一顿不吃，两顿不吃，三顿下来我就挨不住了，饿得连说话的力气都没有了，正当母亲认为即将成功之时，心疼我的父亲却偷偷地塞钱给我，让我去买大饼吃。

父亲喜欢喝酒吃肉饮茶唱歌，他虽然口拙，但歌声广阔辽远，惹人心

跪拜我的大漠长林

醉。印象中的父亲总在唱歌，喝酒时吼着唱，饮茶时轻声唱，高兴时大声唱，闲暇时陶醉唱。父亲的歌声在他生病后戛然而止，没有了歌声的父亲就像没有了阳光的世界，从此，父亲传递给我的不再是温暖和快乐，而是阴郁和潮湿。

父亲丢失歌声的时候，也一并丢失了他的酒和茶。父亲最后一次端酒杯是与四叔的对饮，一向好酒量的父亲只用二钱酒杯给自己倒满，一饮而尽后，把一整瓶酒推到四叔面前，说"哥的酒就这么戒了"。言语中，透着几分不甘和无奈。四叔的眼角滚落一串泪。

父亲的胃先是对绿茶有了反应，没多久，红茶也不能喝了。秋茶刚上市，我就兴冲冲地拿两包大红袍给父亲，父亲仰天长叹一口气，轻声说"孩子，爸喝不了茶了"。我的心一颤，转过身去，不由得泪落两行。父亲的病又重了。

我知道，慈爱的父亲用三年的时光让我和家人学会适应，适应他的病情，适应人的生老病死，适应没有他的日日夜夜，作为深爱他的女儿，我不应该再要求他什么了。父亲，他已经尽力了。

父亲把血脉传给了我们。弟弟继承了父亲的酒，我继承了父亲的茶，我们都继承了他朗声地大笑和自我陶醉地歌唱。纵然有一天，父亲远远地远远地离开了我们，我们的性格爱好里也沉淀下了他的脾气；纵然世界有千百次的六道轮回，我们的皮肉筋骨里也会保留着父亲的体温。

求求你，我的好父亲，下一次疼痛袭来时，你就喊出来吧！不要咬紧牙，不要咬破唇，就让那声音从你曾经广阔辽远的喉咙里冲出，让它在我的头顶回荡，让它在我的心中落芽生根。

我的好父亲呀！

关于那些植物

石　斛

石斛，<u>丛生于石上</u>。折下，挂在屋檐旁，常浇水，经年不死，故得名"千年润"。因其具有秉性刚强、祥和可亲的气质，被誉为"父亲之花"。

天气晴好，我决定带着马头琴去看父亲。父亲离我并不远，不过半个小时的车程。城市里的路平坦又拥挤，不像家乡托扎敏的路，被茂密的森林包裹着，漫长而清新。

父亲离世时，按照森林蒙古人的习惯进行了土葬，坑口面向东方，那是太阳升起的方向，塔形墓穴里装着他的骨灰和他生前喜爱的酒壶、酒杯、茶碗和粮食。父亲是极爱酒的，这也许与蒙古族的生活习性有关。虽然父亲不像放牧的蒙古人那样腰间挂着酒壶皮囊，但他只要坐到饭桌前，即便没有菜，也要喝上几两。如果我们不小心把酒洒到桌子上，父亲会立刻俯下身子把酒吸干。他擦着嘴角，哈着气，嘟囔着"酒怎么可以浪费？罪过罪过"。

父亲就像挂在屋檐下的石斛，需要时时刻刻用酒浇灌着。母亲是汉人，看不惯父亲这种把酒当生命的喝法，便说"你要是能把酒戒了，我就把饭戒了"。父亲嬉笑着说"为了你不被饿死，我一定不戒酒"。

父亲远没有石斛的生命力顽强。耳顺之年，父亲得了肺癌。从此，爱酒的父亲再也无力端起酒杯，直至病故。父亲走后，我翻看蒙古史，发现我们伟大的可汗、哲别，大多不长寿，我不知道这是不是与饮酒有关。

水对父亲的浇灌除了酒，只有茶。父亲是喝浓茶的。从我有记忆那天起，父亲和他的酒，还有茶就共同陪伴着我长大。我喝父亲喝剩的茶根儿，溜父亲喝剩的酒瓶底。岁月就在茶香和酒香中远去了。

能让石斛活上一千年的湿润只给了父亲六十六年的生命，父亲在过完生日的第三天告别了世间。从此，父亲的酒壶再也盛不下我的忧伤，他的茶碗里也装不满我的思念。

据《神农本草》载：石斛，味甘，除痹，强阴，厚肠胃，轻身延年。

达达香

迎着料峭寒风，达达香在皑皑白雪中傲然绽放开她娇美的身姿。山野沟谷之中，陡壁灌丛之间，彩云霓裳，似锦似霞。

达达香的生命是短暂的。一个月的花期中，她努力地把清新芬芳留在人间。达达香，学名"兴安杜鹃"，蒙古语名"特日乐吉"。

父亲的生命如家乡满山遍野的达达香，花期不长，却弥香留久。记忆中的父亲并不主动亲近花草，但花草与父亲的缘分却很深。母亲每讨到喜爱的花草或为家中的花草移盆时，一定央求父亲来做。父亲拿着那株花草，只那么随意地一插，那株花草必会在日后长得枝繁叶茂，花果满枝。而喜爱花草的母亲即使用尽万分之心，也定移不活一株花草的生命。父亲去世后，母亲、弟弟和我家中的花草在一夜间全部枯萎凋谢，我们在唏嘘间感叹花草的情义，想这些花草一定是用自己的生命去追随父亲了。

我依然把家中那些枝叶满盆却了无生命的花草摆放在原处，她们愿意在最美的时候定格自己的生命，我也愿意尊重她们这种至真的选择。于她们，是悲壮；于我，是慈爱。

因为天气的原因，家乡的达达香总是开得很晚。朝南的窗户为燕子打开的时候，花朵才微微绽放柔嫩的身姿。风中开始有了花蜜的温暖，阳光也随之灿烂起来。

父亲带弟弟去森林打猎，带我去吉文河边洗眼睛。父亲说，男孩子要有一个好枪法，女孩子要有一双明亮的眼睛。事与愿违，弟弟的枪法一团糟，连一只笨狍子都打不死。我呢，早早地戴上了近视镜，目光不清澈也不淡定，毛毛躁躁地，像表盘上的秒针，貌似向前走，其实只是在一圈圈地转，找不到起点和终点，也不知道牵系自己一生的原点到底是什么。

父亲临走时，我与他双手紧握。他已不能说话，但眼睛比往时更清澈洁净了。我仿佛能透过他的眼睛看到他即将飞离的灵魂。我说"爸，不害怕，我会一直在你身边，就像小时候，你一直在我身边一样"。父亲点点头。

我突然悲伤起来，想父亲将会一个人去探寻未知天堂的未知路，一定会孤单寂寞惶恐不安。而我，却只能送父亲到今世的路口，无法再前行一步。父亲呀，来生我们是否还能相遇？亦如我今年见过的那朵芬芳的达达香，是否曾是去年开过的那一朵？

据《蒙植药志》载：达达香，性寒味苦，治疗消化不良，寒泻，干咳，体衰，祛风湿，和血。

独　活

独活，抗肿瘤，止痛。

父亲曾一度以独活为主药，外敷，内服。我曾偷偷用手指捏起一点儿独活灰黄色的粉末，却不想手指酸麻痒痛了很久，可是，加水稀释后的独活成片成片地敷在父亲的身上，他却毫无反应。我心痛地知道，父亲身上的毒比独活要大得多。

我想让父亲聆听到马头琴如泣如诉的旋律，但我没有拉奏马头琴的高超技艺。跪在父亲坟前，我唱起了"哈瓦（爸爸）的草原"，为父亲敬酒敬茶。我把酒杯茶碗高高地举过头顶，而后洒在父亲坟前。土地如贪杯的父亲，迅速地吸干了所有的酒和茶。看着湿润的土地，我的心莫名地痛了起来。

父亲有极强的忍耐力，我不知道这是不是与他当过十年兵有关。发现父亲生病时，癌细胞已经从父亲的肺转移到骨。先是肋骨、锁骨、脊柱，而后是腿骨、踝骨……每次疼痛袭来，父亲都紧紧地抿着嘴，不说一句话。直到离世，他都没有大声喊过一声疼。

九十岁高龄的祖父知道父亲的病情后，饭量急剧减少。祖父念叨着"慈悲的腾格里呀，求求你把我带走吧，让我的儿子多活几年"。祖父浑浊的眼睛已经流不出眼泪，但我知道他的心在哭泣。祖父在昼夜祈祷腾格里的悲情中离世。父亲听闻消息后，瘫坐在床上，直到离世也没有站立起来。百天后，父亲舍下儿女舍下妻，追随祖父而去。

孤单地跪在父亲坟前，我的歌声没人应和。爱唱歌的父亲，真的走了。他再也听不到马背上悠扬的蒙古长调，再也看不到碧蓝天空中闲适白云飘，再也闻不到广袤森林里青草百花香，再也摸不到骏马鬃毛猎枪栓。抬头望苍穹，父亲呀，我看到了成行的鸿雁回故乡。于是知道，终有一天，我会追随父亲而去，亦如他追随祖父而去一样。

你若离去，怎能独活？

据《药鉴》载：独活，气微温，味苦甘辛，气味俱薄，无毒。

杞　芽

清幽的甜香味随着茶罐的开启飘浮出来，涤荡着茶室的角角落落，我的心也一下子清新起来。还未饮，已然醉。

正月初七。父亲的生日。在这个特别的日子里，我一个人，在北国冬日暖阳的见证下，郑重地开启了一盏新茶。这似乎带点儿预谋的感觉。

初六晚上我没睡好。看着上弦月惨淡的光晕，我的心一阵阵地痛。不经意间，父亲离开我已经一年了。忙忙碌碌中的日子总是过得太快，像熙熙攘攘的人流，喧闹嘈杂。还是父亲幸福些，能在那个面朝溪水背依青山的地方每天看日出月落，离人烟远些，离烦恼远些，纵然偶有孤单寂寞也会心生喜悦。

父亲喜茶。因为喜欢，所以宽容。父亲对茶从不挑剔，老茶新茶，苦茶香茶，不管哪一样茶都很讨父亲的喜。父亲对泡茶也没有任何讲究，无论何茶，一概用他的大瓷杯伺候着。父亲从茶盒里抓一大把茶，丢在大瓷杯里，沸水浇注后就可以喝了。在父亲的泡茶字典里，没有什么水温、高冲、茶舞、低泡、氤氲等这些矫情的字眼儿。茶嘛，水嘛，茶水嘛，就是解渴的玩意儿，哪儿要那么多讲究？我与父亲喝茶时聊新闻，聊过往趣事，我们从不聊与茶有关的事。茶在父亲这里，是硬朗的，是直率的，是人生开门七件事中的必需品。

淋浴。更衣。焚香。在正月初七这个别样的日子里，我为不讲究喝茶的父亲泡一盏茶。

枸杞芽茶，这是一盏我和父亲都没有喝过的茶。这款茶是枸杞树枝与野生植物根苗嫁接而成的新茶树，不同于普通枸杞树，它不开花，不结果，使得枸杞花果的营养全部囤聚在嫩芽中。经过一夏一秋一冬的孕育含藏，初春时节采摘下来，水洗，杀青，揉捻，初烘，炒制，提香，无果枸杞芽茶就这样诞生了。

奇妙的是，与母本枸杞树嫁接的这种野生植物根苗到现在为止，也没有人能确定出它的准确名字和所属科目，当地人俗称"天茶树"，意思是这种树是供天上神仙饮用种植的茶树，后来又赐予凡间的仙树。也就是说，我手中这款无果枸杞芽茶出身不详，至今也搞不清谁是它的父本。它从父亲那里汲取了能量，转化出茶的清香，沉淀成雅静悦心之物，却不认得父亲的模样。此情此景，多么像六道轮回中的我们呀，父母亲也好，兄弟姐妹也好，爱人朋友也好，皆是一世情缘。过了今生，纵然来世再次相见，又如何能够认得出彼此的模样？

心有伤悲。

八十摄氏度的水温冲泡下去，透明玻璃杯中的翠绿干茶舒展开婀娜的身姿，仅仅一瞬间，含苞待放的茶身就染绿了水的纯净。茶水碧绿鲜嫩，清澈明亮，宛如春天枝条上抽出的粒粒细芽，青翠可人。

饮一口入喉，香甜鲜醇。三泡后，我在水中加入几粒枸杞果。饮一口，果味茶味交融在一起，亦甘亦涩亦香亦苦。恰似人间百味情感。

我这杯已然饮尽。对面父亲的杯盏依然静静地立在那里，碧绿的水，青翠的茶，鲜红的果，好一盏美丽的杯中仙境。

这个世界的父亲已然离去。

那个世界的父亲已经换了模样。

据《食疗本草》载，枸杞，坚筋耐老，除风，补益筋骨，能益人，去虚劳。

刺 五 加

刺五加茶在沸水中开得如此张扬是我所没有料到的。

沸水注杯后，我转身把水壶放稳。只是这么一个小小的转身，她就在杯中肆意地舒展开身姿，没一会儿工夫，茶身就涨满整个玻璃杯，豁达豪放得没有一丝一毫的羞涩和娇怯。全然忘记了自己是一盏茶，一盏可以演绎妩媚和柔美的茶。

真是野性十足。到底是长在山坡林间路旁灌丛中的野孩子，纵然只给她一个小小的玻璃杯，她也会在这里不羁地奔跑。

正胡思乱想的当口，氤氲茶烟飘散出刺五加淡淡的药香。捧杯细嗅，药香中裹藏着花香、草香和土地的芳香。饮一口入喉，微苦中甘鲜绕舌，齿颊清新，满腔清亮。

不愧是一盏药茶，整个身子似乎都轻快了很多。

最早知道刺五加是因为母亲。那年，正值中年的母亲患上严重的失眠症。心力交瘁的她从医院带回来很多药，加上亲朋好友开给她的偏方，满当当地占了一个药柜。这其中就有刺五加。尽管母亲服用了很多刺五加酒、药，但似乎失眠一直没有离开过她。失眠像个幽灵般与母亲保持着若即若离的状态，这让母亲万分苦恼，也使得母亲的生活一直需要刺五加的陪伴。

刺五加的模样可以称得上是美丽的。碧绿的五枚小叶片如手掌般开在枝茎上，枝顶开着一簇暗紫色的伞形花序，密匝匝的，细碎碎的，煞是喜人。忍不住想起达摩祖师"一花开五叶，结果自然成"的嘱咐。多么有趣呀，没有多一枚，也没有少一枚，五枚，刚刚好。

最有趣的是这些叶片。边缘和叶面都铺满细密的绒毛，即便经过杀青、揉捻、干燥、冲泡以后，这些细密的绒毛依然稳固地耸立在叶面上。大有不离不弃生死相依的味道。抚摸叶底柔软的绒毛，自叹着人的花言巧语和冷酷无情。"夫妻本是同林鸟，大难来时各自飞。"终是抵不过一盏茶的真情厚爱和柔情蜜意。

几泡后的刺五加茶已经分外安静了。像失眠离开后的母亲，安静地蜷在温暖的被子里睡觉。房间是安静的，窗玻璃泻进来的阳光是安静的，母亲的呼吸也是安静的。我喜欢这样安静的场景。我会因为这份难得的安静而泪如雨下。

我从热水中打捞出一枚青绿的叶片，她在暖阳的照耀下泛着清莹的光。我惊喜地发现刺五加茶的叶片居然如此轻薄。轻似风，薄如纱。我把完整的叶片齐展展地铺在写字本上，居然能够依稀看到本上的字。我惊讶得张大嘴巴，惊叹着她的神奇。

李时珍称"宁得一把五加，不用金玉满车"，又有"文章作酒，能成其味，以金买草，不言其贵"之说。盛产刺五加的东北三省称其为"老虎潦"，日本称其为虾夷五加，俄罗斯称其为西伯利亚人参。而其商品名为五加参。从这些名字中可见刺五加在众人心目中的地位。而我在意的不是她的地位，是她能带给我无垠的禅思茶悦，还有她给予母亲的安静睡眠。

据《本草纲目》载：以五叶交加者良，故名五加，又名五花。祛风湿，补肝肾，强筋骨，活血脉，其功良深。

荷　叶

荷花是单生的。

单生的荷花是孤单的。

孤单的荷花是脱俗清丽的。

我只是没有想到荷叶茶也是孤单的，也是脱俗清丽的。

青葱的荷叶干茶在热水的浇注下，只有短暂地上下翻飞，接着就是迅速地下沉，完全不似她在池塘中的浮水模样，而是像莲藕般安静地横卧在杯底。舒展开来的叶身一个压着一个，无所谓芽，也无所谓叶。看不到芽依叶的相帮，也看不到叶托芽的温暖。一杯底的荷叶茶，片片都这样孤单地横卧着，让我的心也不由得落寞起来。

茶汤太过清澈，清澈得看不到茶毫飞舞，纤细的荷叶茶身不摇曳也不飘逸。

如此安静的茶。

宛如空谷中的那湾潭水。

清静安宁的峡谷让她拥有了独一无二的清纯宁静，没有人拨开过她的清爽，没有人知道她到底有多深。亘古以来，她就这样从容祥和地躺卧着。没有凡尘的打扰，没有雪月的缠绵。静水深流，静心大智。一念起万水千山，一念灭沧海桑田。于是懂得，之所以静心不起，是因为一直以来妄心不灭。怡淡静谧，淡定从容，犹如水中莲花不着水，亦如空中日月不住空。

随着浓烈荷香的飘拂，清澈的茶汤从浅绿转为黄绿。氤氲弥漫的茶烟中，我听到干茶猛烈吸吮热水的唰唰声，像如丝细密的小雨从天而降时发出的快乐歌唱，唰唰唰，唰唰唰，怎样的如饥似渴，怎样的迫不及待呀。我不知道，从被池塘中捞起，到被茶匙抛进玻璃杯中，这片片清新的荷叶茶到底走了多远的路，才会让她想水想得这般彻底干脆。

不喜欢寒冷的阿木总要想法子避开北方的冬天，雪花飘落的时候我便知道他要远行了。为了让他记住北方记住我，我特意跑到"谭木匠"买了一把黑檀木的鱼形木梳送给他。紫黑色的梳柄依稀显露着条状木纹，夸张的鱼嘴，圆润油亮的鱼身，收敛的鱼尾，配上透光的鱼眼，使这柄木梳有了鲜灵活泼的痕迹。我认定它是属于阿木的。

阿木带着鱼木梳独自启程了。我不知道在异国他乡的阿木会不会孤单，孤单的时候会不会在一杯飘着荷香的荷叶茶中，与那柄同样孤单的鱼木梳谈天说话。也许他会突发奇想，把鱼木梳放到荷叶茶汤中，让浮动在水中的鱼陪伴横卧在杯底的荷叶。

阿木为自己制造了一湾池塘哟。

这湾清澈的池塘里有孤单的荷叶，还有一尾寂寞的鱼。

大千世界万物运行自有其规律所得，总是强求不来的。道法自然，真心常静。

终是做一盏安静的茶最好。

据《本草纲目》载：荷花、莲子、莲衣、莲房、荷叶、荷梗、藕节等均可入药，可治疗多种疾病。荷通身都是宝。

永远不在

第一个倒下的是我妈，而后是我三姨，再而后是我二姨……医生只有两个，我小弟和小弟妹，他俩跑在她们之间，并大声喊叫着指挥我们——散开、让她们呼吸新鲜空气、掐人中、按摩胳膊……快、快、妈、妈，你醒醒，醒醒呀——喊声、哭声、叫声，响成一片。混了，乱了，此时的天园殡仪馆忠孝厅内乱成一片。

我姥终于永远地闭上了眼睛。那双清澈洁净的美丽眼睛已经整整睁了八十一年，该倦了。别哭了，别闹了，就让她安安静静地睡吧，能了无牵挂地离开应该是件幸福的事儿。为什么要大哭大叫呢？

"啊——"我妈终于长嘘一口气，活了过来；而后是我二姨，再而后是我三姨……她们醒来后就"妈、妈"地大呼小叫起来，女儿家就是多情，八十一岁的老母离世，还哭得肝肠寸断，天地动容。

我姥十四岁嫁给长她七岁的我姥爷，生下七个儿女。祖谱记载，我姥是汉军正黄旗后代，身份称得上是格格的。年轻时的我姥长相俊美，家境良好，举止优雅，擅长持家。我姥爷家穷，还是孤儿，又生性固执顽强。我太姥爷看中了我姥爷的心灵手巧和雅静仪容，做主把我姥下嫁给了我姥爷为妻。我姥对我说："他第一次进家门的时候，我正在院子里淘米。我们对视了一眼，就这一眼哟，烧红了他的脸，也烧红了我的脸。我居然淘米忘记了关水，结果水把米都冲走了……"我姥说这话的时候，我姥爷已经过世多年，我看到我姥的眼睛越过我的肩膀，穿过我身后的窗玻璃，抵达到看不见的远方，而她多纹的面庞因为这段美好旧事的提及，瞬间变得娇柔可爱起来。

他们成婚后，我姥爷坚定地拒绝着我姥娘家给予的任何资助，生活拮据而窘迫。一直到儿女长大后才逐渐好转。

最残忍的，是亲眼看着自己的母亲在自己面前失去生命，了无生息，却无可奈何；是亲眼看着自己的母亲在哀乐声中被推进炼炉，失去躯体和灵魂，却手足无措；是亲眼看着自己母亲的遗骨在自己面前压碎，碎成颗粒和粉末，却无能为力……我妈和我姨们就这样看着我姥在她们面前离世、火化、消失，我妈和我姨们再一次晕倒。

随父母信奉天主教的我姥一直喜欢咬着牙根儿骂人，斜着眼睛瞪人，面带微笑哄人，她把苦痛给了自己却把快乐留给他人。十几年前，年仅四十九岁的我大舅因病离世，所有人都以为我姥会随他而去，但没有，我姥在人前一直表现很平静，却在人后流着大把大把的眼泪唱着自编的歌曲，她唱："我的大儿子你去了哪儿？你妈我想你你可知道……"这首偷听来的歌唱碎了我的眼泪和心。

我妈说我姥的心硬着呢，但我知道，我姥硬的不是心，而是骨头。

我妈再一次醒来后，依然执意要去给我姥烧纸，烧纸时我妈说："天黑路滑，妈你小心着走……"

我妈让我给我姥磕头，磕三个头，要响。我听从我妈的话，跪下，磕三个响头。我姥曾对我说过"女儿家的身子金贵着呢，不能轻易跪下"。但我今天跪了，跪给我刚强了一生的姥姥。

"天有多高？水有多长？去往天堂的路太难……"我知道我姥再也不会回来了，但我不知道去往天堂的路是不是好走？那里，还美还暖吗？那里，有我倔强的姥爷和早逝的大舅吗？

痛时，我就大声地喊你

1

我总是想你。

想你时，我就一个人偷偷地哭。

我把自己哭得头晕目胀，骨裂心碎。我知道你不喜欢我的懦弱，但我真的没办法让自己坚强。

2

我努力快乐，努力不让自己心痛。心痛时，我会弄伤身体，甚至把自己丢在某个不知名的野外。

我站在空旷广漠的原野中央，开始大声地呼喊你。我试图用声嘶力竭的狂吼感动天地。

我真的以为你会在我的呼喊中从天而降，由地而升。

我真的以为你会为此出现在我的面前。

我真的以为你会回来！

3

我当然知道你走了。永远永远地离开了我。

我还知道我们四十年的缘分再也无法延续。上天给我们的相聚只有四十年，说长不长，说短不短。放在生命的长河里，似乎足够了。怪只怪我挥霍了太多的时间，少不更事，求学就业，恋爱结婚，育子交友……我奇怪自己居然为此浪费了大把大把的陪你的光阴。

我愚蠢地以为时间可以轻视。

4

你在时，我可以从你的回忆中知道我儿时的模样；你走了，我童年的顽皮也随之戛然而止。

你在时，我可以从你的身姿中找寻你年少的足迹；你走了，你青春的脚步也随之模糊远去。

你在时，我可以从你的述说中追溯祖先的光辉；你走了，我还能到哪里去打开那些尘封的记忆？

你在时，我感觉自己还是个孩子，还有个臂弯可以撒娇休息；你走了，我才惊觉自己已步入暮年，一下子成了家人停靠的港湾。

5

父亲呀，我不能回避，我的筋骨里还挺立着你的脊梁，我的血脉里还沉淀着你的脾气。我的人生中荡漾着你的风采，我的生命中早已深深地植入了你的体温。

纵然世界有千百次的六道轮回，我的父亲呀，我的皮肉血骨里也会保留着你亘古不变的气息。

6

父亲，你可知道，当一阵阵敲骨吸髓般的病痛折磨着你的时候，当你攥紧五指咬破嘴唇也不喊叫一声的时候，你的忍耐让我疼到断肠痛到心碎。你临终弥留之时，安宁从容的表情和淡定如水的沉静，让我悲欣交集。

没有婆娑泪眼，没有牵挂留恋，我们只是双手握紧。

我试图用掌心温暖你渐凉的身体，你试图用掌心传递我无限的力量。

你懂我掌心的话语：我一直陪你走完，今生今世。

我懂你掌心的含义：我一直爱你在心，从未改变。

7

你对我说，用清爽的吉文河水洗眼睛吧，你会心明眼亮，幸福一生。

你还说，苦，永远不是放弃的理由。我们永远不是最苦的那一个，这个世界上还有比我们更苦的人。

你还说，我们的生活可以很卑微，但我们的灵魂一定要保持站立的姿势。

你还说，纵然繁花落尽，也会有一瓣花香开在我们清净的指尖。

父亲，我记住了。我努力让自己洁净、宽容、平和、慈悲。你用心的教导，我想我懂得了。

8

说好的永别也不哭泣，可是为什么到现在还泪眼迷离？

父亲呀，我只是格外想你。想你时，我就忍不住一个人偷偷地哭泣。

我答应过你，会努力不让自己痛。可是痛时，请允许我大声地喊你。

9

我知道那个世界安宁洁净。

我知道那里草青水绿。

我还知道你能在那里放歌醉酒，在那美得夺目眩晕，惊心动魄的天堂里自由漫步。

我大声地喊你。

我试图感动天地。

我真的知道，你一直在我身边，从未远离。

家　趣

火 凤 凰

传说，世界上有一种最美丽的鸟。他为了守护心中的爱人，在最美丽的巅峰折断了自己美丽的双翅，从此，不再飞翔。

他就是——火凤凰。

这场雨好大呀！天公似乎在发怒，泼下一盆又一盆的水，浓重得看不清眼前的路。爱人把车停靠在路边，打开急闪灯。我担心如此大的雨会把天冲漏。我不安地问身边的爱人"你说天会漏吗"。

爱人笑了，说"傻媳妇，天怎么会漏呢？别乱担心"。

"真的不会吗？"

"真的不会！我保证！"

"那你把窗户摇下来，让我看着天。"

"雨会钻到车里的。"

"我不管。我就要看着天。"我假装生气地噘起嘴。我知道他深爱着我，也知道我在他生命中有多重要，正因为知道，我才会在他面前如此任性和刁钻。

爱人无奈地长吸一口气，把车窗打开。雨水瀑布般冲进车内。爱人慌乱地把后背横在窗前，以抵挡雨水对我的冲撞。只几秒钟，爱人就反转过身体，把一个湿淋淋的后背转给我。"关上呀，关上！"我大喊着。

这可怕的雨呀！

爱人全身都湿透了，发丝滴下的水几乎让他无法睁眼。冰冷的雨水浸泡着他原本温暖的肌肤，他不停地哆嗦着。我心疼了。双手开始胡乱地在他的脸上擦拭。爱人依然笑着，嗓音哆嗦地说"傻媳妇，你别碰我！小心着凉"。

他居然连一句责怪的话都没有。他怎么可以如此宠惯我？！

我就这样带着他的疼爱从梦中哭醒。泪水打湿了枕边的发丝。

扳指算来，爱上泰戈被泰戈爱上已经二十八年了。自从遇见我以后，这个优秀的男人便开始不断地更改自己。我如魔鬼般纠结着他的身心，无理取闹也好，无病呻吟也罢，多愁善感也好，情绪多变也罢，他一直如父亲般宽容、如兄长般疼爱、如恋人般缠绕在我的身旁。这个优秀的男人为了我，放弃了大城市、大公司给他开出的高薪、出国、分房等优惠条件，回到大庆，回到我的身边，而这些仅仅是为了实现我父母不忍心让我远游的梦想。他如火凤凰般折断了自己的事业和前途这两只美丽的翅膀，在大庆落脚，守护在我的身旁，从此不再飞翔。

看着睡梦中泰戈洁净的面孔，我对自己说：纵然他的事业会出现千百回的平庸，纵然他的前途会出现万千次的灰暗，我也一定要陪伴在他的身边，一如他一直坚毅地守护在我的身边一样。

走过风走过雨，走过寂寞和孤独；珍惜爱珍惜情，珍惜快乐和幸福。老天怜悯，把我们赐给彼此。就让我们成为永远的牵挂吧，就让我们把自己的生命融入到彼此的血肉筋骨里吧！

我的火凤凰，谢谢你能在茫茫人海中找到我走近我！

我的火凤凰，谢谢你能在二十年前那个美丽的夏日娶我回家！

娶个老婆挠痒痒

我当然知道泰戈自己会剪指甲。

泰戈扳着手指头对我说：你对我的作用只有四个，一是花钱，二是剪

跪拜我的大漠长林

指甲，三是拔眉毛，四是挠痒痒。

他这样说的时候，我便哇哇叫，因为我没花他多少钱。虽然他赚的工资比我高，但我的工资卡、奖金卡全部在他手里，他像对付孩子一样，定期不定期地发给我一些零用钱，我呢，却不能像孩子一样把钱全部花在自己身上，我要用这些钱为宝宝交补习班的费用、为双方老人买菜买水果、为他买鞋买袜、为家里买必需的生活用品……我只用其中极少数的钱为自己买衣服、买化妆品。所以，我坚决反对他把"花钱"列入其中，并且列入第一项。

泰戈不这样与我算，他会说：是你要买的大房子、是你要买的大沙发、是你要生个小娃娃、是你……这些花大钱的项目搞得我头昏脑涨。

先说说剪指甲。泰戈有一次出差，大约半个月的样子，回来后，他送给我的礼物是他的一只没洗的臭袜子。我问是什么。他神秘地说"打开看看"。我便认真地打开了。结果——结果——是剪下来的指甲！他还蛮正式地对我说"手指甲长了，脚指甲也长了，还把其中一只袜子顶破了，没办法，我就剥夺了你的权利，自己剪了指甲，我怕你问，所以就用没破的袜子把它们带回来了"。天，剪下来的东东也可以做礼物吗？看着他认认真真做解释的面孔，我还真不好意思生气，于是，也蛮正式地把这些家伙从臭袜子里倒出来，种在卧室的花盆里。结果是，居然没有长出一大堆臭指甲出来。

再说说拔眉毛的事。泰戈大学毕业时，从学校带回来一个文具盒。我很好奇，那个铁式的文具盒看上去很古老很破旧。泰戈紧紧地按着文具盒，让我猜里面是什么。我猜不出。打开看时，发现是一大堆眉毛。黑黑的，乱七八糟地堆在里面。原来，泰戈的毛发很重，他要经常性地对面部的这些毛发进行清理。他把一枚镊子递给我，蛮郑重地对我说"马上要成为我老婆了，这个活儿，以后就是你的了"。就这样，我从他的手里接过了他对我的关于他的毛发的信任。是的，我认为这是一种信任。

我得说，我对挠痒痒这项工作还是极为胜任的。我很会挠痒痒的，尤其挠后背。真的，我一般情况下是这样给泰戈挠后背的：从左右肩胛骨开始，而后向脊柱靠拢，最后大面积横扫。完活儿，泰戈总会舒服得哼哼叽叽地呜噜着"好了好了"。

虽然，我十四岁时爱上了十三岁的泰戈，但我是在八年后，他二十一岁时才开始给他剪指甲、拔眉毛、挠痒痒的。我知道如果没有我，泰戈也会自己完成这些事情，或者找别的女人帮助完成，但他选择了我，所以，我总是努力地把为他剪指甲、拔眉毛、挠痒痒的这些事情做好。不为别的，只因为我的生活不能没有他。

爱情钢镚儿

1995年夏天的一个早餐后，我像往常一样背着挎包去上班。但我没去单位，而是直接去了火车站。我要去西安找泰戈。

在西北工大读书的泰戈是我男友。我们是初中同学，是你第一我第二的那种学习对手。都说异性相吸，还真是没错的，我们打着对手戏，不但没有结下怨仇，反倒互相欣赏起来。中考时，我妈一句"女孩越大越笨"就断了我的大学梦想，我报考了中专。泰戈知道我没报考高中后，没深没浅地去诘问我妈，却让伶牙俐齿的我妈骂个狗血喷头。败下阵来的泰戈握着我的手，说"可怜的丫头，你妈太厉害了！做我女友吧，我保护你"。高考后，泰戈跑到西安读书，因为家贫，放假时他要打工攒学费，不能回家，我便决定去西安看他。

北京中转时，我电话告诉我妈我去西安了。我妈一下子哑了声，她没想到她的乖女儿会背着她打好出走的行囊。我妈的脑子一下子就乱了，她以"过来人"的心态想象我与泰戈两个年轻人在另一座城市会干些什么，吃饭、旅游、牵手、接吻……我妈越想越害怕，于是，她决定让我结婚。订家具、选日子、找司仪、请乐队、发请柬……我妈做这些事情的时候，远在西安的我和泰戈还不知道我们快结婚了。

我妈把一切都安排妥当以后，才发现婚礼上最重要的结婚证还没办。我妈去民政局领证。没有当事人，没有结婚照，怎么会给结婚证呢？

我妈一脸懊恼。回家途中，我妈看到垃圾箱里有一堆红本皮垃圾，她像个拾荒人般翻拣起来。老天有眼，我妈居然发现了一个"结婚证"的红本皮。喜极而泣的我妈捧着这个宝贝回了家。

当我和泰戈从西安回来后，看着满屋子的亲戚，我们才知道第二天要举行我俩的婚礼。我妈满嘴是泡，她哑着嗓子，咬着牙根儿说"没心的玩意儿，跑这么久才回来，再不回来，这婚都没法结了"。

我舅证婚。他拿着我妈从垃圾箱里捡来的红本皮，里面夹着我妈写的结婚证，开始宣读。虽然没人知道那场婚礼的主角还没有取得合法的结婚资格，但不妨碍王子和公主开始幸福的生活。

泰戈读研，我的工资收入又不高，婚后的生活就在精打细算中开始了。每月工资发下来，我都把它换成小面额的钱，钢镚儿更是多多益善。我们把这些小面额的钱分放在不同的地方，钱包、衣柜、床铺下、枕头里……我们试图忘记这些散放在各处的钱。忘记的钱，就攒下了。一旦急用时，我们就翻床倒柜地找钱。为了攒钱买房，钢镚儿成了我和泰戈的最爱，游击战术的找钱运动也成为我们最喜爱的运动方式。找钱的快乐真是莫大的享受啊。

我们的生活在泰戈硕士毕业后有了改善。当他第一次拿回工资时，我俩无措地看着这些钱，不知道应该怎么处理。最后还是采用了从前的办法，把这些钱分放在四处。结婚二十年了，现在，我和泰戈一个月的工资就超过了那时一年攒下的钱，虽然如此，我们依然保留着那时的习惯。是的，我们依然喜欢在不同的衣兜里摸到不多的钱，也喜欢在打扫床铺时发现不多的面钞，更喜欢钢镚儿在包里、存钱罐里发出的欢快撞击声。

那声音如此清脆美妙。

诗曼做妈妈

诗曼为自己的孩子取名徐静。

诗曼爱把徐静揽在怀时，给她唱歌，哄她入睡。诗曼还爱把徐静按在盆子里给她洗澡。诗曼总是一边洗一边说干净多漂亮。说这话时，诗曼多半已被自己和徐静折腾得全身上下没一块干地方了。

徐静"生病"了。诗曼坚持自己给她打针。诗曼让徐静趴在床上，而后，很认真地用酒精棉给徐静涂屁股。涂完了，当然是一针扎上去。徐静受不了疼，便"哭"。诗曼把徐静翻过来，给她擦眼泪，诗曼说别哭别哭，打完针病就好了。

诗曼总对我抱怨徐静不会笑。我对诗曼说你对徐静温柔点儿徐静才会笑。诗曼张大那双漂亮的眼睛，认真地问我温柔是什么？好吃吗？

唉！诗曼实在不会做妈妈。其实，她才只有二十一个月呀！她的宝宝徐静只是一个布娃娃，而她自己是我天使般的女儿。因为工作的原因，女儿在我母亲家里，我只能每周末回去看她。

又是一个周末，我刚刚走进家门，诗曼就把一个裹着枕巾的布娃娃塞给我，又把我的背包拿去背在自己的肩头。她对我说"妈妈，我把宝贝留给你了，你帮我好好看着呀，我去上班了。"而后，她又煞有介事地说"宝宝乖，宝宝不哭，妈妈上班挣钱买好吃的。再见"。说着，诗曼扬了扬手，拐进了里屋……

黄黄的葬礼

诗曼这一次真的很伤心。她哭红了眼睛，哭肿了眼皮，哭累了身体，哭断了心肠。为的，是黄黄的离去。

黄黄是一只小鸡仔，因为头顶有一撮黄色的毛发而得此名。为了与黄黄相配，与它同来的另一只小鸡叫豆豆。诗曼说"它们是黄豆联盟"。

它们还小，刚出生没几天。诗曼去带它们回来的时候，它们正和一大群小鸡仔在农家的炕头上唧唧唧地叫着。带它们回家的路上，诗曼就欢天喜地地给它们取好了名字，又带着它们去草地上玩儿。那个时候，黄黄就不爱动，豆豆碰它一下就动一下。我们以为黄黄是只懒鸡仔，就没有过多理会，没成想，晚上回到家，黄黄就趴下了。

诗曼泪流满面地摇着我的胳膊，说"妈妈，你快快想出办法呀！救救黄黄"。

我把药箱拿出来，翻找了半天，拿出一片罗红霉素。我把药片放到小勺里，而后用热水温化。但黄黄只吃了一口，就拒绝再吃下去。我狠狠心，把黄黄的尖嘴巴撬开，把药强灌下去。诗曼又哭了，说"妈妈，你轻点儿，你弄疼了黄黄"。

姜家二姐是个虔诚的佛教徒，她知道黄黄离死亡不远了，便开始为黄黄诵往生咒。诗曼哭着问姜家二姐"这样就可以留住黄黄了吗"。姜家二姐不理会诗曼，依旧诵念着。诗曼也马上效仿起来。诗曼声音颤抖地叨咕着："南无阿弥陀佛，救救我的黄黄……"

所有的一切都是徒劳的，药、经咒、虔诚。黄黄还是丢下诗曼，丢下爱它的小主人走了。

黄黄被小心地放在门口的地上，等待下葬。

黄黄的葬礼简单而庄重。诗曼还小，她无法把悲痛隐藏在心里不表露。痛苦，明明白白地写在她的脸上、身上、骨头里。

诗曼在楼下的小树林中为黄黄找到一个合适的位置，而后就是艰难的挖掘。坑不大，但挖得极精致。诗曼把黄黄放进硬纸壳做成的灵柩内，又在里面放进厚厚的一层青草，诗曼说"黄黄饿的时候可以吃"。

黄黄的"坟"包并不高，与土地几乎是齐平的。诗曼说"妈妈，我不想记住这个地方，我会难过的"。

只剩下孤独的豆豆了，我说再买一只小鸡陪豆豆吧。诗曼不肯。诗曼说，"一个豆豆就行了，我会好好待它，妈妈，我真的不喜欢为小鸡办葬礼"。

我无语。诗曼，就这样经受了一次离别伤痛，经受了一个活生生的生命在她面前渐渐消失。

她痛，我也痛。

最难忘却母亲路

八岁的诗曼画了一组铅笔画送给我。

这组画共分四个画面。第一张：一个梳着两条长辫子的小姑娘，斜背着书包，活泼快乐地走在铺满鹅卵石的小路上，旁白"我上学了"。

第二张：一名教师站在讲台上，右手持教鞭，左手拎一小包包，黑板上写着英文字母，旁白"我上班了"。

第三张：一个身着漂亮婚纱的年轻女孩儿，头戴皇冠，走在鲜花丛中，快乐地向人们招手，旁白"我有家了"。这次诗曼用的是感叹号，而且感叹号的小点儿画成一个心形。

第四张：一个满脸皱纹，戴着老花镜，手挂拐杖的老奶奶，微笑地走在路上，旁白"我退休了。老了"。这次诗曼用的是省略号。

诗曼画的是人生轨迹。但她没有画出另外两个重要的过程：从母腹中脱落——出生、成为母亲孕育生命——生产。

我出生的那个冬天寒冷而干燥。母亲说，她挺着硕大的肚子从内蒙古老家转乘两次火车才来到长春——父亲所在的部队医院，生下我。难产使得医生让父亲在我与母亲之间做出选择。父亲看着满头大汗的母亲心痛地说"要大人"。但母亲却选择要孩子。母亲，就这样给了我一条生命，让我从此快乐、痛苦、艰辛、幸福地在人世间走一遭。

诗曼出生的那个春天阳光明媚温馨。那天早晨，在医院，羊水破了。我慌乱地、急促地催泰戈快去上班，我实在不想让他看到我因为生产而变形的脸。泰戈爱恋地俯下高高的身躯，问我一个人能行吗。我说当然行，医院里有太多的医生和护士，也许等你下班回来就能看到我们的小宝贝了。听我这样一说，泰戈坐了下来，说如果那样，我就真的不能上班了，我要守在你的身边。我急了，忙改口说，哪儿能那么快呢，现在一点儿反应都没有，听话，快去上班吧。

泰戈前脚离开医院，我后脚就进了待产室。疼痛把我折磨得心力交

59

跪拜我的大漠长林

痒。七个小时过去了，胎心音越来越弱。于是，我选择了剖腹产。

当护士把我从待产室推往手术室时，我看到了满脸泪水的泰戈。他右手爱抚地摸着我因为疼痛而咬破的嘴唇，左手抓住我刚刚掰断了产床把手的手。

如今的诗曼，已经长成初中生了。经过牙牙学语、蹒跚学步、贪吃贪睡、成长快乐以后，小家伙居然已经出落得有条有款了。空闲时，总会拾起关于诗曼的往日回忆：第一天入园的哭泣、第一天入学的兴奋、第一次入队的喜悦、第一次当班干部的腼腆、第一次登台演出的快乐、第一次获奖的不在意、第一次收到"求爱信"的不好意思……诗曼，我的最爱，就这样一点点地长大了。

我知道，终有一天，她也会如母亲、如我一般走进待产室那个可怕而神圣的地方，她必将在某个疼痛而幸福的时刻划过一个女人一生中最大的轨迹，最美的弧线。我还知道，这个过程将会让她刻骨铭心，终生难忘。

线的这端那头

泰戈左右为难的原因是今晚他值班而我却病了。虽然打过针吃过药了，但我依然高烧不退。尽管我努力地冲着泰戈露出无畏的笑脸，泰戈还是不忍心丢下我去单位。就在这种情况下，女儿诗曼挺身而出。

诗曼郑重其事地对泰戈说"爸爸，你放心去单位好了，妈妈这儿有我呢，我十一岁了，你应该相信我会照顾好妈妈"。诗曼的话打动了泰戈，他去了单位。

按照爸爸的叮嘱，诗曼一直坚持着不睡，直到子夜时分服侍我吃药。吃过药，诗曼爱怜地抚摸着我汗涔涔的头发，央求我能否让她留在我的床上。我严厉地拒绝了她。我担心会把病传染给诗曼，我希望她能永远健康。听到我的拒绝，诗曼难过地解释着："可是妈妈，半夜你要喝水怎么办？你要去卫生间怎么办？你还很……"为了能让诗曼快些离开我，我露出厌烦的表情，我皱紧眉头，捂紧嘴巴。诗曼见我不快，就住了口。

我用被蒙住头。

我听到诗曼在哭。我从来没有对她狠过，她一定很难过，但我坚持着不去理她。

我听见诗曼离开的声音……可是，没多久，她又回来了。她拿来一根长长的线，她把线的一端系在我的手腕上，诗曼一边系一边说"妈妈，曼曼是你的乖孩子，曼曼听你的话在自己的房间里睡。可是曼曼不放心你。曼曼想了一个办法，曼曼在你的手腕上系上线，你想喝水时就拉拉线，曼曼就过来给你倒水喝"。

我把被角拉起，紧紧盖住我的整张脸。我听见诗曼惊恐地说"妈妈你别生气，曼曼这就走"。

我不敢拿下被子，因为我已在被子里泪流成河。我紧紧地咬着被角，我怕哭声会让诗曼不安。我不想让她不安的。

天刚破晓，泰戈就赶回了家。他看到一条长长的线曲曲折折地从这屋连到那屋，线的一头系在我的手腕上，另一头系在诗曼的手腕上。泰戈的眼角湿了，他摸着我已退烧的额头，叹息一声，说"女儿大了"。

五分钟的疼痛

十四岁的诗曼无比愤怒地在客厅里走来走去，大声地数落着某卫视的不是。我认真地盯着她的眼睛，努力不溜号地听她为许嵩喊冤叫苦。内向的诗曼如话痨般反复不停地说着：素质差的主持人把"宿敌"报成了"宿命"，让恶心的某明星抽奖，把许嵩晒在一边不管，许嵩有礼貌的谢幕还没结束那面就切音，耳麦里的伴奏到第二段才有……"妈妈，你知道吗？他们居然把许嵩晒在一边长达五分钟。五分钟呀，想想都让人心疼。"诗曼甚至决定，从此以后再也不看某卫视了。

在这种情况下，我决定与诗曼进行一场认真的对话。

是的，作为母亲，我理解许嵩。这个八零后的大男孩，初登舞台就遭遇了五分钟不被理睬的尴尬，这的确让人心疼。五分钟，不长，但也许会成为许嵩今生最深的记忆，也许会成为他再次登台的心理障碍。我猜想，为了舞台，为了梦想，年少时的许嵩也许曾经饿过肚子赶乘公交背着乐谱琴弦四处拜师学艺，顶着严寒，冒着酷暑。也许，他还曾经弹肿过手腕弹痛了手指，戴一身月亮，披一身星光。

梦想，总是要伴着艰辛长大；成功，总是会伴着汁水到来。鲜花总是献给英雄，掌声总是响在身后。孩子呀，成熟，总得靠一次次的失意才能换取。

作为追星女孩的母亲，我理解也心疼着诗曼。她在众多歌星影星球星文星中选择了许嵩做偶像，是因为她欣赏许嵩的才华。这个毕业于安徽医科大的年仅二十五岁的大男孩，不仅有着诗曼"做医生"的梦想职业，而且还会作词作曲配乐演唱。为了能时刻听到许嵩的歌声，诗曼不仅用手机、MP5下载他的全部歌曲，而且还攒下零花钱买来他的唱片。诗曼对许嵩的歌曲如醉如痴，她能背下许嵩所有歌曲的歌词，她甚至像做语文阅读分析题一样明晰这些歌词的深刻含义。有一次，她在作文比赛中因为准确恰当地引用了许嵩的歌词而高分获奖，从此，她更加迷恋许嵩的歌曲了。

我知道，许嵩会是诗曼人生成长中一个重要的角色，就如同我年少时迷恋邓丽君、童安格、张明敏一样，他或喜或悲或忧或叹的歌词带给诗曼的已经不仅仅是简简单单的文字符号了，更是一种生命历程。它的意义就在于让诗曼更加深刻地懂得了敬畏人生，敬仰万事万物。

疼痛总会陪伴人生成长。许嵩也好，诗曼也罢，总要在生命的路程中经历一些必需的风景。有些风景不仅不美，甚至还会风沙漫天眯人眼，但这些风景是无论如何也不能省略的，因为只有这些不美风景的存在，才会突显出美丽的重要。那些交织着沙粒的不美磨难会使我们的美丽更加刻骨铭心。

对吗？我亲爱的诗曼。

想念远去的星

曾经为师

我是极喜欢小孩子的。喜欢他们清澈纯净的眼眸中闪亮的温暖，这温暖可以晒干时光打湿的翅膀。翅膀的潮湿让我沉重得无法飞翔，我只能沉浸在自己的角落里。

我愿意拥有一间安静明亮的教室。教室里窗明几净，桌椅整洁，温暖和煦的阳光透过窗玻璃泻满整个房间。衣衫合体的孩子们安静地伏案做作业，我在狭窄的桌椅过道间缓缓穿行。

这就是我想要的生活。

这个梦想一直指引着我完成了基本的义务学业，初中毕业后，我如愿考上了师范学校。

临近毕业的前三个月，我被派到一所小学校实习，指导教师姓曹，承担三年级班主任兼数学教学。班上有个小女孩长得恬静、漂亮，眼睛里透出一股灵性，一进班我就喜欢上了她，听课时也就别无选择地坐在了她的身边。但事实上，她不是一个安静的孩子，听课时左顾右盼，以至于曹老师讲的每一道题她都不会做，不会做也便罢了，她居然还在课桌下偷偷地画画。画画时的样子却不像听课那样，而是颇为专注认真的，画面的联想也极为丰富，搞得我实在不忍心打断她画画的思路。本来我打算放学后与这个小女孩好好聊聊的，但一下课同学就找到我，让我立即返校赶排节目参加去外地的慰问演出。就这样，直到毕业分配，我再无缘见到这个还不知道姓名的小女孩。我不知道她是走上了绘画的道路，还是在父母老师的呵斥下放弃了自己的爱好。也许是这个小女孩的缘故吧，在未来做教师的岁月里我一直提醒自己：发现每个孩子的特长并竭力去发展它。

毕业后，我没有分配到小学校，也因此失去了拿起粉笔和批改作业的机会。我分配到幼儿园，成了五岁娃娃的"孩子头儿"。那年，我十八岁。

二十多年前的孩子不比现在，在家没有受过太多的教育，甚至分不清妈妈和老师的区别。他们一边抹着想妈妈的眼泪，一边跟在我身后喊"妈妈"。我呢，一边羞红着脸纠正他们喊"老师"，一边帮他们解裤带、揩鼻涕、穿鞋子。

半年后，孩子们全部学会了叫我"老师"，突然间没有了身前身后奶声奶气的"妈妈"叫声，我的心莫名地空荡起来，居然开始抱怨幼儿教育——小小的孩子懂那么多干吗？纯真是多么好的事！自然是多么宝贵的东西！

在我们课内课外的游戏中，娃娃们健壮起来，成长起来，丰盈起来。我便知道，他们该毕业了。他们已经长到了告别幼儿时期成为一名真正的小学生的时候了。在离别的婆婆泪眼中，我就这样送走了一批又一批的孩子。从此，我也从他们的记忆中走出，直到被忘记。

我的幼儿教师身份在七年后以我考上公务员画上句号。从此，我与我的学生们更是"相忘于江湖"。只有我自己知道，作为一名教师，虽然我面对的只是初谙人世的小娃娃，虽然每年教师节我收不到一份离园孩子的祝福，但我也曾桃李满天下，也曾星辰满苍穹，也曾在他们人生的行走中陪过一程。

有了过程的美好，又何必去追问结果呢？

宝儿，家来！饭喽——

每晚五点半，晚饭的时间，我家一楼就会传出一个老男人的吼叫

"宝儿，家来！饭喽——"而后，一个清脆的童声就会在楼外响起"来嘞"——

老男人六十多岁了，长相要比实际年龄更老，据说是某国有企业退休职工。退休后，老男人没事儿做，就在小区里捡破烂儿、翻垃圾筒，被他称为"宝儿"的孩子就是他在小区里捡破烂儿时捡来的。那天清晨，襁褓中熟睡的孩子静静地躺在垃圾筒旁，小模样让人看着心疼。老男人就把孩子抱回来了。

老男人寡居，三个儿女都已成家另过。听说老爹捡回来个孩子，电话一串联共同回了家。他们不让留下这孩子，指出三条"光明大道"让老男人选：一是送福利院；二是送派出所；三是送回原地。三条路老男人都没选，而是固执地把孩子留了下来。三个亲生儿女一生气，从此断了与他的父子关系。再没登过老爹家的门。

老男人给孩子取名"宝儿"。更有意思的是，老男人让宝儿叫他"爸爸"。走了亲生儿女的老男人从此与非亲生的宝儿相依生活。

宝儿就着一口米汤一口水长大了。为了宝儿有个良好的教育，宝儿开始上幼儿园、上小学，老男人的负担也随之越来越重了。

宝儿与我女儿诗曼同在小区内的学片小学读书，但他比诗曼高一年。每天宝儿上学走后，老男人就去捡破烂儿。捡破烂儿这个职业很好，没有年龄、性别、学历、身体状况等一系列限制，况且破烂儿也真是个好东西，它可以换钱，有了钱就可以给宝儿买好吃的，宝儿正长个儿，宝儿需要营养；有了钱还可以给宝儿交学费，宝儿大了，宝儿开始有尊严了，宝儿不想让学校给减免费用；有了钱还可以给宝儿存款，老爸爸越来越老了，总有离开人世那一天，可是宝儿还年轻，还要上大学，还要结婚，这都需要钱呀，得提前存下来才行；有了钱……可以做好多好多事情嘞！

宝儿放学了，就会和诗曼、邻居小孩儿在外面疯玩一阵子，老男人在家做晚饭。饭做好了，老男人就会趴在窗台上大喊："宝儿，家来！饭喽——"宝儿听到了，就会大声地回应"来嘞"——于是，孩子们就散了，各回各家吃晚饭。

一天晚饭时，诗曼告诉我，宝儿和他爸爸要搬走了。我问搬到哪儿。诗曼说后龙岗。我问为什么。诗曼说："宝儿说他爸说的咱这个小区是学片区，房子忒贵，他家还是三室一厅，可以卖个好价钱，在后龙岗换个小房子，可以省出好多钱。"我无语。

一个月后，宝儿和他爸爸搬走了。宝儿搬走后，孩子们就像没有了在外面疯玩的主心骨，一个个放学后就躲在家里与作业、看电视、上网玩游戏。诗曼很失落，一到晚饭时间就会自己个儿在屋子里大吼一声："宝儿，家来！饭喽——"而后，又拿捏着嗓子回应一句"来嘞"——

我和爱人都沉默着，不理会也不制止诗曼的行为。屋子里飘荡着的，全是诗曼的吼声。

为咳嗽作证

记忆中，那是一个多发病的季节。那年，我读初二。因为是个多发病的季节，班上很多人患了感冒，咳嗽得很厉害。

那是一堂英语课。英语老师长得很丑很丑，课讲得也不好，干干巴巴的，全班同学没有一个人喜欢上她的课。那天她上课时，班上很多同学都咳嗽起来。咳嗽声很大很响，以至于英语老师没办法把课讲下去，她当然认为这是学生们的恶作剧，一生气，一摔书，就离开了教室。

接下来的事情就有些不妙了。班主任老师怒气冲冲地走进教室，"所有在英语课堂上咳嗽的同学都给我站起来！"脸上没有一丝笑容的班主任老师这样说。

我站了起来。因为我咳嗽了。

"你们，明天，让家长到我这里来，给你们作证，证明你们确实感冒了，不然，就不要来上课了。"老师丢下这句硬邦邦的话，摔门而去。

那天回到家，我哭得一塌糊涂，以至于哭肿了眼睛。我不知道如何对母亲说这件事。我担心她会骂我，或者打我。

尽管那晚我努力地躲避着母亲，母亲还是看见了我红肿的眼睛。她问我为什么。我只得告诉她，我别无选择。我等待母亲对我的责骂。但事实上，母亲却长叹一口气，说"明天我陪你去学校"。

第二天，母亲陪我去学校作证。我是班上唯一有家长来学校"作证"的学生。

如今，很多年过去了，不知道为什么，长大的我总会时常想起这件事。走上社会了，面对的人多了，接触的事也多了，类似"咳嗽"这样的事情也会时常发生。但我远没有小时候那般幸运了。母亲已经没办法为我的"咳嗽"再次作证。

"钢琴不再为我伴奏，我将一个人独自歌唱。"走了这么远的路，我告诉自己，这个世界上最疼爱我的是双亲，但能为我作证的只能是我自己。

懂 你

姐姐临终前紧紧地攥着她的手，把丈夫和四个年幼的孩子全部托付给了她。那一年，她只有十九岁。

如花似玉的年龄就这样成了姐夫的新嫁娘。如花似玉的容貌，就这样在没有准备中给了他和他的四个孩子们。

婚后，她辞去了那份收入不多的工作，除了照顾四个孩子的饮食起居外，就是安心地打理她和他的家。他不是一个富有温情的男人，不会说一句富有温情的话。每个月他都会准时地把工资交给她。工资不多，仅够一家六口人吃饱饭。

她怀孕了。她告诉他这个消息的时候，他一怔，而后便没有了声音。第二天，他上班走后，她痛哭了一场，而后一个人去了医院。她懂。她知道这个时候他们没能力养这个孩子。

四个孩子一年攥着一年地长大了，又开始一个连着一个地走进了学校男孩儿们的食量大了，女孩儿们知道美了。每个月固定的时间，他还是准时地把工资拿回来交给她，但工资太少了，她一天比一天地感觉到生活的压力。于是，她决定办个幼儿园，收几个孩子，贴补家用。就在这时，她再一次发现自己怀孕了。怎么办呢？她思前想后，没有告诉他就一个人再一次去了医院。

手术后的第二天，她张贴出去的招生简章就招来了第一个孩子，而后就是第二个、第三个……她精心地照料着这群孩子，她知道自己必须精心地照料他们，因为他们是她和他这个家的经济来源。

因为她的精心，又引来更多的孩子，但这群孩子的父母多是离异的、外出打工的、经商的，父母们都愿意多花钱，但不愿意把孩子留在身边。这群孩子每时每刻都与她在一起，甚至年三十儿也留在她这儿。忙来忙去中过了一年又一年。他的四个孩子相继长大了，毕业了，上班了，结婚了。他呢，也退休了。

二十多年的时光，她的容颜已不再年轻，过度的操劳使她的头发几近全白。这二十多年来，他从来没做过饭、洗过衣，更没有伸过一把手替她照料那些被她称为"经济来源的孩子们"。二十多年过去了，她每天都在重复着同样的事情：为他、为四个孩子、为一群孩子做饭、洗衣、收拾家务，她永远穿梭在家与菜市场之间。

终于，她病倒了。终于，属于她的日子不多了。

"经济来源"的孩子们哭喊着纷纷被父母接走了。她的泪水也随着一个个孩子的离开流下一回又一回。他坐在她的病床前，紧紧地握着她无力的双手。他说我已经习惯了被你照顾，他说你不能把我丢下，他说你还没有给我留下一个孩子，他说我和你一起开个大大的幼儿园……

她的双眼紧紧地盯着病房门口，她知道自己是在盼望他和姐姐的四个孩子能来看看她，她知道这么多年来孩子们一直叫她姨，她知道孩子们一直埋怨她照顾他们不细心，她知道自己可以对姐姐说她已经尽力了可是孩子们在心底还是与自己有隔阂，她知道自己也曾经有个梦想——有一个自己的孩子，做一回真正的母亲……

她是我家邻居。她结婚那天，是我弟为她燃放的喜炮。

学会宽容

家人聚在一起聊天。做眼科医生的小弟给我们讲他的小患者琨受伤的故事。

琨是小学二年级的学生，他在放学的时候，被高年级的学生挤推，摔倒在校园内的路牙石上，眼眉上方被划伤，伤口足有两厘米长。鲜血直流。与琨同行的同学急忙反身回教室报告给老师，老师也急忙打车把琨送到医院。

琨因为疼痛和委屈，哭得一塌糊涂，这是无可置疑的。伤口需要缝合，这也是无可置疑的。琨的父母赶到医院后，因为心疼，当妈妈的哭着跑出了缝合室，爸爸虽然没有让眼泪掉下来，但满脸满眼写满了疼痛。爸爸把琨紧紧地搂住，对小弟说"医生，麻烦你下手轻些，缝合的过程快些"。

刚做了三年爸爸的小弟一下子想到自己的儿子。小弟几近愤怒地对旁边的老师吼叫"你严重失职，你知道吗？这孩子是因为你受伤的"。

老师低下眼睛，滚下一串泪，什么都没说。

小弟最后说"你们知道吗？琨的爸爸到医院的第一件事就是把老师付的医药费还给了老师，最难以理解的是，琨的奶奶到医院的第一件事是把老师带孩子看病时的打车钱还给了老师。如果是我，还给她钱？我得骂死她"。

看着小弟愤懑的样子，我说，我也讲一个发生在我身上的故事吧。

那时，我刚走出师范学校大门，在一所幼儿园工作，给一群五岁的娃娃们当老师。因为我生性活泼，加之受到刚进入中国的蒙氏教育影响，所以，我经常带领我的孩子们到外面去上课。我给每个孩子一角钱，而后让他们一个搭着一个的肩膀，让这支三十人的队伍出现在商场里，只因为那节课我们学习"采购"和"认识钱的作用"；我带他们去林子里看绿叶和小草，因为那节课我们学习"认识春天"；我带他们到操场上堆雪人打雪仗，因为那节课我们学习"冬天来了"……我的学生们天天盼着上我的课，因为全幼儿园只有我一个人这样教学生。

好心的同事一个接一个地告诉我不要这样上课了，所有的经验告诉我们"只有安静地待在教室里，坐在小椅子上，才是最安全的"。同事们说："不要这样了，现在的孩子都是独生子女，不好带的！"

我当然不会听同事们的劝告。问题终于出现了。

有一天，我带孩子们玩"老狼老狼几点了"的游戏。孩子们在奔跑时，一个叫月的孩子摔倒了，额头撞在琴脚上，划伤的口子有两厘米那么长。看着血流下，我吓坏了，抱起孩子冲到医院……

在医院里，我流着眼泪请求月的父母原谅。月的妈妈已经哭得说不出话来，爸爸什么也没说。

月的父母对我冰冷的态度让我的内心一直纠结着。那时，我每月的薪水是一百二十元，虽然我拿出一半的钱给月买了水果和滋补品，但我还是无法原谅自己，并很久以来都无法走出这个阴影。

"知道最后的结果是什么吗？"我问家人。

家人都不言语。我说"最后的结果就是，从此以后，我再也不敢带孩子们玩这种游戏了，而且，我也像其他老师一样，让孩子们安静地待在教室里，坐在小椅子上"。

家人都沉默着。

诗曼说"我终于明白为什么学校宁可让我们在外面冻着，也要在规定的时间开大门放我们进校园了"。

是的，一切都是为了安全。

可是，我们的校园真的就安全了吗？

我们在保护我们唯一的骨肉不受到身体伤害的时候，我们是否想过，他们的内心是不是已经受到了伤害？还有那不再开放、不再轻松的禁锢教育，是不是就此走近了我们的孩子，埋葬了校园教育？

心灵深处那间屋

她说，她总想为他写点儿什么，用那支笨拙的笔和那颗爱他的心。

据说，每个人的心灵深处都会有一个角落，除了那个人，谁也无法踏得过去。她想，她的心灵深处也一定有那样一个角落，永远地只属于一个人。

最喜欢的，就是能与他在一起，被他紧紧地抱在怀里，闻他身上淡淡的味道。或者就那么与他面对面地坐着，聊点儿什么。哪怕彼此只是看看书，听听音乐，只要能够感受到他的存在就好。要么，就是一个人静静地坐会儿，泡一杯漂浮着野菊花的茶，燃一支淡淡的香烟，倾听他的呼吸，回想着与他在一起的每一个日子，享受着那种爱着、牵挂着的感觉。

最不愿意的，就是他出差。最深的记忆有那么一次，他笑吟吟地站在她面前，说他要离开一阵子，她紧张地在自己有限的脑细胞中搜索搜索再搜索。她以为是自己做错了什么惹得他丢下她一个人去远行。他不在的日子里，她痛苦地知道，思念就是一个戒也戒不掉的瘾，也同时深切地体味到了"爱有多深，牵挂就有多长"的道理。她不愿意任何人占用她的电话线，她放下所有的交际和工作，腾出一切时间，只为了等待他的电话，倾听他的声音。于是知道，为什么他在身边的日子里，总喜欢伏在他的怀里凝视他的模样。原来只是为了将他刻在心里，在他离开的日子里好细细品味。

轰轰烈烈相爱时，也一并知道了相爱的路上还有那么多不如意。小心地保护着那颗脆弱的心不受伤害，岂不知心痛的永远是自己。一直以为相爱就是美美丽丽；一直以为爱情就像那场春雨来得极其容易；一直以为爱了就要义无反顾，没有艰辛……而所有所有的一直以为都让她错得体无完肤。便想着做个神仙吧，想爱，就爱个死去活来；想恨，就恨个天翻地覆。可是，七夕的神仙又能哪般？亿万年的牛郎白发苍苍，亿万年的织女银丝如雪，却也一样可怜地上演着一年一回的鹊桥相聚，抱头痛哭，生离

跪拜我的大漠长林

死别。那种苍凉还不如人世间。

这样想着，她的心便释然了。罢了，想神仙也不过如此，还求那么多做什么？

其实，人的一生中，爱情，只是一片风景，看过了，醉过了，余下的就是漫长的回忆了，就如同我们每天饮过几道后的那杯茶，虽然清淡，却有绵长的茶味在回荡，那份清香，久久地，久久地存留着。

一个人时，想着爱情和那些逝去的快乐或者不快乐的时光，她的眼泪总会一点点渗出，一点点在脸上铺开，没有抽泣，没有哀怨，除了她自己，没有人知道她在哭。这样子，使她不得不承认，他就是她心灵深处的那个角落，那间永不能开启房门的屋。

她把故事讲给我听。我对她说：他走了，你试图等他来，我却无法告诉你，他是否值得你等到人老珠黄。有爱自会来，无爱空等待。已经拥有过一份清爽可人的温情，已经拥有过一段刻骨铭心的爱恋，即便人已走远，又能哪般？

幻

　　诗曼先是蹲在人行道板上，而后坐了下来。她噘着嘴，眯着眼，仰头看天空。天很蓝，蓝得有点忧郁，远处有巴掌大的一块云，淡淡地挂着，似有似无的样子。我学着诗曼的模样也坐在了人行道板上，眯着眼仰头看天空。湛蓝的让人忧郁的天空连同远处那块巴掌大的淡云一起挤进我的瞳孔。我的眼睛瞬间痛了起来。一定是天空太大，挤痛了我的小眼睛。

　　诗曼在跟我闹别扭。因为我想要二胎，诗曼不想。我们已经谈很久这个话题了，但一直没有谈拢。婆婆说诗曼还是个娃娃，能懂个啥？你生你的，莫管她，小娃娃生下来，诗曼自然会喜欢的。但我不想做诗曼不喜欢的事。我必须征得她的同意后才会正大光明地挺起肚子，而后再光明正大地给她生下个小妹妹或小弟弟。但问题是，我们一直谈不拢这个话题。诗曼不解地问我已经有娃娃了，为什么还要娃娃？"小妹或小弟"是根本不可能存在的人，既然是不存在的人又哪里还值得讨论来讨论去的？

　　看来这一次诗曼是真的生气了，不然她不会坐在人行道板上拒绝跟我回家。她说你回你的家去，去生你的新娃娃。

　　那你怎么办？我问。

　　你有了新娃娃还管我干吗？

　　我当然要管你，我是你妈，你是我娃娃。

　　可我是你的旧娃娃，等你有了新娃娃，就会不喜欢旧娃娃了。

　　怎么会呢？

怎么不会？小白来我们家后我就再也没有抱过小红，我还把小红的脚指甲剪出了血。

天！我被诗曼彻底搞崩溃了。我理解不了她的脑袋瓜里在想些什么。难道别人家三岁的孩子也是这样的吗？小白、小红都是她的布娃娃，我们先买回来了小红，而后才是小白。在小白来我们家前的某一天，诗曼执意要给小红剪手指甲、脚指甲，结果剪刀剪破了小红的布手和布脚，露出里面红色的纤维。诗曼说那些纤维就是小红的血。

"好吧，诗曼。我向你保证我不要新娃娃了。"听我这样说，诗曼把看天的脸转向我，没笑，但站起了身，拉过我的手，跟我回家了。

这一幕发生在十五年前。不知道为什么，十五年来，我总会在不同时间不同地点不同场合回忆起这一幕，时间久了，这一幕变得缥缈恍惚起来，就像老电影，一遍一遍地播放后变得不再清晰，虽然影像还在。某个午后，某条街路，我会冲动地停下车，从车内钻出，一个人坐在人行道板上，回想我和诗曼的那场对话。也许我命中真的还有一个孩子，那个孩子因为我和诗曼十五年前坐在人行道板上的那场对话而无法来到人世间。我借助虚空与我的那个孩子连接在一起，我看不到她，但能感受到她的存在。

多么不可思议呀，三十多年的独生子女政策，使得几代中国女人，带着中国的生育使命，带着博大的牺牲与付出，走过了一段泣血的历程，换来的却是中国娃娃的极端自爱、自傲、自我，还有自私。

我最羡慕的女人是我奶，她在如花似玉的二八年华成为母亲，虎头虎脑的小家伙在她的怀抱中泛着甜腻腻的婴儿香，我奶抿嘴笑着，把眼睛笑成了月牙儿。在弯弯的月牙儿笑声中，我奶又有了第二个、第三个、第四个……孩子。我爷日出而作，在那片黑得油亮的土地上辛勤耕作，以养活我奶弯弯的月牙儿，还有孩子们鲜花一样的笑脸。我爷日落而归，家门口总会站着我奶和一排他们的骨肉。我爷便笑，夕阳映亮我爷酡红的面孔，一如满山红彤彤的达达香花。孩子们长大了，成家了，我爷我奶放下锄头镐把，溜达在八个孩子家中。

我没有我奶的福气。我没有一排骨肉相陪下的柴门可倚，没有一片黑亮的土地可耕耘，没有孩子们鲜花一样的笑脸和百灵鸟一样的童声。我只有一个诗曼和一份收入不高的工作。

诗曼长大了，成家了，退休的我只能在各地旅游。

我在没有家的城市中穿过，在没有亲人的街道上行走。

我的心，冰冷地跳动着。

跪拜我的大漠长林

与爱有关

爱，是相依厮守，是不离不弃，是血脉世袭，是晶莹明澈；是花瓣包裹鲜蕊的美丽，是蓝天放纵白云的宽容，是繁星点亮夜空的璀璨，是骏马给予牧人的心灵相通。

从上古直到今天，蒙古族女人，用隐忍，用坚强，用忠诚，用果敢，坚守护卫着她对"爱"或"家"的承诺和传递。

我奶用血脉给我讲述蒙古族老故事。我又讲给我的女儿听。

蒙古族女人就这样一代代地讲下去……

阿盖公主

　　我奶掰下红茶砖的一角扔进沸水中，而后加入浓稠的鲜奶和盐，搅拌，没一会儿，香喷喷的奶茶就出锅了。

　　"我的那可儿，坐这儿。"我奶一手端着奶茶碗，一手拍着身边的熊皮垫子。我奶像成吉思汗呼唤他心爱的幼子拖雷一样叫我"那可儿"，尽管我不是我奶的长孙女，也不是她的幼孙女，但只有我能像小鹿一样乖乖地卧在我奶身边，黏在她怀里，任她搓揉我的短碎发，听她絮絮叨叨地讲那些看不到摸不着的老故事。

　　其实，八十岁的我奶已经很老了，但她老不过表盘上的时针和脚下的这片土地，尽管如此，我奶依然会讲述很多埋藏在岁月里的蒙古族老故事。就像此刻，我乖巧地蜷在我奶身边，把头依在她拍熊皮垫子的手臂间。我奶喝着热热的奶茶，快乐地发出呜呜的声音。没多久，一碗香喷喷、热乎乎的奶茶就在我奶欢快的声音中全部流进了她的嘴巴。我奶满足地把空茶碗放下，用皱巴成老松树皮一样的手背抹了抹嘴角，对我说，"那可儿，你应该知道，咱们蒙古族女人的地位呀，是特别特别重要和尊贵的。之所以能有伟大的蒙古帝国，全是因为有了咱们蒙古族女人哟"。

　　我奶的故事主角永远是消失在历史深处的阿盖公主，那个接受了一个男人关于"爱"或"家"的承诺和嘱托时，也一并接受了与这个男人关于"爱"或"家"共生灭共存亡的哀愁、顺从，还有苦难的伟大的蒙古族女人。她们用隐忍，用坚强，用忠诚，坚守着一个蒙古族女人对"爱"或

"家"的承诺和传递。

我是我奶亲爱的那可儿，我懂我奶的心思，她是在用血脉给我讲述这些蒙古族老故事。

1

元朝公主阿盖当然是整个蒙古草原最漂亮的姑娘，最动人的郡主。她美丽善良，温柔多情，是天上人间不可多得的才女。据说，阿盖是一种叫作"押不芦"的花，这种美丽的花有着神奇的力量，可以让人起死回生。可是，这个叫阿盖的多情公主自从离开人间以后，就再也没有回来过。她没有办法救自己，或者她根本就不愿意起死回生。

多情的阿盖公主倾其一生所爱的夫君名叫段功，是大理第九代总管，他高大帅气，体格健壮，武功高强。我奶热烈地夸着段功，说其"行步之后尘烟飞扬，怒吼之时大地摇晃。能躲过雨点似的利箭，能舞动长河般的钢枪"。我奶感叹着"到底是什么样的爹妈哟，能生养出这么好的儿郎"。我撇着嘴表示不信，我奶就用长杆烟袋狠劲儿地敲打炕沿，说"你这个小那可儿不要不相信，我额吉就是这么告诉我的"。

这是一场战争造就的婚姻。

元顺帝至正二十三年三月，也就是1363年3月，大夏国皇帝明玉珍率军从四川出发，进攻位于云南昆明的元梁王巴匝拉瓦尔密的府邸。这个叫明玉珍的皇帝是红巾军徐寿辉的部下。元顺帝末年，为了反抗政治腐败和沉重的税负，由明教、弥勒教、白莲教等民间宗教联合发动了起义，起义军打红旗，扎红巾，俗称"红巾军"。起义热潮很快在全国蔓延，徐寿辉是在长江流域发起的声势浩大的红巾军起义。明玉珍在1353年开始追随徐寿辉，深得徐寿辉的器重，拜为元帅。1360年，徐寿辉被部属杀害，明玉珍自此离开了起义军。两年后，明玉珍打着"恢复汉族王朝统治"的旗号，在重庆称帝。我奶说，"要说这明玉珍呀，也是个有情有义的人，当了皇帝后，追尊徐寿辉为应天启运献武皇帝，建庙四时祭奠，还尊称庙号'世宗'"。

明玉珍从蜀地出发，向南进攻昆明。软弱胆小、没有多大主张的梁王吓得弃城而逃，一直逃奔到楚雄，看着明玉珍的队伍越打越近，不得已向大理总管段功求救。段功接到求救信后，二话没说，跨上战马，带领部将施宗、施秀，直奔明玉珍部队所在地吕阁关。双方大战于吕阁关，几个昼夜未见胜负。一夜，段功与军师杨智共同谋划，巧借夜色的黑暗偷袭了驻扎在古田寺的明营，放火焚寺，明军大乱，明玉珍落荒而逃，段功又乘胜追击，在七星关大败明玉珍，将云南失地尽行收复。据说，那场战争过后，逃回蜀地的明玉珍立下遗嘱：固守川蜀，勿进取中原。

这场战争使梁王在元政府面前挽回了面子。为了表示感谢，梁王上奏朝廷，授予段功为"云南行省平间平章"，相当于梁王府的宰相。而且，梁王还把自己心爱的女儿，如花似玉的美丽郡主阿盖许给了段功。这一场因梁王胆小逃离王府的不大不小的战争，让段功名利双收，权色双拥。

一边是花容月貌、温柔纯净的公主，一边是风华正茂、倜傥洒脱的平章，注定了这一场婚姻的恩爱多情。平章段功沉醉在公主阿盖的温柔乡中，恋居昆明，居然把大理的苍山洱海忘记得干干净净。

我奶说，此时沉浸在幸福之中的阿盖公主"有着百灵鸟的动人歌喉，有着白母鹿的优美身姿，有着圆月亮的皎洁面容。阳光照在年轻貌美、举世无双的阿盖郡主身上，让她更加容光焕发，光彩夺目，美丽娇艳，就像沐浴在煦暖阳光中的仙女"。

喜得佳婿，夫妻恩爱，感情融洽，激发了阿盖公主的才情，一个温暖的午后，或者是一个满月朗照的夜晚，我们的阿盖公主提笔写下了她人生中的第一首诗《金指环歌》——

> 将星挺生扶宝阙，宝阙金枝接玉叶。
>
> 灵辉彻南北东西，皎皎中天光映月。
>
> 玉文金印大如斗，犹唐贵主结配偶。
>
> 父王永寿同碧鸡，豪杰长作擎天手。

这首著名的爱情诗，欢快，美奂，让千百年后的我们在全诗的角角落落里都能感受到公主和平章的多汁幸福生活。更让阿盖公主没有想到的是，这首诗歌使她成为蒙古族文学史上第一位女诗人。从此，阿盖公主的头衔又多了一个"才女"的称呼。

我奶又开始给自己的烟袋锅里续烟丝，我拿着火柴跪坐在她的身边，不声不响地看着我奶装烟丝，她不紧不慢，条理分明，装满，压实，再装满，再压实，直到装不进压不低为止。我讨好地迅速地划亮火柴，凑近我奶的烟袋锅，点燃那锅烟丝。烟香在火柴磷香消失的一刹那弥漫开来。我奶微闭着眼睛深深地吸上一口，而后，烟雾从她的鼻孔和嘴巴缓缓飘出。

我重新卧在我奶怀里，陶醉在我奶的烟香中。我们都不言语，生怕声音会撕裂开紧致的空气。我们都担心空气的裂缝会埋葬掉甜辣的烟香味。此时的我特别特别想知道：才貌双绝的阿盖公主也是这样叼着长杆烟袋吗？这个出生在汉地、生活在白族人群中的蒙古郡主，也像很多蒙古族女人一样往烟袋锅里续满烟丝，而后陶醉在烟香中吗？

噢，我们蒙古草原的骄傲，美丽的阿盖公主哟！

2

"我亲爱的那可儿，你知道阿盖公主有多漂亮吗？啧啧，"我奶发着赞美的声音，"阿盖的脸白皙如雪，阿盖的颊鲜红如血，阿盖的长发乌黑芬芳有光泽，阿盖的银耳坠在耳下晶莹闪烁。阿盖的帽子洁白美丽，那是巧手的额吉精心剪裁。你知道阿盖公主有多艳丽？阿盖向左看，左颊辉映，照得左边的海水波光粼粼。阿盖向右看，右颊辉映，照得右边的海水浪花争艳。你知道这个阿盖公主是哪一个？"我奶歪着头看我，眨着眼睛，像个调皮的小姑娘。

我当然知道，因为我奶每次讲到这儿都要问我这个问题。我是我奶的乖那可儿，每一次我奶这样问的时候，我都当她是第一次问。我认真地回答，"她是宝木巴的首领、蒙古英雄江格尔的爱妻"。

我奶满意地点了点头。

是的，在广袤无垠的蒙古草原上，元朝段功平章的阿盖公主温柔美丽，贤淑智慧，能与她相媲美的，只有江格尔的阿盖公主。江格尔是哪一个？宝木巴又是什么地方？

江格尔是从史诗中走出来的蒙古英雄，是苍茫辽远、豪迈悲壮的蒙古族英雄史诗中锻造出来的可汗、圣主。宝木巴是江格尔的国都，是人间的乐土，是游牧民族心中的理想家园。江格尔诞生在古老的黄金世纪，两岁成了孤儿，三岁跨上骏马征服了最凶恶的莽古斯，四岁让黄魔柱力栋改邪归正，五岁活捉了塔海的五个魔鬼，让他们不再作恶生非，六岁打断了千百支刀枪，降服了显赫的阿拉谭策吉，七岁打败东方的七个国家，从此英名传遍四方，威震天下。

江格尔的宝木巴是幸福的人间天堂。那里的男人永远像二十五岁的青年，那里的女人永远像十六岁的姑娘，宝木巴的人们不会衰老，不会死亡，永葆青春健壮。宝木巴四季如春，没有炙人的酷暑，没有刺骨的严寒，清风飒飒吟唱，宝雨纷纷飘降，百花烂漫，百草芬芳，生意盎然。宝木巴辽阔无边，快马奔驰五个月也跑不到它的边陲，翡翠般的绿草露珠晶莹，巍峨的白头山拔地通天，苍茫的宝木巴海日夜奔腾喧笑，河水汹涌澎湃，清澈甘甜。宝木巴洁白的毡包华美壮丽，庄严雄伟，矗立在绿色的草原上，向着火红的太阳，向着温暖的光明。海东青在高远的苍穹中翻飞，小鱼在浩茫的江河里跳跃，这里有饮不尽的乳汁和奶酒，有吃不完的鲜美鹿肉。宝木巴的骏马昂头扬鬃，勇士精神抖擞，慈祥和蔼的老人红光满面，风姿绰约的夫人温柔端庄，娇艳俊俏的姑娘双颊绯红，天真可爱的婴孩健壮勇猛。这片乐土是英雄江格尔创下的，他权掌四方，遐迩闻名。

勇士江格尔雄姿英发，青春年少，他拒绝了四十九位可汗的爱女，从西方聘娶了诺敏可汗那美丽贤良的姑娘阿盖公主。她永远像十六岁少女般神采奕奕，娟秀多姿，她耀眼的容颜能压倒初升的太阳，她像纯净的琉璃发着醉人的光芒。看一眼阿盖公主的容颜，能让人安定从容；沐浴阿盖公主的光芒，会让人快乐吉祥。她的品德是人间的表率，她的语音是动人的歌声，百花愿为阿盖公主怒放，百鸟愿为阿盖公主歌唱，人间只有江格尔才配有这样美丽的神仙伴侣。宝木巴所有的人都在窃窃私语“阿盖公主的德行能够统治天下所有的生灵”。

阿盖公主深深地爱着江格尔，时刻为他牵肠挂肚。有一天，江格尔走出毡包，去寻找人间的鹰隼、铁臂力士萨布尔。在荒凉的旷野上，他看到萨布尔提着月牙斧，孤单地站在孤独的香檀树下。惊喜的江格尔大声呼喊，吓得山沟里三岁的熊罴腰破血流。吼声传到千里之外的阿盖公主耳中。她以为江格尔遇到了危险，于是屈尊来到江格尔部属洪古尔的毡包，说：“高尚的洪古尔啊，你不是搏击长空的鹰隼吗？你不是完美无缺的勇士吗？你不是无畏的英雄吗？你不是宝木巴的擎天柱吗？江格尔出征已有四十九天了，还没有一点音信。高尚的洪古尔呀，你可有什么办法？”洪古尔一听，跃上马鞍，高呼宝木巴的战斗口号，扬鞭飞奔去找寻圣主江格尔。

阿盖公主不多言语，却能歌善舞，才艺过人。她像影子一样走在江格尔的身边，时刻微笑着听从江格尔的安排。她替江格尔给勇士们回敬鲜奶，祝福宝木巴的人民吉祥如意。为了给江格尔和宝木巴的人民增加快乐，美丽善良的阿盖公主拿出有八千根琴弦和八十二根弦码的古老金琴，她洁白纤细的十指累拢琴弦，弦丝发出优美的古老乐章。阿盖公主还有一把九十一根胡弦的银胡，她能弹奏出十二首动人心弦的乐曲。琴声悦耳动听，乐曲婉转悠扬。“好似苇丛中生蛋的天鹅在高歌，好似湖畔孵仔的绒鸭在低唱”，我奶这样夸赞阿盖公主弹琴拉胡的才艺。阿盖公主的金琴银胡能让所有的人忘记忧伤和苦痛，幸福的宝木巴人民放声歌唱，响亮的歌声在广阔的天地间久久回荡。

3

“阿盖公主是镇守云南的梁王巴匝拉瓦尔密的女儿。巴匝拉瓦尔密是忽哥赤的四世孙。忽哥赤是元世祖忽必烈的第五个儿子。”我奶为我捋出一条清晰的思路。

　　1252 年，距今七百六十多年前的 6 月，晚来的春风刚刚吹醒蒙古高原寒冷的冬季，蒙哥汗就交给弟弟忽必烈一项重要的军事任务——远征云南大理国。三十六岁，正值壮年的忽必烈十分重视这个能证明自己军事才能的机会。整备队伍后，9 月，健壮从容的忽必烈跨上矫捷如箭的骏马，离开美丽的草原，挥师南下。渡黄河，过宁夏，出萧关，一年后，率军驻扎在重峦叠嶂、云海苍茫的六盘山。稍作休整后，忽必烈兵分三路进军大理国，同时派遣使臣前往大理招降。背依苍山，面朝洱水的大理国王段兴智及执掌实权的宰相高祥不但拒绝投降，还杀死了劝降的使臣。忽必烈怒攻大理国都。

　　虽然我们蒙古草原伟大的忽必烈先祖对段王杀使臣的行为很生气，但后果并不严重，这也正是忽必烈的伟大之处。攻城后，深受农耕文化影响的忽必烈撕帛为旗，写上"禁止杀戮"的命令，使得大理百姓没有受到生命的伤害。在忽必烈的进言下，蒙哥汗允许段氏家族继续管理原属地。段兴智为了感谢蒙古汗国的不杀之恩，不仅献出了地图，还亲自统率本族部队，协助蒙古国去征服那些继续抵抗的各部落，不久，"大理五城八府四郡，泊乌、白蛮等三十七部皆归附于大蒙古汗国"。而大理百姓更是念忽必烈没有屠城之恩，尊其为"本主"，很多村落甚至建庙供奉，延续至今。

　　从那时开始，元朝政府在云南设置统治机构，"镇之以亲王，使重臣治其事"，管理西南地区的全部事务。忽必烈即位后，1267 年，封皇子忽哥赤为云南王（即梁王）。之后，忽哥赤之子也先帖木尔、之孙阿鲁、曾孙孛罗，而后就是巴匝拉瓦尔密——阿盖公主的父亲，相继世袭接任了威震一方的云南王。

　　"吾家住在雁门深，一片闲云到滇海……"我奶用蒙古长调特有的舒展唱起了阿盖公主的《悲愤诗》，苍老有力的声音从我奶历经沧桑岁月的喉咙里发出，显得愈加悠远高亢，舒缓自由，就像当年初涉人世的阿盖公主，告别雁门险峻蜿蜒的群山，经过忠骨遍地的旷野，翻过怪石凌空的山梁，被母亲抱在怀里，跟随父亲的脚步，在一队人马的簇拥下，浩浩荡荡地走进云南昆明，走进巍峨挺拔富丽堂皇的梁王府。

我们把镜头再对准云南王的女儿阿盖公主和她的爱婿段功。

花前月下，你侬我爱，煮酒斗诗，吟歌剑舞，好一派岁月静好的快乐景象。文武双全，情真意重，"威望大著于西南"的盖世英雄段功，深深地迷恋上了能够让人起死回生的人间仙草阿盖。不觉间，大半年时间过去了，而沉浸在幸福中的阿盖公主和段功平章依然是除了对方，物我两忘，他们甚至忘记了段功远在大理的原配夫人高氏。

头枕苍山，脚踏洱海的高夫人也是一位才貌双佳的贵妇人，大理的清山秀水滋养出她的博大胸襟和绵绵情意。独望冷月，孤赏黄花，从春到夏，从秋到冬，从总管到平章，从跨马上阵披挂出征到缠绵醉心温柔之乡，夫君呀，你是真的忘记了苍山脚下的都城，忘记了洱海上空那片等待的望夫云？

有一种思念望穿天涯，有一种孤单寝食难安。高夫人孤单的思念极大地影响了我奶的情绪，我奶端茶碗的手因为激动变得颤抖起来，一碗香喷喷的奶茶，一半进了我奶的嘴，一半洒在了我奶的衣襟上。衣襟湿了一大片。

"我早就说过，这高夫人也不是等闲之辈，那也是富贵人家养育出来的大家闺秀。这高夫人见一年快到头儿了，段功也不回来，于是就填了一首《玉娇枝》寄给了段功。这词填的哟，那是一个让人心疼哟。"我奶说着说着就唱起了高夫人的《玉娇枝》——

风卷残云，九霄冉冉逐。

龙池无偶，水云一片绿。

寂寞倚屏帏，春雨纷纷促。

蜀锦半床闲，鸳鸯独自宿；珊瑚枕冷，泪滴针穿目。

好难禁，将军一去无度，身与影立，影与身独。

盼归来，只恐乐极生悲，怨鬼哭。

这词，着实让人心碎心疼。曾经的海誓山盟，曾经的卿卿我我，曾经的执手倾诉，怎么就抵不过一张美貌的脸，一段激荡的情？段功接到信后，于1364年春，辞别昆明的娇妻阿盖公主，回返大理。这时距离段功离开高夫人正好一年。

踏上大理的土地，看着熟悉的曾经，段功感慨万千，吟唱道——

去时野火遍山赤，凯歌回奏梁王驿。
自冬抵此又阳春，时物变迁今又昔。
归来草色绿无数，桃花正秾柳苞絮。
杜鹃啼处日如年，声声只促人归去。

文武双全，英姿勃发，雄健伟岸的风流才子段平章呀，你到底是有爱之人还是无情之君？

4

"战争是为男人准备的，是为英雄而生的。江格尔用战争开疆扩土，用武力给每个勇士身上烙下宝木巴的印迹。你争我夺，你退我进，战争是一场连着一场。美丽的阿盖公主在很多战争中充当着交易的筹码。"我奶摇着头，露出满脸的惋惜和疑惑。

的确，英雄史诗是歌颂英雄的，女人只能是配角，哪怕她是蒙古草原最靓丽的明珠，也只能掩埋在英雄的尘土里。在史诗中，没有人会关心一个女人的悲喜，也没有人会在意一个女人的内心感受。史诗中读不出英雄江格尔是否懂得阿盖公主的心，也没有交代作为筹码交易时阿盖公主有什么样的反应。我奶说"这对美丽的阿盖公主是不公平的。但心胸宽过大地的阿盖公主并不计较，她依然用那颗博大宽广的心胸爱着圣主江格尔和他的宝木巴"。

战争，可能会让一个女人失去家园、亲人、丈夫，还有孩子，会让男人成为英雄或寇贼。英雄，就会拥有土地、财宝、女人，还有奴隶；寇贼，则会失去一切，包括自己鲜活的生命。为了成为英雄，男人们会在战争中结交朋友，树立敌人。当然，朋友没有永恒的，就像敌人没有永恒的一样。伟大的成吉思汗在没有成就霸业还叫"铁木真"的时候，与札木合结为安答（蒙古语：结拜兄弟），两次互赠腰带。

"我的小那可儿，你可知道蒙古人的腰带有多金贵吗？蒙古人的腰带与尊严、承诺同在，系上腰带就表示自己是神的孩子，不可侵犯。女人的腰带是对丈夫的忠诚和顺从，男人的腰带是威严、幸运和权势。男人的腰带连自己心爱的女人都不能碰，那是圣物呀！可是，铁木真与札木合两次互系腰带，结果又怎么样呢？啧啧，"我奶发出惋惜的声音，"金腰带银腰带，哪样也拴不住男人那颗狂野的心哟。"我奶说得没错，铁木真与札木合为了最后的汗位从朋友沦为敌人。曾经的促膝挽手，曾经的海誓山盟，终究抵不过那个最荣耀最光鲜的汗位座椅。整个蒙古草原的大汗，那是要受到万人敬仰、膜拜的最高权势呀！

江格尔在一场场战争中英名远扬，拥有了六千零一十二名勇士和七十个属国，他的左手头名勇士是淳厚朴实的洪古尔，是他称之为手足的好安答。江格尔说，洪古尔是七十万大军的光荣，是宝木巴的擎天柱，是千百万勇士的楷模。洪古尔用生命一次次挽救了江格尔，单身独马征服了七十个可汗的国土，他把土地献给江格尔统领，他把王位座椅让给江格尔去坐，他甘心为安答江格尔牵马拉镫。这个梦一般勇敢的雄狮，娶了善解洪古尔心意的格莲金娜为妻，姑娘带着一年的幼畜和土地举国归顺宝木巴。能有这样的兄弟是江格尔的幸运，是宝木巴所有生灵的福气。

一个天气晴朗的好日子，傲慢的芒乃可汗使臣走进江格尔的宫殿，悍然传达芒乃可汗的命令"把你稀有的骏马献给我！把容颜美丽的阿盖献给我！把好汉洪古尔献给我！如果不答应，我就出动十三万大军填平你的宝木巴海"。江格尔左右为难。芒乃可汗武艺高强，是他让江格尔两岁就失去了爹娘，是他使江格尔成为没有父兄的抬举、没有亲人的辅佐、在阳光灿烂的大地上家族中的独生子。两岁的江格尔还只是个雏鹰呀，却只能被迫着在蓝天上独自飞翔。父亲比儿子还强壮，枪法比儿子还高明，却被芒乃可汗挑下战马，重伤而亡。

江格尔反复思忖，内心复杂。

江格尔无法保证自己的出征会挽救宝木巴所有的生灵，他痛心地答应了芒乃可汗的无理要求。雄狮洪古尔代替稀有的骏马和美丽善良的阿盖公主，发出了反抗的声音，"你支支吾吾答应敌人的条件，可是谁愿意做牛马，谁愿意做奴隶，我洪古尔刀斧不惧，到泉边草地战斗到底"。英雄跨上稀有的骏马，越过险峻的高山，飞过不毛的荒滩，蹚过湍急的江河，骏马在草原上疾飞，就像草丛中的野兔在草尖上飞跃，马蹄扬起的尘土宛如黄沙布满天空。

洪古尔孤身闯入敌营，忠心赤胆，走马抢斧，和芒乃可汗面对面交锋。一支锐利的箭矢刺透洪古尔的胸腔，英雄滚下马鞍口吐鲜血，这时江格尔率领十二勇士来到战场，洪古尔精神振奋，和江格尔一起将雪亮的匕首插进芒乃的胸膛。

为了表彰洪古尔的忠诚、英勇、顽强，江格尔在宝木巴举行空前未有的盛大喜宴。江格尔坐在中央，像东方升起的太阳，灿烂、耀眼、辉煌；洪古尔坐在他的身旁，像十五明亮的月亮，光辉、丰满、安详。在阿盖公主金琴银胡的伴奏下，勇士们一同唱着心中的誓言——我们把生命交给刀枪，把希望寄托给江格尔可汗，把赤心献给宝木巴天堂。我们活着就要勇敢善良，心地宽广，为着宝木巴的吉祥无人后退，勇往直前，披肝沥胆。

5

"功高权重惹人妒，温柔乡里也害人！"我奶一声叹息。叹段功平章的英年早逝，叹阿盖公主的香消玉殒。

要说这梁王巴匝拉瓦尔密真不像个蒙古英雄，不坦诚，不果敢，不坚定，不珍视情义，虽然段功帮他打败了明玉珍，帮他收复了失地，但他对段功一直心有疑忌，表面上用职位和政治婚姻犒赏了段功，其实内心时刻苦于畏惧着段功的重兵、武功、威望，而迟迟动不了杀除的决心。因此，段功回到大理，梁王自是心怀欢喜。多少有点"眼不见心不烦"的感觉。但是，这个不争气的段平章却放不下阿盖公主的柔情蜜意，在大理好不容易挨了一年的时光，便急巴巴地想返回昆明。

"段功被爱情困住了。他失去了白昼中雄狼一样的深沉细心，也失去了黑夜里乌鸦一样的坚强忍耐。爱情是个害人的东西呀！"我奶在一声叹息中推了推我，指着不远处的酒壶，"去，我的那可儿，给奶奶热壶酒"。我一骨碌从我奶身边爬起，使劲抱起我家的酒坛，一股喷香的奶黄色液体从坛中流进壶内。我又盛来一盆热水，而后把酒壶放进去。热水开始温暖酒壶的冰冷。

军师杨智坚决反对段功返回昆明，他甚至把一首劝谏诗题写在了墙上——

功深切莫逞英雄，
使尽英雄智力穷。
窃恐梁王生逆计，
龙泉血染惨西风。

杨智的意思再明白不过了，说段平章你的功劳太大，威望太高，你不要太逞强，功不盖主的道理你不明白吗？既然已经从昆明梁王那里回来了，就不要再冒险入虎穴狼窝了。可是，难掩思念之情的段功哪里听得进去杨智情真意切的劝告。他摇头摆手，心意已决。就这样，1365 年，满打满算在大理住了一年的段功，告别已近心碎的高夫人和蹒跚学步牙牙学语的儿子，风雨兼程，昼夜不歇，赶往日夜思念的昆明。而此时的阿盖公主正倚窗泪流。原来，段功返回昆明的消息传到梁王府后，梁王坐立不安，这时，嫉妒段功的梁王部属又纷纷进谗言，离间说"段平章复来，有吞金马、咽碧鸡之心矣"。于是，梁王动了除掉段功的念头。

一盅七钱的小酒杯握在我奶老树皮一样的手掌中，青绿色的釉，奶黄色的酒，真是相得益彰。我奶仰头的当口七钱酒就全部进了她的嘴巴，我听到酒在我奶的喉咙里发出咕噜一声响后，就顺着肠道发出欢快的流动声。我奶咂咂嘴，说"汉人有句话，叫'害人之心不可有，防人之心不可无'；汉人还有一句话，叫'不怕没好事，就怕没好人'。说得真是好。这段功呀，不害人是好的，不防人就错了。梁王呢，本无杀除段功的心，就因为左右人的小心眼儿、坏心肠，就起了杀念。结果是害了女儿的幸福，也最终丢了自己的命"。

梁王对阿盖郡主晓之以理，动之以情，说"亲，莫若父母；宝，莫如社稷。功今志不灭我不已。脱无彼，犹有他平章，不失富贵也"。我梁王才是你阿盖公主最亲的人，咱家的江山才是你阿盖公主最宝贵的物，段功此次回来肯定是为了杀我夺江山，所以，为父我必须得把他杀掉，杀了段功，阿盖公主你还是我的女儿，还可以再嫁给他人，一样不会失去荣华富贵。梁王这样说时又递给了阿盖公主一个小瓶，说"今付汝以孔雀胆一具，乘便可毒毙之"。找个机会把孔雀胆给段功吃了吧，毒死他，解除为父我的心患。

阿盖公主眼泪潸潸，真是痛到骨髓里呀！左手是她敬重的父亲，右手是自己深爱的夫君，切掉哪只手都疼呀！前思后想，左掂右量，智慧的阿盖公主想出了一个好办法：与夫君同回大理，远离云南政治中心梁王府，这样就会保全至爱亲人两条性命。"我父忌阿奴，愿与阿奴西归。"由此可见，阿盖公主也知道自己父亲心胸并不宽阔，因此愿意跟随心爱的"阿奴"段功西归大理。

"使尽英雄智力穷"，杨智太了解段功了。段功居然不相信阿盖公主的话，还反劝妻子，说我段功几经血战救过梁王，还帮助岳丈大人收复了失地，我脚趾受伤时，你父王我岳丈还亲自为我包扎，这么亲密的关系怎么能杀我呢？况且我段家世居大理，在云南影响力是很大的，我武功又这么好，你父王怎么能舍得失去我这么有实力的女婿呢？爱妻你是多虑了。

阿盖公主见劝不动段功，就拿出那瓶孔雀胆，说这是剧毒孔雀胆，是我父王给我的，让我放到你的食物里毒死你。可是，任凭阿盖公主从月升说到月落，磨破嘴皮说哑喉咙，刚愎自用的段功就是不信。

天亮了，他错过了带心爱的女人阿盖公主回故乡大理的最后机会。

知女莫如父。梁王预见到女儿不忍心下手，早餐后，便邀请段功同去盘龙江对岸的东寺做佛事。不疑有他的段功欣然赴召。结果，行至通济桥头，伏兵忽然杀出，段功坐骑受惊失蹄，伏兵趁机而上，段功纵有千般武艺万般功夫，也只能做个刀下的冤屈鬼了。段功的得意将领施宗、施秀也没能逃脱命运的安排，跟随段平章同赴黄泉。

痛不欲生的阿盖公主用锦被包裹好段功的遗体，以王礼装殓，灵柩送归大理，埋葬在苍山应乐峰下。而后，痴情的阿盖公主饮下那瓶孔雀胆，以身殉夫。"吾家住在雁门深，一片闲云到滇海。心悬明月照青天，青天不语今三载。欲随明月到苍山，误我一生踏里彩。吐噜吐噜段阿奴，施宗施秀同奴歹。云片波粼不见人，押不芦花颜色改。肉屏独坐细思量，西山铁立风潇洒。"我奶苍老悠扬的蒙古长调再次响起，阿盖公主这首混杂着蒙古语、汉语、白语的诗歌历经六百五十年的风雨沧桑，从我奶幽邃清癯的喉咙里响起，歌声飘过草原，穿过密林，翻过群山，涉过江河，直抵岁月深处阿盖公主的耳畔。我奶说，真诚心唱出来的歌声能够透过老旧的尘埃，横贯时空。

看到名震西南的英雄儿郎段功的遗体后，军师杨智抚尸哭唱——半纸功名百战身，不堪今日总红尘。生死自古皆由命，祸福于今岂怨人。蝴蝶梦残滇海月，杜鹃啼破点苍春。哀怜永诀云南土，絮酒还教洒泪频。而后，饮毒自尽。

段功儿子段宝嗣位大理总管。朱元璋平定四川后，劝降梁王，不得，向云南发起进攻。危急关头，梁王巴匝拉瓦尔密再次想起大理段氏，向段宝求救，段宝回诗《答梁王借兵》——

> 烽火狼烟信不符，骊山举戏是支吾。
> 平章枉丧红罗帐，员外虚题粉壁图。
> 凤别岐山祥兆隐，麟游郊薮瑞光无。

自从界限鸿沟后，成败兴衰不属吾。

巴匝拉瓦尔密自知无法战胜朱元璋，于是焚烧龙衣，将妻儿驱入滇池淹死，自缢于草舍。

6

阿盖公主家在日落的西边，在敖力克彦敦山的前方。她是诺敏可汗唯一的爱女，有着一张永远像十六岁少女般不老的美丽容颜。

二十岁的江格尔风华正茂，高大魁梧得像一棵巨大的如意神树，勇猛威武得像高山上跳跃的雄狮猛虎，他发辫润泽，额头光洁，胡须乌黑，眼睛明亮。他的坐骑是无价的珍宝罕见的骏马，他的长枪像怀驹的三岁骒马又粗又长。他能让受伤的人恢复健康，让离世的人再次生还。可是，无与伦比的江格尔却找不到称心如意的好伴侣。

江格尔跨马携枪在草原上奔走了四个月，一天，他登上银色的山冈，向远方眺望，那里有个姑娘宛若天仙，她像太阳那样温暖可人，像月亮那样明媚皎洁，她的面孔比雪还白，她的双颊比血还红，她的长发乌黑光泽，她的长袍华丽珍贵，她的高帽镶金嵌宝，她的长靴精致闪亮。她是诺敏可汗的爱女阿盖公主。激动的江格尔打败了诺敏可汗的八千勇士，只为了能够聘娶到天仙似的姑娘阿盖公主。

"阿盖公主美不胜收，江格尔看也看不够。我的小那可儿，江格尔对阿盖公主的夸赞，啧啧，那可是没有哪个蒙古男人能那样夸女人哟，"我奶在自己的惊赞声中陶醉了很久，才接着说，"江格尔说呀，有阿盖公主的光辉映照，黑夜可以不要灯盏，姑娘就能剪裁绣花，牧人就能牧马打更。唇红齿白，玉手纤纤。阿盖公主比太阳还要灿烂，比琉璃还要光彩，比孔雀还要动人。可是，这么美丽的阿盖公主也没能留得住江格尔躁动的心。唉！"我奶的叹息短暂急促，就像江格尔那匹热烈飞奔的骏马，跑得大汗淋漓，四蹄脱落。

江格尔闷闷不乐，忧愁烦躁，勇士们急切地询问，希望圣主能向他们

跪拜我的大漠长林

倾吐衷肠。江格尔默然无声，勇士们哗然离座。江格尔为自己细心地整装，又为心爱的骏马铺上鞍鞯，他走进好安答洪古尔的毡包，说"一碗鲜血不知道会洒在哪个山腰，几根白骨也不知道会埋在哪个山脚，我的灵魂不知道会到哪个地狱里逍遥，锦绣的宝木巴只能靠你来捍卫"。说完，江格尔策马扬鞭，离开了人间天堂快乐的宝木巴。勇士们听说江格尔抛弃了宝木巴独自远行，心灰意冷，不愿意把自己交给日常平起平坐的弟兄洪古尔，也都纷纷跃马扬鞭四散飞走。只留下孤单的洪古尔守着寂静的宝木巴。

一个强大的魔王听说宝木巴只剩下了洪古尔，立即召集大军进攻宝木巴，他想要拥有这个没有死亡、没有寒冷，草原辽阔、牛羊富庶的幸福乐土人间天堂。魔鬼的大军好像苇林，展展旌旗遮天蔽日，孤单的洪古尔一会儿跑东一会儿跑西，拈弓搭箭独挡敌军。魔鬼的暗箭又紧又急，呼啸着射中洪古尔的右臂。阿盖公主从宫殿里跑出，给高声呼唤江格尔的洪古尔裹好箭伤。洪古尔高呼着宝木巴的战斗口号，再次单身独马冲入敌军的阵营。这只进入羊群的独狼呀，最终只能被羊群咬得遍体鳞伤。魔王用小树干粗的铁绳捆住洪古尔，命令打手们对洪古尔"每天抽打八千鞭，每天刀剐八千下，遭受十二层地狱的痛苦，设七十二道岗哨看管"。魔鬼洗劫了宝木巴，驱赶江格尔的人民到草木不生的荒凉戈壁。阿盖公主被捆着绳索，掠进魔鬼的殿堂。

江格尔，宝木巴的首领，人间的英雄，他没有携带金银珠宝，没有驮上阿盖公主，他像飞走的利箭，忘记了好安答洪古尔，忘记了幸福的宝木巴。他到底在哪个地狱里潇洒自在？

原来，江格尔走了很久很久，他透过一个紫檀木做成的窗口看到了一个丰硕的姑娘，江格尔从窗口跳进去，把姑娘夹在腋下，跨上骏马在草原上飞翔。在清澈的湖畔，在白石搭筑的小屋里，他们结为夫妇，生下了一个健壮的儿子。这个用宝木巴换来的儿子呀，这个用好安答洪古尔换来的儿子呀，这个用美丽善良的阿盖公主换来的儿子呀，无比智慧、勇猛、坚强。他从父亲的呼唤中，他从追寻江格尔的众勇士的问询中，知道了自己是宝木巴未来的首领。他跟随父亲像离弦的箭，像燃烧的火，飞奔回宝木巴。他们任皮肤变成铠甲，任鲜血流成湖泊，任生命面临危险，也要营救出洪古尔，还有善良的夫人美丽的公主阿盖。

阿盖公主重新走进宝木巴江格尔的宫殿，她拥抱江格尔勇敢的儿子，这个为了治理宝木巴而生而长的未来主人。她说"你是父亲的儿子，也是母亲的儿子，快快去把母亲接到宝木巴来"。儿子接来了母亲，阿盖公主为她举行酒宴，勇士们尽情歌舞，快乐幸福又回到宝木巴。

从此，清风徐徐，花草幽香，人丁兴旺，四季如春，国泰民安，无病无亡，天堂宝木巴成为世界的中心，人人向往。圣主江格尔英名传扬，他的故事成为一部唱也唱不完的英雄史诗。

就这样，蒙古族英雄史诗《江格尔》诞生了。

"可是，阿盖公主呢？"我问我奶。

"阿盖公主？应该就是过着她从前一样的日子吧。"

"阿盖公主接来了儿子的母亲，那她还能像从前一样坐在宫殿里江格尔的身边吗？"我又问。

"这个，我不知道。史诗的结尾没有提到阿盖公主。"

"既然宝木巴没有病痛，没有死亡，江格尔为什么还要用宝木巴、用阿盖公主、用洪古尔，去换一个儿子回来呢？"我还问。

我奶沉默了很久，很久。最后，她搓揉着我的满头碎发，低语着，"我亲爱的那可儿，有些事，不一定要合情合理合心意"。

7

岁月进程中发生的故事总会有着某种巧合。江格尔为了宝木巴的永远传承，离开了他的阿盖公主，到远方去寻找另一个女人的血脉世袭；段功为了爱情的永远相守，离开生养之地的妻儿，为了他的阿盖公主命留异乡。

两个阿盖公主穿过千万年的时空完成了角色的转变。我奶让我懂得了经书里的释意——离、合本就是一体。离开的，总会回来；聚合的，也会分开。无所谓离，也就无所谓合，离与合原本只在转身间。

"那可儿，你知道了吧？男人成就霸业是要有安答帮助的，圣主江格尔有英雄洪古尔，平章段功有军师杨智和施宗、施秀，洪古尔也好，杨智、施宗、施秀也好，他们都是可以为了安答失去自己生命的好汉。"我奶这样说。

蒙古历史上有一位神奇的女人，她叫阿阑豁阿，她与丈夫生下两个儿子后，丈夫去世了，她又感光生下了三个儿子，于是她的前两个儿子对母亲产生了怀疑和猜测。有一天，阿阑豁阿把五个儿子叫到一起，她解释说每晚都会有光芒射进腹内，天亮时才像黄狗般爬出去，看吧，这三个感光降生的儿子一定是上天之子，有一个将会成为万众之主。后来，母亲的话应验了，最小的儿子成为大汗。这个长生天派来的成为万众之主的大汗就是成吉思汗的祖先。

阿阑豁阿给每个孩子发了一支箭，令他们折断，孩子们很容易就折断了。接着，她又把五支箭捆到一起令孩子们折断，他们费了很大劲也没有折断。于是，阿阑豁阿对孩子们说"你们五个都是从我肚子里出来的，若不齐心，就会像单支箭一样容易被人折断，如能齐心协力，就会像捆到一起的五支箭一样不容易被人战胜"。

"阿阑豁阿告诉我们一个道理：只有相互帮助才能不被敌人打落马，才能成就伟业。"我奶近乎自语般轻声地说，"我亲爱的小那可儿，你要知道，成就了伟业的男人最终都会走进温柔之乡，走进女人的怀抱。没有了女人的温柔敦厚，又哪里会有男人的伟岸威严？就像英雄离不开骏马，蓝天离不开白云，大地离不开花草一样，男人，怎么能离得开女人？"

我就这样卧在我奶的脚边听她讲走了春夏秋冬，讲走了花开花落，我在我奶一年又一年的讲述中长大了，而我奶却在她一年又一年的讲述中更加老去。终于有一天，她向我辞别，说她要去寻找躺在岁月深处的阿盖公主了。按照森林蒙古人的习惯，我奶进行了土葬，坑口面向东方，那是太阳升起的方向，那是充满温暖光明的地方。塔形墓穴里装着我奶苍老的躯体和她生前喜爱的酒壶、酒杯、茶碗、烟袋和粮食。这样，我奶一路的寻找中就不会缺吃少喝了。

我奶一生喜爱女娃，疼女儿总是多于男郎。我奶说女儿稳定了一个家也就稳定了，男人才能放心地在前面领着这个稳定的家向前走。我奶要我们这些儿孙晚辈的女人们永远记住：要像阿盖公主一样，宁可折断了骨头，也不能丢失女人的德行本分，不要乞求别人的怜悯，只有学会靠自己的力量活下去，才是真正的蒙古女人！

再后来，我长到了结婚的年龄。我嫁给一个汉人为妻。我给我蒙汉混族的女儿讲阿盖公主的故事，这个我奶额吉讲给她，她又讲给我的蒙古族老故事。我知道，这个老故事里那个忠贞、坚忍、智慧、果敢的阿盖公主一定会深深地烙印在女儿的心中，并会影响她整个人生的价值取向。我还知道，女儿一定会把这个蒙古族老故事讲给她的女儿听。蒙古女人就是这样把老故事一代代地讲了下去……

跪拜我的大漠长林

妇好嫁了吗？

　　天，完全黑透了。没有凉爽的风，也没有晶莹的月，只有不安分的繁星密密匝匝地挨挤在浩茫天宇的角角落落。

　　火塘里的火已经燃亮，江淮胶龟的甲骨已经备好，在武丁王焦灼目光的注视下，大祭司手捧龟骨走向火塘，骨片在火的烧灼中发出轻微的"卜卜"炸裂声。所有的人都屏住呼吸，生怕自己污浊笨重的呼吸声会影响到大祭司接收神明发来的指示。

　　武丁王凝视着火塘上的龟骨，把高贵的头颅倾向火塘，"妇好嫁了吗？"语调急迫，目光深情。

　　大祭司偏着头，把耳朵贴近龟骨，贯注聆听神明的回声。武丁王紧张地盯着大祭司的脸，试图从那张黝黑的面孔中读出神明给予他的答案。火苗努力地舐舐着龟骨，骨片依然在发出轻微的"卜卜"炸裂声。

　　骨片终于在漫长的等待后停止了炸裂。大祭司挺直腰身，笑了。武丁王长嘘一口气，也笑了。在场所有的商王子孙和文官武将都开始放松地呼吸起来，他们全笑了。

　　大祭司把神谕刻在甲骨上：高祖成汤已经娶了妇好！

　　商王武丁放心了。有商汤王的冥婚保护，阴间的妇好一定不会受到任何外敌的侵扰，定会幸福稳定，快乐如阳世。妇好呀，我的爱妻，武丁我对你的爱从未改变，我是人间的王，可是我对你的守护却无法深达幽冥，只得将你的幽魂一次又一次地许配给我伟大的先祖，祈请他们能够给予你最强有力的保护。妇好呀，我养在心里的王后，我愿意让你在戎马一生的辛苦之后，能够得到无忧的生活和永远的安宁。我最最亲爱的妇好呀，你可读懂了我的良苦用心？

人牲的血早已洗红祭祀台的尘埃，商朝过世的三位卓著的王也已经纳娶妇好为妻。把妇好葬在自己宫室旁边，让自己能够日夜守护妇好的武丁王，终于可以放心地率领子孙臣民祭祀伟大的先祖和他深爱的妻。

妇好嫁了吗？妇好嫁了吗？妇好嫁了吗？

嫁了。嫁了。嫁了。

武丁王一次又一次地询问，语调急迫，目光深情。龟骨一次又一次地炸裂，一次又一次地刻上神明的回声——

祖乙已经娶了妇好！

太甲已经娶了妇好！

成汤已经娶了妇好！

站在妇好墓前，遥望三千三百年前的天空，我接收到天神给予我的回声：因为这四位卓尔不群的商王保护，才会使妇好在三千三百年的岁月流逝中，没有被惊扰，没有被遗忘，即便定居在安阳的十一座商王墓陵全部被盗空后，妇好墓依然能够安然无恙，完好如初。原来从生到死，从玄到黄，从昼到夜，武丁王一次又一次面对龟骨的急切询问都分化成了条条情线，丝丝入扣，网住了妇好所有的幸运和安稳。

终于相信，真的有一种爱，叫亘古千年；真的有一种情，叫生死相伴。

妇好墓不在殷墟王墓陵区，而在武丁王生活和处理国事的宫殿下。深八米，随葬物分层埋入，炊煮器、食器、水器、礼器、装饰品、仪仗……精美华丽，凝重威严，数量庞大，品种齐全，仅青铜器一项，就超过殷墟历年出土青铜器数量的总和。妇好的尊贵地位，武丁的深情有加可见一斑。

嫁给武丁王之前的妇好，应该是商王国属国的公主，抑或是首领，她骑着骠壮的战马，手持十七斤重的龙纹铜钺，抑或是十八斤重的虎纹铜钺，飒爽英姿，威风凛凛，赫赫战功，用超乎寻常的勇气和智慧博得了武丁王的赞赏。

钺，是王权的象征，是统率军队的权力。钺，跟随妇好从地上走到地下。妇好之后，再没有任何中国女将能使用会使用铜钺了。

妇好，带着她的铜钺走进武丁王的宫殿，走进武丁王深情的爱恋中，为他开疆拓土，为他生儿育女，做他的第一个王后，做他六十四位嫔妃的"长姐"，听他一百多个儿子唤她"母亲"。

那是一场自卫战。武丁王不堪西北边境的蒙古、河套一带多年的战乱骚扰，虽多次出兵征战，始终不能全胜。妇好请战。王准。王把全国一半以上的兵力交给妇好。王后妇好跨马挥钺，率领一万三千名士兵出征讨伐敌军。史学家这样评价这场战争——对于殷商王朝乃至整个中华历史，都具有伟大的划时代意义，不亚于传说中的黄帝与蚩尤之战。这场战争的结果是——妇好一役毕全功，取得最后也是最强大的胜利——全部敌军归附服从殷商王朝。

甲骨文做过这样的记录：每当妇好单独出征回来，武丁总是抑制不住内心的喜悦，必会出城相迎，有一次，居然迎出八十多公里。两人在郊外相遇，重逢的激动让他们忘记了王和后的身份，将各自部属甩在身后，两人并肩驱策，在旷野中追逐驰骋……恩爱之情流淌在三千三百年前的二百多片甲骨上。

苍璧礼天，黄琮礼地。在妇好完整的墓穴里，出土了璧、琮、环、瑗等礼器一百七十五件，礼器上铸有铭文，彰显着妇好特殊的神职身份，是的，她是主持国家祭祀活动的大祭司。在商王朝，拥有最高神职权力的大祭司，不仅要有广博的学识、崇高的地位，还要具备与天地鬼神沟通的能力。妇好，百般智慧的妇好，冰雪聪明的妇好，在王族享堂里，在王家宗庙的殿堂上，她代表商王武丁，祭祀至高无上的天地，祭祀过世的列祖列宗，祭祀战胜疾病的勇气，也占卜国家的命运走向和战争的胜算几率。那一年，可怕的瘟疫在全国蔓延，很多百姓家破人亡，很多家庭妻离子散。忧愁的武丁王夜不能寐。妇好心疼夫君，披上祭祀服，举行祭祀大典。水，是万物生灵健康生活的源头，妇好这一次祭祀水神。这一次的祭祀太过重大，妇好用酒，用火，用牲畜和俘虏的血来祭祀神明，讨伐疾病，请求国泰民安。

面对妇好立下的卓绝战功和对国家祭祀的贡献，英明的武丁王对妇好论功行赏，"妇好其来；示妇好不至；乎妇好往于果京"。妇好，商朝的王后，军队的统帅，国家的大祭司，如今，又成了一方诸侯，有了自己的封地和臣民。妇好自由地主宰着自己封地内的一切事务，拥有农事和经济的权力，按时向夫王武丁纳贡，按时到王都行诸侯叩拜大礼。她不因私废公，不因傲骄狂。从妇好墓中发现的上千件精美青铜器、玉器和近七千枚商币，我们不难得出，妇好把自己的封地掌管成了商王朝最富庶的地方，她拥有着巨大的财富和极高的尊严。

妇好怀孕了。武丁王大喜。一次次地占卜祈问神明——女孩——不好——分娩——一定不好。武丁王悲喜交加。

此时，强邻荆楚不睦，武丁出兵征战。

一天，探马报，商王战况不利。夫王的安危让妇好坐立不安，她决定出兵救夫。祭司卜卦"战局可挽，血光主难"。可是妇好救夫心切，执意出征。当看见身怀六甲的妇好挥钺助阵的身影时，武丁王雄心再起，商军士气大振，终于击败强敌。此时的妇好，大动胎气血染战袍，殚精竭虑浴血疆场。

目前发现的十五万片甲骨、四千五百多个单字中，我们没有找到任何关于妇好离世原因的信息。甲骨只是告诉我们，妇好离世时还很年轻。她的不幸离世，让武丁王痛彻心扉。为了能够日夜接近、守护爱妻，武丁王把妇好葬在自己生活和处理国事的宫殿下，墓上又建了享堂。从此，武丁王就率领儿孙们为妇好举行了一次又一次的祭祀。这还不够，武丁王还为死去的妇好举行了多次奇特的冥婚，把她的幽魂先后许配给了祖乙、太甲、成汤，祈请商王朝三位伟大的先王能够保护好他挚爱的王后。

拨开三千三百年前的尘埃，一片片甲骨让我们读出武丁王对妇好深沉悠远的爱，爱中的遗憾是，他们唯一的儿子祖已少年早亡。祖已很小时就懂得敬父尊母，每晚起床五次，看父母是否睡得安好，故得名"孝已"。

跪拜我的大漠长林

立为太子后辅佐父王尽心竭力，修政行德，克勤克俭，善良宽厚，使得国势复振，深得武丁王宠爱。母亲妇好去世后，武丁王立妇妌为后。妇妌谗言离间，也许出于不得已，武丁王把祖己赶出宫殿，赶出国都，流放边境，并改立妇妌儿子祖庚为太子。祖己受不了这些打击，不久便忧愤而亡。

《太平御览》称"殷高宗有贤子孝已，其母早死，高宗惑后妻之言，放之而死，天下哀之"。由此可见，妇好不仅智勇双全，尊上恤下，而且仁慈贤德，教子有方，难怪会深得武丁王的厚爱。

我们再来看看武丁王为妇好挑选的三位幽冥夫君。

成汤，商高祖，商朝的建立者，《诗·商颂·殷武》载"昔有成汤，自彼氐羌，莫敢不来享，莫敢不来王，曰商是常"。

太甲，商太宗，《史记》载"帝太甲修德，诸侯咸归殷，百姓以宁"。

祖乙，商中宗，司马迁赞："帝祖乙立，殷复兴。"

《晏子春秋·内篇谏上》载"汤、太甲、祖乙、武丁，天下之盛君也"。商王朝这四位伟大的君主，共同完成了从天到地，从阳到阴，从人间到幽冥，对妇好的保护，这保护使得妇好墓成为殷墟王朝唯一一座最完整、没有被盗扰过的王室墓陵，也使得妇好成为迄今为止唯一能和甲骨文记载对应上的王室成员。她的发现，被列为全国十大考古成果之一。

在中国，妇好是独一无二的；在商代，妇好是无与伦比的；在武丁王的心中，妇好是美丽娇媚的王后，是勇敢善战的将军，是睿智通灵的祭司，是善于管理的诸侯，她在商王朝有胆有魄有谋有略的一代雄主身边，造就了一个千古传奇的爱情故事。

这个故事让我们相信，爱情真的可以千年不朽。纵然肉身消散，爱的花朵也会开遍整个大地，爱的味道也会在苍穹之下蔓延。

守住给你的承诺

"尊贵的腾格里呀！伟大万能的腾格里，求求你，不要让比马蹄还快的箭矢射到铁木真身上，不要让比狼牙还锋利的弯刀砍到铁木真头上。尊贵的腾格里呀！伟大万能的腾格里……"

那些数也数不清的夜晚，或朗月高照，或月牙弯弓，或繁星当空，或黑如墨汁，在蒙古草原的某个角落，有一个名叫合答安的蒙古泰赤乌部平凡人家的女儿，必会虔诚地双手合十，她美丽的眼睛仰望浩瀚的苍穹，她在心中默默地恳求着伟大万能尊贵的腾格里，保佑那个叫铁木真的蒙古男人能够平安地驰骋在刀起头落你死我活的残忍的沙场中。

那年铁木真只有十六岁，胡须还没有长满长硬，就被泰赤乌部的首领塔里忽台抓获，准备用他的人头祭天。铁木真的生命危在旦夕。

塔里忽台要杀死铁木真的原因并不复杂。七年前，铁木真的父亲为九岁的儿子定下弘吉剌部的贵族女儿孛儿帖为妻，回返途中，被仇家塔塔尔人毒死。正当失去家庭"主心骨"的铁木真母子心力交瘁之时，塔里忽台又雪上加霜，煽动蒙古部众抛弃铁木真母子。一转身的工夫，土地、属民，全都化为乌有，还没等幼小的铁木真搞清楚发生了什么状况，就糊里糊涂地从部落首领儿子的地位跌入到难民的身份。塔里忽台原以为铁木真母子会自生自灭，可是几年后，铁木真长大了，这个握血出生的孩子不但没有被苦难压弯吓倒，反而愈加茁壮了，他脸上有光，目中有火，身材魁梧，心思缜密。塔里忽台害怕了，他担心长大后的铁木真会来寻仇，于是决定先下手除掉羽翼渐丰的铁木真。

戴着奴隶般木枷的铁木真被泰赤乌部的属民轮流看守着，轮到锁儿罕失剌家时，他善良的女儿合答安大胆地打开了铁木真的木枷，让这个与自己年龄相仿的少年能够吃饱睡好。也许此时的合答安只是因为偷看了一眼这个胡须还没有长全的少年，占据她心灵最初的同情就泛滥成了爱情。她用马奶羊肉喂饱了铁木真因饥饿而干瘪的胃肠，她用柔软的手掌按摩着铁木真因捆绑而僵硬的手腕。那一刻，俊美多情的合答安带给铁木真的一定是温暖和安详。少年铁木真一定也是受了太多的感动，不然，他不会在几天后许下那个写进《蒙古秘史》，被后人津津乐道传了近千年的爱情诺言。那一刻，如浮萍般漂荡多年的少年是否动了"安稳"的念头，想就此安定下来，有个安稳的家，有个知心爱人？

梦，属于夜晚，现实又在白天出现。天亮了，铁木真告别前一夜的温暖幸福，重新戴上木枷，走进下一个看守人家。夏月（四月）十六的第一个"红满月"，这天，铁木真的心情格外沉重，因为这天夜里，泰赤乌部将用他的人头祭天。铁木真只有十六岁，一个花蕊般的少年，还没有盛开就要面临凋落。不远处的少女合答安会有着怎样的心疼心碎呀！一个部落的属民，一个打马奶的奴隶，除了眼睁睁地看着心仪少年走向祭台，又有什么办法呢？祭天这一夜，朗月高照，月光皎洁，部落聚众狂欢，庆祝祭天的宴会从日升开到日落，只留下一个孱弱的孩子看守铁木真。日落之时，众人酒酣，铁木真用木枷打晕小看守，跳进斡难河，仰卧着，只把面孔留在河面上，整个身体躲进河中，戴着木枷顺水漂流。

只有锁儿罕失剌发现了水中的铁木真，他叮嘱铁木真一定要藏好，要在众人散去后、天亮前离开这里。是锁儿罕失剌知道了女儿的心事吗？还是善良的老人仅仅出于本能的同情？《蒙古秘史》没有对此做出任何说明，只是说，戴着枷锁从斡难河爬出来的铁木真循着打马奶的嘭嘭声，找到了合答安的家。

可以想象得出老人的惊慌失措，收留铁木真就会性命不保；可以想象得出合答安的无比惊喜，恋人铁木真逃出鬼门关，活生生地站在了她的面前。一切都不是梦！少女合答安当然要抓住这个可以挽救心上人的机会，哪怕丢掉性命也在所不辞。哥哥赤刺温、沉白一边安慰着惊恐的父亲，"鸟儿被鹞子赶到草丛里，草丛还会救它呢，现在人家逃难过来，我们怎么能不救呢"，一边把卸下的木枷扔进熊熊燃烧的火堆里。哥儿俩把铁木真藏在盛羊毛的车子中，并叮嘱妹妹合答安照顾好铁木真。在那个"红满月"的夜晚，就这样产生了温暖人心的千古一爱——"羊毛堆里的爱情"。

那晚，在明媚月光的见证下，合答安躺进了铁木真的怀抱。那晚，少年铁木真有了生命中实际意义上的第一个女人。那晚，少年铁木真许下了写进《蒙古秘史》的爱情承诺——"如果我能活着逃出去，等我有了出头之日，一定要娶你为妻。"

塔里忽台派人挨家搜查，在锁儿罕失刺家，搜到羊毛车时，机智的合答安说"这么热的天，羊毛里怎么能藏得住人呢"。搜查的人听了哈哈大笑，离开了。锁儿罕失刺给了铁木真一匹马和弓箭，合答安煮了两只嫩羊羔，又装满两皮桶的水，铁木真告别了合答安一家，去寻找自己的亲人。

这一别，就是二十四年。

1202 年秋，铁木真为了争夺最后的汗位，在阔亦田与蒙古余部做最后的决战。这场战争使铁木真成了蒙古部唯一的首领，他不仅收降了哲别等众多著名将领，还找到了他日思夜想的恩人、恋人、情人合答安。

二十四年，铁木真已经成为雄霸蒙古高原的成吉思汗，已经把弘吉刺部的贵族女儿孛儿帖娶回了家，已经成为四个儿子的父亲，已经有了多如繁星的珠宝、土地、属民，还有雨后春笋般正在生长的斡儿朵（后宫毡帐），这些华丽富贵的斡儿朵里住着不同肤色、不同语言的花样女人。

二十四年，少女合答安已经不再青春靓丽，尽管身着鲜艳的红袍，依然掩盖不住岁月留下的沧桑。四十岁的合答安，刚刚被铁木真士兵乱刀杀死丈夫的合答安，心中想着念着铁木真二十四年的合答安，自分别后就一直为铁木真祈祷平安的合答安，面对铁木真热烈的眼神和温暖怀抱的合答安，此刻，该有着怎样的紧张、慌乱和激动呀?!

二十四年了，英雄成吉思汗没有忘记自己最初的誓言，他要纳合答

跪拜我的大漠长林

安为可敦（皇后），可是合答安拒绝了。合答安用自己最初的回答作为回答——"将来你真有了出头之日，就让我做一个奴婢吧，侍候你一辈子。"

二十四年了，少年的心还是当初的心，少女的情怀也还是当初的情怀。《蒙古秘史》这样记述——"请合答安坐在上座，让她陪伴在身边。"

从此，成吉思汗远征时必带上合答安，让她陪伴在身边。有她在，他的心才踏实，才安稳，才有"家"的温暖。

远征。

厮杀。

血腥。

疲惫。

成吉思汗的压力可想而知，合答安心疼着，她知道成吉思汗需要年轻美丽的侧妃来调节战争带来的压力。就这样，在与塔塔尔部之战时，合答安像当年大胆地打开铁木真的枷锁一样，再一次大胆地把仇敌塔塔尔美女也速干领进了大汗的毡帐。如果说，合答安第一次的大胆是铁木真的爱情给的，那么，合答安的第二次大胆则是成吉思汗的信任给的。也速干又带来了姐姐也遂。也遂有美丽的容颜、智慧的头脑和过人的勇气，她品德高尚，远见卓识，敢于直言诤谏，成为大汗最依赖的妃子。她劝说大汗放下仇恨，放下"杀掉高过车轮的塔塔尔男人"的复仇誓言。也遂"谏于帝侧，使天下安而帝严尊，国家富而君乐丰，世人莫不宾敬"。

也遂出现后，她代替合答安陪伴成吉思汗远征，合答安则留在大汗母亲身边，照顾年迈的母亲诃额仑，替大汗尽孝。把亲爱的母亲交给心爱的女人照顾，成吉思汗当是最放心的。

有这样一种说法，成吉思汗西征时，原已归降纳贡的西夏"不安于位"，趁机联络漠北诸部，抗御蒙古，六十多岁的合答安死于西夏人的劫掠。成吉思汗西征归来，闻讯大怒，进攻西夏，发誓"自唐兀（西夏）人百姓之父母直至其子孙之子孙，尽殄无遗矣"。大汗病危之时，立下遗嘱"死后暂秘不发表，夏主献城投降时，将他与中兴府（西夏国都）内所有兵民全部杀掉"。可见，恨之深。

合答安，一生只爱着一个男人。从少女到老迈，从花样年华到耳顺之年，从打马奶的奴隶到成吉思汗最信赖的女人，她一直坚持着自己的心愿——做铁木真的奴婢，侍候他一辈子。

合答安，铁木真的恩人，成吉思汗的情人，蒙古高原"黄金家族"缔造者的守护人，她加糅着母爱的爱情，无私，宽广，博大。为了心爱的铁木真，她可以放弃一切，包括生命。

合答安，这个平凡的蒙古女人，她值得铁木真寻找二十四年，值得成吉思汗为她攻打西夏，值得写进"黄金家族"灿烂辉煌的档案里，值得在《蒙古秘史》中为她留下文字。

这段文字，记述着，一个威震天下的男人对一个打马奶女人的爱情承诺。

跪拜我的大漠长林

萧园昨夜的玫瑰

　　她一生追求温暖，却把生命永远地定格在了寒冷的冬季；她一生寻找爱情，却直到肉身消散手捧的也只是枯萎的玫瑰；她一生惧怕孤独，却在弥留之际独自面对未知的死亡之路；她一生都在诉苦，却从未检点过自己的"太过自我"。她离开时正值上午十点，正是属于阳光属于灿烂的时刻，而她的身体却从此走进黑暗，不再有光明。

　　从十九岁辞别家乡，从豆蔻年华走进有男人的生活，她把一个女人最美好的十二年光阴先后给了四个男人。但一个又一个转身的男人背影让她落泪有声，一只又一只松开的男人手掌让她的情感无处安身。病榻上的迟暮美人内心一定是寂寞又孤独的，委屈中，她写下了让人心酸的文字，"半生尽遭白眼冷遇……身先死，不甘，不甘"。

　　她叫萧红。

　　萧红，原名张迺莹，20 世纪中国最优秀的作家之一，被誉为 20 世纪 30 年代"文学洛神"。受鲁迅、茅盾和美国作家辛克莱作品影响，其作品带有左翼现实主义风格。这个名满中国的女作家，在三十一年的短暂生命中一直苦苦地纠缠在理性与欲望、压抑与冲动之间。

　　萧红上小学时，父亲张廷举把她许配给呼兰县驻军邦统汪廷兰之子汪恩甲。一头是望族，一头是士绅，可谓姻缘相配，琴瑟和鸣。门当户对的包办婚姻给十四岁萧红带来的好处就是可以继续读书。她的同学回忆说"正是为了攀这门高亲，（家中）才让她来哈尔滨女中读书的"。萧红在哈尔滨女中读书时，她的未婚夫汪恩甲正在政法大学读书。平时双方住校，周末时回到汪家，情窦初开的萧红此时是幸福的。可是这种幸福的生活在她就读女中后的一年被自己亲手打破了。

为反对日本在东北修筑铁路，哈尔滨学生联合会组织学生运动，萧红在参加罢课、上街游行示威的学生运动中认识了一个叫李洁吾的大学生，并有了交往，于是，汪家以此为借口，宣布与萧红退婚。萧红"一怒为脸面"，把汪家告上法庭。虽然她最后输了官司，但由此可见她为了保护自身利益而做出的大胆举动。还有随之而来的父亲调职、全家搬离呼兰、家族对她的囚禁、逃离家庭、与男人同居、未婚先孕，在那个年代的呼兰小城，萧红这些"争取正义"的行为无疑是石破天惊骇人听闻，让全家人丢尽了脸面。

生活总是在画圈圈。从家中逃离后的萧红再一次被软禁，地点是哈尔滨东兴顺旅馆，软禁她的人是旅馆老板，原因是负债。此时的萧红怀有身孕，至于孩子是汪子还是李子，众说纷纭。孩子出生后，为了和萧军同居，她把出生仅七天的孩子送了人。至于送给了谁，当事人萧红直到离世也没有做过交代。而且在以后的日子里，作家萧红没有给这个孩子留下只言片语，似乎她从来就没有生过这个孩子一样。有些事，不提不等于不存在，当然，不提也不等于不记得。也许萧红心底是不愿意回忆那段情事的，或者那段日子真的让她不堪回首。总之，有孕在身、负债累累、贫困交迫的萧红向曾发表过她文章的《国际协报》发出了求救信，一时间，萧红成为报社上下谈论的热点话题。萧军就在这时走进了萧红的生活。1932年初夏，那间囚居的旅馆，还有萧红的六首《春曲》小诗，见证着他们狂热的恋情——"谁说不怕初恋的软力 / 就是男人怎粗暴 / 这一刻心 / 也会娇羞羞地 / 为什么我要爱人 / 只怕为这一点娇羞吧 / 但久恋他就不娇羞了。"此时此刻，有妻女的萧军和有身孕的萧红犹如"初恋"般娇柔地缠绵着。

而后还是出逃。上一次是一个人，这一次是两个人；上一次萧红为了追随情人，这一次两个人为了"爱的缘故"。有着共同的理想，有着共同的爱好，吟诗写作喝酒聊天，好不快哉！还是智慧的佛陀看得清楚：娑婆世界没有什么是永恒的。爱情也一样。六年，仅仅六年，还没有进入恋情的"七年之痒"，两个曾经爱得如胶似漆的恋人就走到了爱的尽头。争吵，讥讽，打架，分居，出走，婚外恋……相爱过的人如今像两个刺猬般互相伤害着。若干年后，萧军说"我与萧红，是偶然地相遇，偶然地相知，偶然相结合而必然分开的'偶然姻缘'。1938年，我们永远分离的历史渊源，其实早在这结合的开始就已经存在着了，历史已经做了证明：终于，她去寻找了她想要寻找的人"。说这话时，萧红已经作古。我亦猜不出一代才女闻听此言后会做何等反应，但萧军的话足以让我们认为萧红"出轨"了，她找到并爱上了"她想要寻找的人"。

这个人叫端木蕻良，是"二萧"共同的朋友。翻开落满尘埃的百年历史，我们也会忍不住对萧红的行为感到费解。难道真的会如此巧合吗？1938年4月，萧红与萧军在西安分手，同年同月，萧红与端木离开西安到武汉，5月在武汉举行婚礼。此时的萧红正怀着萧军的骨肉。生活多么有趣呀！当年为了能与萧军在一起，萧红丢弃了自己的第一个孩子，如今孕着萧军的孩子她却与另一个男人走进婚礼的殿堂。尽管在萧红短暂的三十一年生命中，端木是她唯一的合法丈夫，但很多人谴责端木是"第三者"，我们在"谴责"的时候总是忘记一个事实，那就是，早已经历过男人的萧红已不再是少女的情怀了，虽然她的爱依然是盲目的，自我的。没多久，端木的软弱性格暴露出来，萧红对端木的软弱是失望的，她要寻找的是一个可以依靠的肩膀，没想到找来找去却找了一个"被依靠"的"小男人"。

读萧红的一生，充满了抱怨和失望。自己的性别、父亲的冷漠、社会的不公，还有汪恩甲的绝情、李洁吾的欺骗、萧军的粗糙、端木蕻良的软弱，无一不是萧红抱怨的对象。她对爱情是失望的，"说什么爱情／说什么受难者／共同走进——／患难的路程／都成了昨夜的梦／昨夜的明灯"；她对命运是无奈的，"我将与蓝天碧水永处，留下那半部《红楼》给别人写了"。

尽管战时的香港乱成一团，端木蕻良还是设法按照萧红的遗愿，把她一半的骨灰葬在了"蓝天碧水"的浅水湾。1957年8月，葬有萧红骨灰的浅水湾建设海滨酒店，骨灰迁入广州银河公墓。我想，萧红一定没有料到，她软弱的丈夫在受着"胡风事件"的牵连，自身难保的情况下，依然积极奔走联系，才得以保全她半个骨灰没有被建设工程夷为平地，才会使她能够回到离家乡近一步的内地安葬。她这个"软弱"的丈夫，在她逝去十八年后才续娶，且坚持年年为她祭扫墓地，并为她写下了情深意切的词，"生死相隔不相忘，落月满屋梁，梅边柳畔，呼兰河也是萧湘，洗去千年旧点，墨镂斑竹新篁。惜烛不与魅争光，箧剑自生芒，风霜历尽情无限，山和水同一弦章。天涯海角非远，银河夜夜相望"。

也许，萧红一直在埋怨手中的玫瑰不够艳丽，可是她不知道这枝玫瑰已经在尽力开放了，再开，许就碎了。萧红不懂玫瑰的意，玫瑰不解萧红的心。

昨夜的玫瑰已然逝去，今晨的玫瑰未曾开放。浮萍的肉身早已散去，漂泊的灵魂还在四处寻觅。呼兰河依然在平静地流淌，只是明春破土成长的竹芽已不是今春这一枝。

111

跪拜我的大漠长林

爱情驿站

化蝶琉璃

传说，公元前493年，范蠡为越王督造"王者之剑"，只见一种神奇的物质竟经得起烈火锤炼，它彰显阳刚暗藏阴柔，是天地之精华，于是将它与"王者之剑"一起进献给越王。越王感念范蠡铸剑之功，赐还于他，并赐名"蠡"。

千挑万选的绝代美女西施，欲被献于夫差，美人在故园情爱和远走他乡之间犹豫不决，深爱西施的范蠡长拜不起，痛心力劝"请，顾念天下……苍……生"。真可谓，心中无限伤心事，尽在深深一拜中。西施泪落无声，这一拜，此心怎生受得起呀！

分别之时，范蠡将"蠡"送给西施。除了西施，还有什么人配得起它呢？西施一滴凄楚泪滴进胸前的"蠡"心中，英雄之泪也随之滴落，两滴晶莹的泪滚动着久久不散。就这样，英雄在痛苦的取舍之间铸就了美人凄然一生的泪。弱女子承载了一代江山的荣辱，半生的思念铸就了胸口惊心的痛。

西施二十年的相思之苦，二十年的异国之痛，二十年的红颜褪去，唯有范蠡能读得懂她的心疾。

范蠡二十年的望穿秋水，二十年的忧伤惨淡，二十年的痛心之累，唯有西施能看得出他的辛酸。

高堂上，夫差身边的西施冰冷如玉；高堂下，越王身边的范蠡忍辱负重。不敢泪眼相对，不敢轻言问候，只敢在夜深人静的时候梦一回心中的温情。

男人，成则君王，败则英雄，而美人，却永远是祸水。二十年的时光，岂是"不易"二字可以说得明白？沉江的西施呀，是否有"蠡"相伴？隐居的范蠡呀，是否记得西施流在心底的泪？

"西施泪""英雄魂"，琉璃之心，一颗真正的英雄之心；琉璃之情，一份纯净的感念之情。

原来，爱上一个人就是在一瞬间与她四目相对时成就的千古神话。火里来，水里去，灵动飘逸，天人合一。琉璃注定了要成就千古哀叹的凄切的爱情故事。纵然翻过离别之苦的那页历史，也会把"流蠡"遗落人间。历史变成琉璃的同时，生命也变成了琉璃。

就这样喜欢上了琉璃和那些凄美的爱情故事。

我手里的这一枚琉璃名叫"化蝶"。化蝶，翩然而舞，经历突破、孕育，蝶儿双飞。看着她，我总会不由自主地想起梁祝那个凄婉的爱情绝唱。化蝶，应该就是执着的信念，爱的化身了。其实，能逃离苦难人间，化蝶破土双飞，那该是美丽的结局了。淡忘凄凄切切，只有温情永远。

我小心地守护着我的这枚琉璃，我怕她会跌落，碎在石头上或者地板上。我不想心痛地看着她变成玲珑的碎片，还要微笑着说"没什么的"。

其实，"化蝶"是我买来的，虽然最初的想法不是给自己，但还是戴在了我自己的脖颈上。原本，在我心中烧铸的这一枚"化蝶"已经不是简简单单的诗歌或音乐了，而是一份沉静中勃发的情感，是一种追忆情感中的沧桑，是一个堕入滚滚红尘中的生命。

轻念"琉璃"，又有几人能感到琉璃心中流转的西施之泪的凄楚。西施的眼泪流到范蠡送给她的美玉上，成为千古佳话，也成就了一个梦想：琉璃是有生命的，只有在遇见知音的时候才会断裂。那么琉璃于我，就如她的使命：创造美好，守候断裂。

恋爱要趁早

我读师范时的校长是女的，姓黄，瓜子脸杨柳腰，眉眼弯弯嘴巴翘翘，是典型的过期型美女。常年梳微烫短发穿职业套装，说话干净利落办事雷厉风行，是典型的职业型干部。

刚入学时，我们都很怕她。比长相，论身材，比穿戴，论气质，我们这群黄毛丫头都不是黄校长的对手，于是，见到她就远远地绕行。后来才知道，黄校长唯一的千金就在我们班，而且是全班最胖最壮最不好看的那个姑娘，于是开始坦然地走近黄校长。于是知道，黄校长的独子在初中时就谈了恋爱，日思夜想丢三落四魂不守舍，没办法，黄校长不仅同意了儿子的这场恋爱，而且还把未来的儿媳妇接到家中来住，原因是女孩家在农村，上下学要走太远的路。于是明白了黄校长为什么从来不在大会上强调早恋的问题。原来她是理解懵懂少年的心的。

女孩在黄校长家住了六年后，终于长到二十岁。一对恋人终成眷属。婚后二十多年，这对爱人依然相亲相爱如胶似漆，但遗憾的是，他们一直没有属于自己的孩子。有时我想，如果他们不是真心相爱，会不会因为孩子的问题分道扬镳？

我和泰戈相恋时也很小，我十四他十三，比起黄校长的儿子儿媳，我们的爱情很低调，基本上是偷偷摸摸地心灵交流、眼神恋爱。

初中毕业后，我读中专他读高中，我们开始了鸿雁传书。他写信说高中生活很苦很累。我告诉他要注意身体不要拼命学习。他说为了娶到心爱的姑娘不拼命不行呀。家在农村的泰戈知道我没有能力战胜压力跟一个男人共度修理地球的日子。因此，他以名牌大学为目标，没日没夜地学习。

终于熬到泰戈大学毕业，我们急巴巴地举行了婚礼。走过七年之痒十年之约，亭亭玉立的女儿已到了当年我们恋爱的年龄。问她可有意中人。女儿摇摇头。泰戈把自己不宽的胸膛拍得咚咚作响，说闺女别怕，相中了，爸帮你抢。

女儿笑得花枝乱颤，说学校不让早恋，如果老师知道有你们这样的老爸老妈，不被气死才怪。

我向女儿辩白着，如果没有爱的力量，你爸怎么能有那么大的能量好好学习考上名牌大学拿到硕士学位？所以，理由正当、行为合理的恋爱是值得提倡的。

张爱玲说出名要趁早。曼娘说恋爱要趁早。早早的恋爱不会有容貌、身材、金钱、权势、房产、汽车等条件的束缚，只要有一颗真诚坦荡的心就足够了。这颗心深深地爱着对方并被对方深深地爱着。这种爱情，难道，你不希望拥有？

过家家

A

与云走到一起，是彩所没有料到的。

在这之前，彩一直认为自己是一个很传统很正派的好女人。她没想过要和别人家的男人去谈情说爱。更何况，彩本身就是别人家的女人。这多少有点儿滑稽，有点儿不可告人，毕竟"婚外情"这三个字是不大光彩的字眼儿。

但彩爱得认认真真，清清楚楚。

云说"我们的爱情没有未来"。彩说"有过程就足够了"。

云说"我不能给你什么，我既没有丰厚的物质，也没有过高的权力"。彩说"你把你都给了我，我还要什么"？

彩这样说的时候便悲壮起来，似乎自己是在做一件极伟大极壮观的事业。

a

我哭得很伤心。因为我想在这场游戏中扮演妈妈。可是，霸道的花做了妈妈，她只让我扮演挨打的孩子。

见我哭得如此伤心，漂亮的花露出鄙视的眼神，她指着我的鼻子呵斥我，"你玩不玩？再哭就不带你玩了"。

我吓得住了哭声，眼泪却依然成串地往下掉。我很怕花，她大我一岁，长得秀美妩媚，是我们村公认的漂亮孩子。我们玩过家家游戏时，她总是扮演可以训孩子打孩子的妈妈。

B

云和彩爱得如胶似漆。他们寻找一切时间腻在一起。他们海誓山盟永不分离。

云说"你让我知道爱情原来如此甜蜜，阳光原来如此灿烂。你是我生命的奇迹"。

彩说"你的善良、细腻、缠绵、疼爱牵系着我的心，我深深地贪恋着你给我的这些。我不能没有你"。

一天，在出租房那小小的空间里，调皮的彩把自己打扮成新娘的模样，娇羞地坐床头，让云掀去她头顶的红盖头。彩说"我们结婚了，我就是你真正的女人了"。

云把彩搂在怀里，心疼地说："你就是我永远的女人！"

b

我想扮演妈妈的另一个原因是因为林。帅气的林扮演爸爸。他是我们游戏中唯一的男孩子。别的男孩子都不和我们玩过家家，他们在腰间别着木头刻的手枪或砍刀，玩关于战争的游戏。

林有点儿女孩子气，不喜欢砍砍杀杀、奔来跑去、穿林入沟的"战斗"，于是，便加入我们的游戏中。林的加入让我们女孩子兴奋不已，因为他之前，我们游戏中的爸爸都是女孩子假扮的。由真正的男孩子扮演爸爸是一件多么好的事情呀！

可是，因为林的加入，霸道的花就一直扮演妈妈。而我和其他小伙伴，只能可怜地扮演他们的孩子。

C

云用一天的时间转遍大半个城市，终于为彩买到一个漂亮的布娃娃。

彩说“我想要一个孩子，像你一样的孩子”。

云紧了紧怀抱彩的手臂，说“行”。

而后是沉默。云和彩都知道，这是一个永远不会实现的梦想。这个孩子，云不能给，彩也不能要。

而后是叹息。云和彩都知道，无论他们爱得如何刻骨铭心，如何深入骨髓，这个孩子，永远只能生活在一个虚空的幻想中。

云是懂彩的。正因为懂得，所以心疼。于是，云放下所有的工作和应酬，用整整一天的时间为彩选到一个称心如意的布娃娃。

彩惊喜地尖叫着，说“这是我们的女儿哟”。

彩这样叫的时候，云是心痛的，但云什么也没说，说了，只能更痛。

c

林拍着我的手臂，哄我睡觉的时候，我才知道原来做孩子也挺好的。至少，花做饭的时候，林得拍我睡觉，谁让我扮演的是一个不会说话、不会吃饭、只会哭闹的小小孩儿呢。

花叉着腰骂林是废物，骂他当不上高官挣不来大钱，骂他缺朋少友做不成大事，骂他只知道围着老婆孩子转没大出息……林噘起嘴生气了，说“你不能这样训我”。

花好看的柳叶眉一竖，说“我妈就这样训我爸”。

我接口说“我妈说男人是用来爱用来崇拜的，不能骂”。花便瞪我一眼，指着我鼻子说：“闭嘴！大人的事儿小孩儿莫管！”

D

没有雨露的爱情终会枯萎，没有阳光的爱情终会死去。

没有争吵，也不能争吵，就这样分手了。平静得如同没有风浪的湖水。

彩偷偷地哭泣。彩说过"如果你愿意，我就陪你走下去"。可为什么还是要分离？难道，一个阳光下的行走真的就那么重要吗？天黑，还有月亮呀！

云悄悄地背过身。云说过"我用一生才找到你，我会珍惜着你"。可为什么还是要离去？难道，一个安稳的快乐真的就那么重要吗？飘荡，也有幸福呀！

难道，真正的爱情一定要让别人看到知道吗？难道，真正的思念一定要在泪流双腮的时候也不能去找你吗？难道，永远的眷恋真的只存在于故事中吗？

d

每当林的妈妈喊他回家吃饭的时候，我们的游戏就宣告结束。我们各自散去，各回各家吃饭。

这天，林的妈妈喊林吃饭的时候，正是花骂林骂得起劲儿之时，胆小的林不敢走，就站在那里低着头听花的数落。这时，林的妈妈找来了……

从此，林退出了我们的游戏，再没回来。

E

长大后，我问自己：如果，林的妈妈没有找来，林会离开我们的游戏吗？

如果，花不那么狠命地数落林，林会退出得如此彻底吗？

如果，我足够漂亮足够贤惠，胆小的林会勇敢地选择我扮演妈妈吗？

如果，再给我一次机会，我能控制住自己的眼泪不哭，用固执打败霸道的花，执着地坚持要求扮演妈妈吗？

世上，还有如果吗？

木　镯

终于有了一个木镯子，属于我的，真正的木头做成的手镯。

找了很久，终于找到了，在科尔沁，在那个成吉思汗的故乡，我找到了她。

看见她的时候，这个深褐色的，烫头花纹的木镯静静地躺在科尔沁草原那个民族用品商店的柜台里，静静地等着我带她回家。她泛着诱人的光泽，深深地套牢我的目光和灵魂。

我醉了。一如饮了草原上的马奶酒。

在母亲试图与店主交涉价钱的时候，我付了钱。母亲便埋怨我浪费了。母亲原是不懂她对我的吸引的。

第一个玉手镯是他送给的。不是十分的晶莹剔透，也不是十分的讨人喜欢，戴在手腕上凉凉的，犹如在盛夏时节不小心触到的冰，从头凉到脚。但我还是戴上了，一任她彻身彻心地凉下去。

这玉镯很劳我的心。因是他送的，我便担心她会在哪个莫名的早晨莫名地断掉。小心地呵护让我疲惫。终于有一天，我忍不住问他："能买副木镯子给我吗？"

他不解地看着我，问为什么。我支吾了半天，告诉他"木镯子戴在手上不凉"。

他答应了我的要求。

寻找的时候才知道，大庆，原是没有木镯子卖的。我曾在商厦看到一种类似木头做成的手镯，便急忙打电话告诉他。他也急忙跑去买回来给我。结果第二天，在我毫无准备的情况下，她断了。我拿着断了的手镯去找售货员，才知道，那原不是木头做的，她的材质是橡胶。

只有我自己知道，我想用木镯换下玉镯的根本原因是因为我不想看到镯子断掉，而我不想看到镯子断掉的根本原因是因为我把我和他的感情依附于镯子上。之所以这样，是因为我清楚地看到了我和他的未来，可是

跪拜我的大漠长林

我不理解自己为什么还能在如此清晰的思路中还与他走下去。走一条知道结果的路，就没有了新奇和刺激，那么我想要的是什么？仅仅是年老的时候，坐在阳台的躺椅上去回忆现在？

在我走出商店的时候，售货员的声音在我身后响起：注意不要让木镯沾水，不然她会裂的。

我呆立，原来，世上，根本没有不会断裂的手镯。

花开一季　花落一生

轻言碎语等故人

　　第一次觉出天地的广大是你带我去野外看花。不认得花的你茫茫然地盯着满坡满眼的野花，说花怎么分都逃不脱两大类，按居住环境有家花野花之分，按个头大小有大花小花之分，按花朵颜色有彩色白色之分，按花期长短有开花不开花之分……我便笑。在我的笑声中，你弯身折下腿旁一株蓬蓬勃勃的小黄花递给我。

　　这是一株抱茎小苦荬。我知道你并不认得的。

　　小苦荬的花序呈伞房状，内外两层的黄色花朵细碎纯粹，森林绿的叶片在阳光的照耀下泛着晶莹的光，它把茎紧紧地包裹在怀中，生怕一松开茎就会飞离而去。茎走了，就无所谓了"抱茎"，那叶，又怎能独活？这样的胡思乱想让我的胃生生地痛了起来。

　　你游泳时我在喝茶。你在清澈的水里像极了鱼，你不停地变换姿势，以躲避泳池里不断冒出来的人。累了，你会仰面朝天地躺在水中休息，水紧紧地抱着你，就像小苦荬的叶紧紧地抱着茎。你喜欢水远胜于喜欢花。

　　我也是喜欢水的，很早很早时候，我叫自己鱼，我还给自己取过网名叫"茶杯里的鱼"。喝茶时，我会把每片茶叶想成一个个小小的自己，在洁净的水中长大，绽放，水温暖润泽着我，我把色彩传递给了水，我愿意我来时安静，不会惊扰了水的洁净；我希望我走时从容，不会带走茶汤一丝一毫的亮丽。没有了水，茶的存在又有什么意义。

从折下的小苦荬茎部流出洁白的汁液，黏糊着我的手，我用舌尖轻触汁液，居然给了我一记响亮的苦味。这么美丽纯粹的花，这么紧实坚定的包裹，应该是甜蜜的美好，怎么能这般苦？苦出了泪珠珠。蓦然想起小苦荬的另一个称呼——苦味之母。不觉莞尔。

村上春树曾经说过，不是所有的鱼都会生活在同一片海里。那么我们呢？我们是不是生活在同一片海里？你在背后紧紧地抱着我，就像小苦荬的叶紧紧地抱着茎，听着你的喃喃碎语，我很想很想问，你害怕我的离开吗？如果我走了，你会有泪吗？你的泪是否能落成海，让海里的鱼能够依然存活？你愿意用眼泪喂养这片海和这片海里的鱼吗？

但我终究什么也没问。

爱一个人就想把他视为生命中的一部分，似乎只有这样才不会感受到冬日的苍凉。我克制自己不要爱，我害怕别离。可是，我更害怕你大理石般的拥抱，坚硬，有力，带给我奔涌的冲动。醉在你的怀里，静听花开的轻声碎语。

抱茎小苦荬的全身都可药用。采集加工办法极为简单明快，采收回来后，除去杂质，洗净晒干就可以用了。内服、外用均可，具有清热、解毒、消肿、镇痛等功效。真是一服好中药。

我把你折下的小苦荬养在花瓶中，想你时我就看花。有趣的是，花朵会根据昼夜的轮回交替开合，她会在夜晚降临时慢慢合拢多层花瓣，又会在清晨来临时慢慢打开。一周后，随着花瓣的枯萎，花蕊生长成白色冠毛。终于有一天清晨，合拢的花瓣无力打开了，随着她一点点地向地面脱落，白色冠毛也在一点点地生发，花瓣落地的一瞬间，冠毛全部开放张扬起来。一个新的生命诞生了。

抱茎小苦荬就这样在我面前上演了一场生命的轮回，全然不理会我的目瞪口呆。仅仅一周的时间，花瓶里的这株小苦荬就完成了全部花瓣的枯萎凋落和冠毛的生长绽放。只是不知道，欣欣然的冠毛是否会思念那个用生命供养它的花瓣。

你在耳边呢喃着，像个呓语的孩子。如果有一天，我是说如果，有那么一天，我像小苦荬的花瓣一样枯萎凋落，再也听不到了你的轻言碎语，泥土里的我该是何等地孤独？你笑了，紧了紧胳膊，说那我就趴在地上对你这样轻言碎语。

抱茎小苦荬的花语，轻言碎语。宛如你在我耳边的呢喃。

等回最初的你

那是一座向阳的山坡。

坡上有一间窗子明亮的砖瓦房，院落宽阔，植被茂盛，矮小细密的花墙枝头开满了淡蓝色的小花。近处，碧波摇桥；远处，水天一色。你欢喜地告诉我，这就是我们的家。

我惊奇你用淡蓝色的细碎小花做花墙。你笑着折下一枝递给我，说花姿不凋，花色不褪，能用生命守护永恒的，只有"勿忘我"了。

我喜欢你这样的良苦用心。

那年那月那天，只因为我们错肩时的一眼对视，你便决定在勿忘我的花墙下埋藏一坛"女儿红"。光阴似箭，岁月如梭，这坛女儿红，埋藏了九九十八个冬，终于酿出了一个属于你的梦。十八年后，你挽着我的手，在勿忘我的花墙下，挖出了这坛深埋地底、不染风尘的女儿红。

酒坛开启的那一瞬芳香迸溅，琥珀色的酒汤散发出来的馥郁柔香高贵典雅，在空气中久久弥漫。我们就这样醉在勿忘我的花墙下，醉在女儿红的醇香中。

夕阳西下，潮水的波浪声汹涌澎湃起来，却怎么也抵不过耳畔轻柔急促的喘息声，如森林里的啁啾，如山谷里的清泉，洁净，爽然。

勿忘我是一种适应力极强的花，喜光，耐旱，花期长，多年生草本植物。洼地林缘，山上坡下，幽谷草地，只要温度合适，勿忘我就会扎根开花，如同爱情，迈着活泼欢快的步伐，从远古一路走来，经过今天，向未知的时空走去，始终不会疲倦，不会懈怠。有趣的是，这么容易打理的植物，到现在依然以野生为主，基本没有人工引种栽培。

我从一座城市走向另一座城市，以躲避人群的喧闹。列车启动的时候，我突然悲伤起来，我不明白自己为什么要跑到一座没有你的城市里去。没有了你，所有的城市都是陌生孤独的，都是毫无意义的。

我的心被从未有过的空落占据着，被最猛烈的悲伤击打着。

索达吉堪布说过"每个人都有天神保护，与自己的关系就像体内的虫一样密切，只不过自己不知道而已"。那么现在，我知道了，你，远在原乡的你，就是我命中的天神，体内的虫。我无可救药地发现，我是如此地想你。

想你。

勿忘我的茎光滑笔挺，单一直立，不分枝，倒是应和了"花中情种"的说法儿。最妙的是花朵，纤巧秀丽，毫无香气，淡蓝色的花瓣包裹着黄色的花蕊，色彩美悦和谐，色调明亮俊朗，尤其是轮生卷伞花序，随着花朵的开放逐渐伸长开来，半含半露，恰似含羞美人，犹抱琵琶半遮面。真是惹人怜爱。

一路都在下雨，细密，紧实，就像我想你的眼泪，一直流着。在这个没有月亮没有星星的夜里，你是否能看得见我的深情？

玲珑骰子安红豆，入骨相思知不知？我的深情你若懂，就用你怀抱中的温暖和掌心里的爱，握紧我的手，不要松开，不要让疼痛划伤我的思念。宛如你埋藏了十八年的女儿红，还有那片花姿不凋、花色不褪的勿忘我花墙，就这么一直鲜艳下去，活泼下去，沉醉下去。

作为补血草属的植物，勿忘我的花朵凋谢后，花萼依然会宿存在花枝上，而且花色经久不褪。即便花朵离开了枝干，离开了她的生命之本，花姿依然美丽，花色依然如故。因于此，勿忘我的花语是永恒的记忆永恒的爱。

据说，一对恋人在游玩时看到一朵淡蓝色的小花，女人停住脚步，欣喜地看着这朵不知名的小花，男人读懂了女人的心，便向那朵蓝色走去。男人摘下花时却陷进了沼泽地，女人拼命地向沼泽中的男人跑去，可是，那个能为她摘花的男人却被沼泽吞没了。男人对女人说的最后一句话是：不要忘记我！想念我！

女人的泪水淋湿了原野上的风。风及之处，开满了这种淡蓝色的花朵。这花，是用深情和泪水浇灌而成，她浸透着情人的爱，永远地开放在情人的心坎上。

这花，从此有了一个幽远深邃的名字：勿忘我！

因了这个凄美的爱情故事，这个平凡普通的淡蓝色花朵就被赋予了更深的寓意：真挚的情缘永远都不会晚，总会归来，给你幸福。

我就这样回到了曾与你错肩对视的原乡，回到了我们最初的家。那座向阳山坡上的砖瓦房，窗子明亮，院落宽阔，植被茂盛，矮小细密的花墙枝头开满了淡蓝色的勿忘我。

有一种守护叫茉莉

刚入仲夏，双瓣茉莉花就开了。花序顶生，花色素净，花香清雅，你极欢喜地盯着她，须臾不愿离开的样子。

你把这盆茉莉抱来的时候，孟春刚过，外面还飘着雪花，大片大片地落在你的身上。你全然不理会雪花带来的潮湿，只是紧紧地护着怀里的这盆花，生怕冻坏了她。我笑你的傻气，你却喃喃细语"只有她能配得你"。我便不笑了，认真地看着这盆茉莉。

你来时，我正在 N 次读《廊桥遗梦》，这本书虽然印刷了很多版，但我只喜欢一九九五年的这版口袋书，我喜欢扉页的那句"为天下远游客"。可惜的是，这版书错别字太多，读起来费劲耗时，为此我还在书边用红红黑黑的各色笔写了很多字、画了很多线。每次读这本书，我都会幻想罗伯特·金凯的模样，我想象不出豹子一样的男人会是什么样的。就在这时，你来了。

你就像一只豹子，一只从热带丛林深处走来的豹子，强健，优美，雄性，书中这样写的"个头并不大，略偏瘦，肚子平坦得像刀片，肩膀的肌肉很宽。不管年龄多大也不像那些肉汁吃得太多的当地人"。哦，一个外来人，一个肌肉线条流畅得像豹子一样的外来人。似乎说的就是你。

茉莉花无疑是极香的花，"一卉能熏一室香"，花开时，虽无惊群之艳，其香却融合了玫瑰的甜、梅花的馨、兰花的幽、玉兰的清、百合的雅，难怪宋代诗人江奎曾赞"他年我若修花史，列做人间第一香"。

我很奇怪自己能从你的身上闻到土地的味道，土地上有河流在流淌，有鲜花在盛开，有动物在奔跑，还有篝火在燃烧，我仿佛回到儿时的家园，在那条清爽洁净的吉文河边，守护母亲交给我的火种，我把火种养旺养亮，也在火种燃烧的气息中老旧了容颜。

你盯着花开的茉莉，对我说你怎么能不晓得，我是把你放在心尖尖上的，如此地挂念。人呀，为什么会有爱呢？爱不是个好东西。我的胃纠绞到一起，像被一只手撕拽着、揉搓着。透过你满脸的疲惫，我看到你孤寂的灵魂和全心全意的爱情。疼着的心一再跌落，跌落，跌落。我真怕呀！怕这颗跌落的心再也回不到自己的体内。

你是一只豹子，一只热带丛林里的豹子。而我，只是草原上流淌的河流。河流能为一路奔来的豹子洗去尘埃，带来清爽，而豹子永远也带不走河流。

茉莉花香非常奇妙，她包含着不可思议又恰到好处的果香、草香、药香，是所有花香中最丰富多彩最耐人寻味的。她因清香四溢而成为制作香精的原料，花瓣提取出来的高贵的茉莉油，身价堪比黄金。茉莉花茶更以其独特的味道成为茶系一支。

那天，你电话里说要来喝茉莉花茶，我便提壶烧水。水凉了又沸，沸了又凉，你依然没来。守着一个人的茶碗，我为自己泡茶。我喝老了茶，茶泡老了水，房门始终没有敲响。我知道你为了保留住草原河流的安静，一直在痛苦地努力着，努力放弃对河流清爽的眷恋，努力让自己依然像一只豹子一样能回到属于自己的丛林中去。我懂得你的努力你的苦，所以我永远不会告诉你我也是多么多么地想你，纵然想你想到哭，我也不会去找你。

茉莉的可贵之处在于，她的根、叶、花都可药用，多种药书表明，茉莉根对中枢神经系统有抑制作用，像爱情一样吧？！如蛊毒一般。难怪很多国家将她视为爱情之花。

你执意把这盆茉莉留给我，借花的名义实现对我的守护。茉莉，莫离。爱情的永远祭奠。纵然身已走，心仍在，那段清爽可人的温情，那段刻骨铭心的爱恋，即便肉身消散，生命走过的痕迹依然会在时空回荡。亦如茶与水，任谁万般也分不开。

有轻风吹过，茉莉花的香气随之飘来，像一个顽皮的小娃娃，迎面跑来撞个满怀，又"倏"的一下子跑了过去，了无踪迹。那花香，虽然急促，却在房间里飘荡着，久久不散。

还寒乍暖燕来迟

北方的春天来得多么晚呀！朝南的窗户为燕子打开的时候，迎春花才刚刚开放。它开得真是美！干净透亮的金黄色花瓣中浮动着淡雅的清香，成片成片地绽放在光滑的枝条上。没有绿叶倾心的陪伴，她依然没心没肺地开得如此奔放热烈，像一个不谙花情的傻丫头，抑或像那个被唤作"迎春"的红楼金钗，落落寡合，不喜与对生的复叶为伍。

如此说来，迎春花也是高傲的了。

你小心地用指尖端起一枚迎春花来，小心地俯下身，小心地靠近花朵，小心地闭上眼睛深吸一口气，你在轻嗅花的香。你终究是爱花的人。

不知道从什么时候开始，我习惯了你的清晨问候，就像手机铃声响起时的那首老歌，熟悉着它的每个音符。总是那么不经意，就像迎春花浸藏在花骨里的清香，在不经意间弥漫出暗香来。我在你问候的海洋里游，却怎么也游不出等待的区域。

我找不到合适的理由让自己靠近深海。

迎春花不择风土，不畏严寒，与梅花、水仙、山茶花并称"雪中四友"。想想吧，春风料峭，白雪皑皑，金黄色的迎春花瓣闪动着秀丽的光彩，在寒冷中站出一种气质非凡的别样端庄。这该是何等的让人喜爱。

从东北到西南，从温暖之地到严寒边疆，从山的这边到海的那面，迎春花开遍了世界各地。其强大的根部萌发力，让她花木成荫，随便哪段枝条，只要给她遇土的机会，她就会落地生根。山坡，灌丛，沟壑，山谷，湖畔，墙隅，她像野孩子般奔跑在土地的角角落落。

含芬吐芳的迎春花是一种诱惑力极强的花，花色唯一，却清爽淡雅。多种药书表明它有麻醉神经、镇静镇痛的作用，犹如爱情一样。难怪她的花语是"相爱到永远"。

传说中的迎春花很神奇。禹在治水时，在涂山认识一个姑娘，她帮禹指点水源，烧水做饭，俩人相爱成亲。为了治水，禹要离开涂山离开姑娘，临别时，为表爱意，禹把束腰的荆藤解下，交给姑娘保管。从此，姑娘手握荆藤，站在高山上等禹回家。几年后，洪水归海，庄稼萌芽，禹兴奋回家，却看到他心爱的姑娘早已变成了站立的石像。野草如锥子般穿透姑娘的双脚，草籽在她的身上生根发芽，禹的荆藤在姑娘的手中嫩了又老，老了又青，不断长出的新枝条又落地成根。禹呼唤着心爱的姑娘，心疼的泪水落在石像身上，霎时间，荆藤开出一朵朵金黄色的花瓣。禹为这些纤枝婆娑，点点金黄的美丽花朵取名"迎春花"，又称"金腰带"。

顺着蓬蓬勃勃开放的迎春花瓣，枝条，根，我看到脚下油亮的土地。冰冷的土地在暮春午后暖阳的照射下升腾起蒙蒙暖雾，似纱，似绢，似气，似烟。我突然悲伤起来，想有一天，自己会孤单单地躺在泥土中，没有阳光，没有温暖的怀抱，一定很冷很冷。身旁的你揽过我的肩，说傻丫头，你应该这样想，土地是一床永远不会腐烂的被，阳光普照，土地会很温暖，就像现在我给你的拥抱。

"残红尚有三千树，不及初开一朵鲜。"再温暖的拥抱也会有松手的那一天，只是不知道，年老时的你，躺在摇椅里是否会回忆，你的回忆里又是否会有我的呼吸。

春风和暖萌绿叶，迎得百花竞清香。过些日子，迎春花翠绿的对生复叶就会长出来，她会用自己花瓣的凋落入泥，换来夏日百花的盛开。那叶，只看过垂暮的花瓣，他不知道她曾经有过何等的清雅柔美，他甚至闻不到浮动在时空里的暗香。

叶与花的相见，似乎，迟了一步。

刺玫果的春天

蛰伏了整整一个冬天，还有一个春天，仲夏时节，大兴安岭原始森林里的野生刺玫果才刚刚从叶片中抽出花蕾来。紫红色的花朵还没有绽放，浓郁的花香就已经在森林里弥漫开来了。

大兴安岭的春天来得真是晚。朝南的窗户为燕子打开的时候，森林里的积雪还没有融化，各种植物的生命依然在冰冷空气的包裹中悄悄地酝酿着。这个时候的森林极其不同，树的枝条已经开始柔软，花的芳香似有似无，雪地上的动物脚印也杂乱繁多起来。北风不再凛冽，阳光也变得和煦温润，最妙的是正午时分，暖阳下的积雪升腾起一缕缕气流，如薄烟般在不远处飘拂，诱惑着我向森林的更深处行进。

我醉在这样的森林中。

生活在平原上的你无法理解高原的春天。你在应来的季节里感受着时令的变化，该来的来，该走的走，你按部就班地享受着属于你的生活，你无法想象高原上漫长的冬天，还有春天从夏天开始的这种不合时宜的错乱。

不是所有的地方都有春天，就像不是所有的人都会有爱情一样。晚来的春天晚来的爱，这不是时空的错，也不是爱情的错，错的是缘分。

一粒种子，只有遇到了土地、阳光、雨露，还有暖风，才会破土发芽，长成种子想要的模样。如果没有了土地、阳光、雨露，还有暖风，这粒种子即便有无与伦比的美丽，也只能拥有一个空想的未来。我不想做这样的种子。哪怕冬天太过漫长，哪怕春天来得晚一些，再晚一些，我也愿意等来春天。那么你呢？是否愿意与我一起等待迟到的春天？

野生刺玫果是中国高等植物之一。因其丰富的锌含量，被称为"生命之花";丰富的 VC 含量,被誉为"大地植物果之首";叶片的造血功效,被欧洲各国视为治疗坏血病的特效药。其根、叶、花、果、籽均可利用,是食用营养和医学药用不可多得的植物原料。尤其是从花朵中提取的精油,因其香味独特、持久,价格堪比黄金。因于此,刺玫果的花语是生命之光。

顶着烈日,我去森林里采刺玫果花。我无法把美丽多彩的森林带给你,但我可以把森林的气息带给你。我臆想着你用刺玫果花泡水的模样,鲜艳的干花蕾被热水浇注、浸泡后,色彩愈加妩媚亮丽,浓郁的芬芳破杯而出,在你的房间里浮荡。你喝茶时一定很惬意很满足,我相信你能在这盏茶汤中体味到我给你的爱。

森林里有很多咬人的虫子,飞的,爬的,挂网的,我小心地躲避着它们的进攻。比虫子更难对付的,是刺玫果枝干上的刺,尖锐,锋利,几乎与花朵并存。鲜花美丽不好摘。大凡美好的事物总是不容易触摸到,付出代价是必须的结果。同去的当地人见我采得辛苦,就要把自己采的花蕾分给我,我谢绝了他们的好意。我希望能用自己的辛苦采到最完美的花蕾给你,我希望你能在纯净的茶汤中品读到我带给你的最纯粹的爱。

刺玫果花是我看到的最奇妙的花。她不是独自在枝头绽放,而是带着果实一起行走。花蕾时,小小的果实紧紧地跟在她的后面,想想吧,紫红色的花蕾牵着碧绿色的果实,亦步亦趋,不离不弃的相守该是何等的让人喜爱。随着花蕾的盛开,果实一点点长大,等到秋季,果实从小小的碧绿色长成拇指大小的鲜红色。花朵完全凋落的时候,果实也已走向成熟,这个时候,果实就可以摘下来药用了。从第一次相遇的坚守,到生命最后时刻的分离,花与果,始终在一起。恰如你我,从错肩交会的第一眼开始,就注定了彼此生命的融入。

平原的仲夏让人热得焦躁,这个时候,你把我采来的刺玫果干花泡在茶碗里,花蕾在灰白色的大理石茶碗中显得更加婀娜柔美,艳丽可人,你说花香已经溢满了整个房间,你说看着花朵就仿佛看到我在森林溪水边的辛苦采摘,你还说满室花香也香不过内心的甜蜜。

我知道你读懂了刺玫果花的春天。我笑了。

这花，怎么能不香呀！它囤积着一个冬天的霜雪和一个春天的风雨，在炎热的仲夏才结出如此娇嫩的花蕾来，犹如迟到的爱情，累积着岁月醇厚迷人的气息，那些嵌入心底的记忆，越陈越幽香，越久越难以割舍。

从此记住了，有这样一种花，她牵着从未离开的果实一起行走，他们的春天从夏天开始。

慢慢爱入心底

白底描青的瓷盘中装着青翠鲜亮的植物，心形叶片肥厚多汁，棱角叶条蜿蜒匍匐，灯光打在上面，泛着晶莹璀璨的光，煞是好看。

你告诉我这道菜叫"凉拌穿心莲"，我的心没来由地疼了一下，穿心莲，这么美丽光亮的植物怎么叫了这样一个让人心疼的名字？含一口入舌，并没有想象中的苦味，倒有一股沁人心脾的清香，更为奇妙的是，那清香不是一股脑儿地绽放开来，而是慢慢地融化，慢慢地弥漫，直到盈满整个口腔。我不想再吃别的什么食物了，这清香真是让我留恋。

距离，不在脚下，在心。前世五百年的修行不过换来今生的回眸一刹那，我们擦肩而过的时候，并不知道以后的日子还能否相见。"箜篌别后谁能鼓"，只一眼，就注定了彼此的忧伤与孤独。

等待如秋雨，被凉意浸透着凄冷；思念如薄烟，被潮湿弥漫着苍凉。告诉我，偌大的娑婆世界，到底哪一个，才是你的身影？

穿心莲，一种药用植物，有微毒。据《本草纲目》载，有清热解毒、消炎退肿、止痛镇静等功效，因其独特的苦味，而被称为"苦胆草"。一小枚叶片刚入口，马上就会感受到直入心底的苦，让人无法忘怀，因于此，穿心莲的花语便是刻骨铭心，直入心底。

我们都没有料到，当年的一个转身会耗尽彼此一生的思念，如果当初我没有与你擦肩而过，而是直接走进了你温暖的怀抱，那么现在，我们会是一个什么样的结局？

夜深了。朗月作证，我用轻不可闻的声音呼喊着你的名字，那个熟悉又陌生的名字，温暖润泽着我冷却的旧梦。那些关乎你的记忆，遥远，明快，美丽，又有着抽丝剥茧般的疼痛，它就那么一直藏着，藏着，藏在心底的最深处。那么刻骨铭心，一如穿心莲。

餐厅里的穿心莲并不是真正的穿心莲，而是一种叫作"心叶日中花"的植物。这种植物的叶片对生，呈心形，顶生或腋生着孤独的单花，桃红色的花瓣窄小细长，在阳光的照耀下闪着明亮的光泽，花期陆陆续续地，从春开到秋，一路见证着三季的暑热。这花，在晚秋落幕，蛰伏整整一个冬天的寒冷后，被春天的暖阳唤醒。它不急不缓，不温不燥，在心形叶片的护佑下，慢慢地开放着，白天开得温婉淡雅，夜晚拢得严丝合缝。这花，是我至今遇到的，最为张弛有度，开合从容的花。

我不知道，咫尺的心，是否还会在意天各一方的身？顶着同一片蓝天，就真的不会感受到深度的遥远？我想把自己融化在虚空的境界里，那样，我就可以借用虚空的名义拥抱你，紧紧地，不松开。就像陪伴日中花的心形叶片，无论花朵是开还是合，叶片都一直在她身边，即便不走进，亦不会远离。

无论是穿心莲，还是心叶日中花，都是极容易打理的植物。掐下一枝来，随便往土地里一插，就会发芽，即便长时间不去照顾，它也不会计较，依然安稳寂静，慢慢地生长着，把自己长得壮实有力，茂盛蓬勃。恰如你我，在这么久的时光中，依然爱着，慢慢地爱着。不急不缓，不温不燥，不离不弃。

这花，自己茂盛蓬勃了起来，从此，我们不能再忽视它的存在了，要悉心照料才好。

红瑞木的等待

黑龙江的冬季是不缺雪的，但那天的雪下得格外大，细细碎碎、密密匝匝的，分外好看。我便去小游园看雪。

小游园已全然不是春夏秋那三季的模样，褪去了昔日的热闹繁华，只留下满目的清冷与荒凉，我却不由得快乐起来，想这一季的小游园准是专门空下来等我的，尽管我热热闹闹的过去是那么无情地背叛了他空下来等待的过去。他亦是不计较的。

那些红彤彤宛如珊瑚般的枝条如此突兀地立在皑皑白雪中，一大片一大片地，极为艳丽，炫痛了我的眼。你说这是红瑞木。我不依，说如此红艳的枝条应该叫红柳才合适，这么柔软的茎，这么灿烂的枝丫，多像婀娜的女人，妹妹是红柳顺风顺水又顺口。你便朗声大笑。笑声在我的头顶回荡，震落了枝条上的雪。

红瑞木是一种很奇怪的落叶灌木，老干暗红色，枝丫血红色，是少有的观茎型植物。初春开始，随着绿叶的抽芽长大，枝干的红艳也逐渐老旧，直至暗红、红褐、褐色，他是把红艳给了叶子。等到了晚秋，百花落尽之时，枝干更是用尽了自己的全部红艳去感染着叶子的色彩变化。初冬时节，随着一枚枚鲜红秋叶的飘零落幕，枝干才又恢复成艳丽的红彤彤。

你说你从梦中惊醒是因为梦到了我的离开，此时的你紧紧地攥着我的手，努力张大眼睛盯着我，生怕一松手一眨眼就会回到梦中去。你皱着眉嘟着嘴，满脸都是委屈和忧伤。我一下子想起了红瑞木的枝干。那些红艳的枝干自从遇到绿叶后，便沦陷了自己的全部心力，他拼尽全力把自己的血色给予了叶，可是怎会料到，秋叶褪尽青涩染满红霜时，也到了他们分离的时候。悲伤的枝干，褐色的枝干，曾经红珊瑚般的枝干，忍痛送别了一枚又一枚鲜红的秋叶，凋零的秋叶，曾经青翠欲滴的秋叶。

落红不是无情物，化作春泥更护花。悲伤的枝干是否知道秋叶凋零的秘密？如此深情的爱，如此放纵的深情，带着彼此最深处的体香飘落，倘若不说，可懂？

那是一座远离城市的草房，向阳，窗子很亮，院子宽阔，门前碧水垂柳，房后稻谷幽香，可爱的各种动物们在远远近近间追逐打闹着。因为我想在草房的树下喝茶，你便决定在此安居。我放下茶碗，假寐不去看你，你急巴巴地赶走吵吵闹闹的动物们，而后又静静地回坐在我的身旁。我们

跪拜我的大漠长林

每次这样设想的时候，我的胃都会被扯拽得生疼。

我告诉自己不许哭。

我多么想给你一个陪伴的承诺啊，在那座远离城市的向阳的草房里与你共度春秋，我为你煮饭洗衣，你为我对镜贴花黄。可是，可是，可是，再鲜红的秋叶也要凋落成泥，枝干把全部血色给了她，她必须还回枝干最初的模样。

这不仅仅是报答，更是责任。

自从梦见我离开后，你开始害怕夜晚的来临，你害怕一个不小心的转身就会耗尽一生的思念。你试图用我的名字温暖被凉意浸透的旧梦，可是那些镌刻在你记忆中的美好过往，却被月圆月缺的夜晚碎成一地的落寞。于是知道，醇厚迷人的不仅仅是烈酒，还有那些嵌入心底的记忆。

红瑞木的果实洁白小巧，圆圆的，很是好看。想想吧，红的茎、绿的叶，白的果，该是何等的相得益彰。他的树皮、枝干、叶都可药用，有清热解毒、止血止痛、抑菌的作用，难怪他的花语是信仰、勤勉。

只是万分心疼红珊瑚般的枝干。一次次地与血脉相通的秋叶诀别，一次次地滴血心伤，满树秋叶落尽之时，寒冷的冬天就来了，没有了叶的陪伴，只独留枝干去面对严冬里的冷风雪霜。他孤独地仰望天空，等待春天的到来。

终于盼来了春暖河开。那枝头抽出来的绿叶哟，可是上年凋零的那一枚？

离人满地红心草

那一刻，我想到了红心草。

其实，我是从未见过红心草的。臆想中的模样是兰草的模样，只不过从根部延伸过来的红色，直到草尖才褪去。查了百度才知道，红心草是蔷薇科，她的叶是绿色的，花是黄色的，唯一给我安慰的是，红心草的黄花凋谢后，结出球状带刺的果实，这果实的核是红色的。也许是为了配合果核的到来，红心草的茎也逐渐由绿转红，直至紫红色。

秋雨打在窗棂上，晨也潇潇，暮也潇潇。没有月亮，也没有星星，这样的夜晚，真想能在雨落蕉叶的细碎声中，与你共同煮一壶女儿红来喝，你却告诉我不再来了。我看到自己的泪划过两腮。说好的一生一世一双人，说好的相知相许相依偎，可是秋天刚来，你就要转身离开。何处合成愁？离人心上秋。是你，让我更加孤独，让这个秋天的雨夜更加寒冷。

最早知道红心草，是因为纳兰容若。他的一句"凄凉满地红心草，此恨谁知道"，疼碎了我的心。容若从小情定表妹，却不想，表妹被选入宫成为皇妃。两个相爱的人只能相思相望不相亲，那离情别怨的恨，谁知？那思不可得的苦，谁懂？那剪不断又载不动的情思，又能向谁去诉说？

离人魂，旧日梦，满地断肠红心草。如果，再给我一次机会，我一定选择把你留在心底，而不是走向你张开的双臂。那样，我就能永远永远地与你在一起，不会分离。

我是那么的珍惜你。珍惜得害怕失去，害怕走近，因为我知道所有走近的最后结果都是失去。可是我太迷恋你的怀抱了，你大理石般的怀抱让我心存侥幸，我以为有了你的怀抱，我就不会被冷雨打湿，就会永远地温暖下去。我以为你会一直握住我的手，紧紧地，不松开。可是我错了。你用一句"顺乎天意"就打发了我，用一句"身心疲惫"就浇灭了我奔涌的心。你怎么能不晓得，我是在用你的火塘取暖呀，如果没有了你和你的火塘，还有哪里能带给我温暖？

我走了。如果我真的走了。而你，并不挽留，我亦不停留，那么我们今生，也许再无相见之日。这样想的时候，我的胃生生地被牵痛了。《本草纲目》载，红心草有镇痛的作用，可是现在我的身心已经种满了红心草，为什么还会这样痛呀？

如果当初并未走近，哪里会有今天的远离？而今才道当年错。

错。错。错。

你给我的那些美好记忆，不能碰，不能碰，一碰就疼，疼碎成一地的落寞。我如此悲伤。在这个悲伤的雨夜，我多么多么想大声地呼喊你的名字。我愿意相信，你会在我的呼喊声中穿越雨雾，来到我的面前。

相爱，不仅仅是彼此的凝望，更是两个人朝着同一个方向的行走，是撑起同一把伞，共同抵挡寒风冷雨的吹打。那么你呢？怎么忍心把我独留在这个萧瑟的秋雨中孑然前行？幽窗冷雨一灯孤。为什么你看不到我的疼痛我的泪？请告诉我，如果今后的岁月，我只能抱着回忆取暖，那么我的一年四季是否只剩下了四个冬天？

恪守真爱是一辈子的风景。真爱有多真？一辈子又有多长？人在世间，不过尘埃一粒，我与你，在大千世界中，完成了一粒尘埃与另一粒尘埃的遇见。该历的劫，躲不过；该转的身，挣不脱。茶有茶的宿命，壶有壶的因果。惟愿你，我的爱人，能在这婆娑红尘中，心有喜乐。

罢了。罢了。罢了。

坚毅的背影

走的是脚步，留下的是背影。

没有人计算过我们究竟走过了多少沧桑，也没有人会告诉我们走向明天的路还要有多长。

既然选择了前方，苦累艰难，路途遥远，荆棘丛生，又能怎样？

今天，我们记录着前人的历史；明天，我们必将走进后人的记忆。

膝盖的硬度

对于陆地哺乳动物来说，每个身体内都会有的、最大的、仅有一对的籽骨，叫膝盖骨。因为这对籽骨的存在，人类才得以站立，动物才能够奔跑。

膝盖骨，这个几乎不可再生的籽骨，它决定着一个人的整体高度，或站，或伏，或忠，或卑，或贵，或贱，全在膝盖的直曲之间。

1

七月的济南灵山秀水。这座氤氲着温暖、从容，还有厚重的古都城，让我在瞬间跌入到旧日的时光中。草枯草长，柳黄柳绿，多少万物生灵来了又走，走了又来，唯一不变的，是千百年来被清澈晶莹的半城泉水滋养出来的忠诚气节和坦荡情怀。

在暮夏暖阳的热烈照耀下，在美丽的大明湖畔，在青瓦朱门半壁曲廊的铁公祠内，红褐色的铁公铜坐像泛着老旧的光润，香炉里的三炷平安香烟气袅袅，想必是早到的虔诚者敬奉的。我遗憾没有带香来敬奉铁公，只能跪叩，以表达我对铁公誓死卫城的敬重之心。

我奶曾说过，膝盖是金贵的，不能轻易跪下。但我今天跪了，跪给忠于职守的铁公，跪给仁爱正义的道德，跪给沦肌浃髓的责任。是的，铁公让我懂得了"膝盖"的真正含义。

翻读史书，铁公的膝盖总是那么直，直得坚硬，直得刚健，直得坦荡，让我们每一个后人都难忍泪流。

2

铁铉，坊间尊称铁公，回族，祖籍波斯（今伊朗）。蒙古军队西征时，铁氏先祖迁至河南邓州定居。铁铉机智灵敏，熟通经史，处事果断，刚正不阿，办案公道，尤善破解疑难案件，深得明太祖朱元璋的赏识，赐字"鼎石"，并以国子生身份选授礼科给事中，调任都督府断事。朱元璋去世后，长孙朱允炆即位，为明惠帝。朱允炆也十分器重铁铉，委任山东参政，镇守济南。

朱允炆即位之初，实力不断膨胀的藩王已对中央政权构成严重威胁，为巩固帝位，朱允炆意欲削藩。势力最大的燕王朱棣以"靖难"（平定动乱）为由，举兵南下，史称"靖难之变"。虽然朱棣由此成为中国历史上唯一造反成功的藩王，但是他对忠臣义子的残酷屠杀也一并写进了漫漫历史。

1400年6月8日，朱棣兵临济南城下，令人箭送铁铉一封劝降书。从容镇定的铁铉见信后，手书《周公辅成王论》一文，借此奉劝朱棣要效仿周公，忠心辅佐侄子朱允炆。朱棣恼羞成怒，下令攻城。铁铉率众矢志固守。朱棣三个月攻克不下济南城，怒引黄河水灌城。铁铉使用诈降计，诱杀朱棣，只可惜士兵没有把握好城门铁闸的下落时间，只是砸烂了朱棣的马头，走到鬼门关口的朱棣却得以脱险。

透过历史的尘埃，我们依然可以想象得到朱棣逃命时的恐惧和惊慌失措。一步，仅仅只差一步，那轰然落下的铁闸，砸烂的就不是朱棣坐骑的马头，而是朱棣的人头了。由此，朱棣对铁铉的惊骇和憎恨是可以推测得出的。站在城墙上的铁铉，看着朱棣逃跑的背影，定会拍着青砖万分懊丧地大骂着"朱棣反贼，朱棣反贼"。也许，此时的铁铉已经料想到朱棣会愤怒，会反扑，会杀他解恨；也许，他也已经猜想到死而后生的朱棣会在他身上执行诛杀九族的王法政策；也许，此时的铁铉根本没想过个人的生前身后事，他只是懊丧没有杀死朱棣，这个明王朝的逆子反贼。

恨不得把铁铉吃掉的朱棣重兵攻城，铁铉募壮士，出奇兵，大破燕军。9月4日，无奈中的燕王朱棣举兵回还驻地北平。铁铉乘胜追击，收复德州诸郡县。大振军威。明惠帝朱允炆赐金犒赏济南守军，擢升铁铉为山东布政使，又叠加兵部尚书。

3

被济南人民尊为"城神"的铁铉，并不是一员武将，只是一个心怀真诚的读书人。古籍文本教给了铁铉太多的正义和善良，他怀着恭敬、慈爱和悲悯之心，忠于君主，祈望和平，而这种朴素的情感，正是千万万普通民众的需求。于是，这个藐视强敌，把济南人民安全地守护在固若金汤的济南城中的首领，能获得百姓一声"城神"的称呼，也不为过。

1402 年，燕王朱棣再次南伐。他绕过济南，直取金陵。明惠帝朱允炆下落不明。朱棣自立为帝，改年号永乐。

朱棣称帝后，复攻济南。行至河北，因百姓同情明惠帝，而大肆屠杀百姓，俗称"燕王扫北"。铁铉不肯易主称臣，死守济南，终因寡不敌众，城陷，被捕。

《明史》这样记载被俘后的铁铉，"燕王即皇帝位，执之至。反背坐廷中谩骂，令其一回顾，终不可，遂磔于市。年三十七"。

总是不忍心翻看那页历史，字里行间都流淌着生命的鲜血，随着一滴滴鲜红血液的流下，一个又一个鲜活的生命戛然而止。这些血呀，浸红了明朝历史，染红了明朝天空；这些血呀，流疼了我们今人的心，也流空了我们今人的泪。

铁铉倔强地立在宫殿内，面朝殿门，背对高堂上的新皇帝朱棣。这个为国为民鞠躬尽瘁死而后已的硬汉子，不仅立而不跪，还骂不绝口。可以想象得出朱棣的尴尬和恼怒，在文武百官的注视下，高堂上的新皇帝朱棣怒而生恨，令人割了铁铉的耳朵和鼻子，铁铉依然背立朱棣。朱棣令人煮熟了铁铉的耳朵和鼻子后，又强行塞入铁铉的口中，问道："甘乎？"硬汉子铁铉，铮铮铁骨的铁铉，心怀忠诚的铁铉，他居然亮声地回答道："忠臣之肉，有何不甘？"此时的铁铉，咽下自己的肉后，依然大骂朱棣"反贼"。

有着铮铮铁骨的硬汉子铁铉死了。死于碟刑。

碟刑，也叫凌迟，刽子手用小刀数百块，甚至于数千块地逐块割下受刑者身上的肉，先手足，次胸腹，再内脏，后枭首，是极为残酷的死刑。

据《明史演义》载，"铉至死犹骂不绝口"。朱棣居然连铁铉血肉模糊的尸骨也不放过，令人架起油锅，"投尸煮之"。朱棣说"你活着不拜我，死了也要拜我"。朱棣说这话的时候，一定满脸的洋洋得意。他看着兵士们用铁棒夹住油锅里的残骸，欲令铁铉遗骨朝拜这位新皇帝。这时，油锅爆响，沸油飞溅，兵士们全部烫伤，弃棒而逃。

"尸身仍反立如前。不愧铁铉。"《明史演义》如此记录。

4

铁公祠，位于美丽的大明湖畔，始建于乾隆五十七年，历经兵燹祸乱，圮废。1996年，铁氏后人在原址重建。内奉的铁铉铜坐像也由铁氏后人捐造，由著名雕塑家薄自洋先生设计。铁铉像高二点三米，重一点八吨，仿古青铜色中泛着红褐色的光彩，当是迎合了铁铉绯袍的正二品身份。铁公身着明朝文官公服，乌纱帽、圆领衫、束带，双手持笏，蹙额闭口，面色凝重。他还在回望、忧愁着那段不堪回首的往事吗？

朱棣登基前后，大开杀戒，平民百姓死伤无数，载入史册的忠烈之士及家人就有几万人。一个个地死，一家家地死，一族族地死，有罪的死，没罪的也死。黄子澄三族、练子宁宗族一百五十一人、邹瑾宗族四百四十八人、胡润宗族二百一十七人……我这里想特别说一说方孝孺和景清，之所以要特别着墨，是因为铁公祠朱红色大门两侧悬挂着这样一副楹联，上联是"湖尚称明，问燕子龙孙不堪回首"；下联是"公真是铁，惟景忠方烈差许同心"。这副由清代文人严正琅手书的楹联，提到了三位忠烈之士，他们分别是，"公真是铁"的铁铉、"景忠"的景清、"方烈"的方孝孺。

景清，假降后，委曲求全，绯袍藏剑，寻找机会刺杀朱棣，失败后，被打掉牙齿，割去舌头。景清血口吐朱棣，被磔刑处死。死后，又被剥了皮，内装茅草，悬挂在城门示众。朱棣不仅诛杀了景清的九族，还实行了顺藤摸瓜的"瓜蔓抄"，把姓景之人几乎杀绝，还杀了景清的老师、学生、朋友。家族无一人生还，家乡数个村庄从此消失。

方孝孺，明惠帝朱允炆的老师。南京沦陷后，方孝孺天天身着丧服、啼哭，闭门不出。朱棣第一谋士姚广孝跪求朱棣，"如果杀了方孝孺，天下读书的种子就绝了"。朱棣命方孝孺草拟即位诏书，方孝孺执笔疾书"燕贼篡位"，而后掷笔，哭骂道"死即死耳，诏不可草"。朱棣怒捕方孝孺宗族，当其面一一杀死。方孝孺泪如雨下，胞弟方孝友作诗劝兄，"阿兄何必泪潸潸，取义成仁在此间。华表柱头千载后，旅魂依旧回家山"。方孝孺亦作绝命诗，"天将乱离兮孰知其由，奸臣得计兮谋国用犹，忠臣发愤兮血泪交流，以此殉君兮抑又何求，呜呼哀哉兮庶不我尤"。朱棣灭方孝孺十族，他的学生、朋友也没有逃脱被诛杀的厄运。亘古未有的"灭十族"，使八百七十三人被凌迟处死，数千人被流放他乡。

写作此文的时候，我几次因流泪而导致头痛搁笔。六百多年前的那段历史，像针一样刺痛着我的心。这些直着膝盖的忠烈们，用满腔的忠诚和悲烈的壮举，凝聚成一股穿透人心、震彻胸腹的力量，这力量让我们更加深刻地懂得了什么叫忠诚。忠诚于党，忠诚于国，忠诚于责。

5

回族，是一个有着坚忍、刚强、清洁美德的民族。这个全民信仰伊斯兰教的民族，在中国分布广泛，他们秉奉真主安拉的教诲——"大口里面有小口"，心口合一，言行一致——"口舌承认，心里诚信。"

跪拜我的大漠长林

铁铉是回族。13世纪，蒙古军队西征时，铁铉先祖从波斯迁至中国。来了，就再也没有离开过。中国这片沃土，已经成为铁氏家族赖以生存的家园，这个家族遵照真主安拉的教导——"为正义和敬畏而互助，不要为罪恶和横暴而互助。"铁铉，无疑是在《古兰经》的教育下长大、行事。

铁公铭记自己"大口里面有小口"，他背对罪恶，为正义而战，他不仅为此丢了自己的生命，而且"子福安，十二岁，戍河池充军。次子康七，七岁，官奴，受虐亡。妻三十五岁，送教坊司充当军妓。两个女儿，送教坊司充当军妓"。多么凄凉的事实。

唯一让我们感到欣慰的是，铁公逝去二十四年后，明宣宗朱瞻基即位，下诏追封方孝孺、景清等谥号"忠烈"，并在各地建祠纪念。明代中叶，官府在华阳宫为铁公塑像，建"七忠祠"，为铁公设立祀位，同时在铁公家乡邓州的小东关建"铁公祠"，在大东关建"双忠祠"，在龙堰乡闫营村修建铁铉遗像墓。南明弘光帝朱由崧时，追封铁公谥号"忠襄"。清乾隆帝时，追封铁公谥号"忠定"，并于1792年，在济南风光旖旎的大明湖畔北岸修建了"铁公祠"。以示纪念。

铁公呀，顶天立地的铁公呀！为保明朝江山不被篡夺，赤胆忠贞，至死不渝，你的忠诚天地可鉴，定会被后人永远铭记。

6

泛舟大明湖，烟波浩渺，怡悦身心，近处绿柳垂枝，远处菡萏正红。历下亭、稼轩祠、汇波楼、九曲桥……亭台楼阁，水榭回廊，怎一个"美"字可以表述得清？饮一口泉水冲泡的"泉城绿"，甘鲜清爽，满口幽香，恰似清风入怀，亦如明媚荡漾。"贪看明湖望归路，敲碎钟声月色黄。"果然不虚。

告别铁公祠时，七月的骄阳灿烂地照射在一面墙上，这面墙镌刻着铁铉后人的誓言——"凡我铁氏后人，一定要忠于国家，忠于人民，为全民族安定团结、为国家繁荣富强，鞠躬尽瘁，努力奋斗。"

多么好的一句话呀！镌刻此文，其意义已不仅仅是铁氏家训，更是一种精神，一种忠于党、忠于祖国、忠于人民的忠诚精神，这种精神在当下急需推广开来，以摒弃那些背弃党、背弃国家、背弃人民的种种恶行。试问，没有了祖国，我们又怎么能自称为中国人？

跪叩铁公，我们要明白一个道理：不管我们的生活有多苦，我们的膝盖都要保持直立的姿势，绝不能跪给罪恶。

济南，这座走过近三千年岁月时光的古都城，不仅可以用来记忆，用来感叹，用来追思，还可以用来坚韧和感悟。这座城市，值得我们敬重。

香炉里的香已经燃尽，而我内心的敬仰之香燃得正浓。

跪拜我的大漠长林

杨靖宇的高贵

1

"头，不仅用来思考，还用来高贵。"父亲这样说的时候，我想起了杨靖宇将军，想起了网上那张黑白相片。

透过冰冷的电脑屏幕，我依然能够感受到这张相片的老旧，尽管经过了细心的保管和电子图像的精心处理，还是掩盖不住时光打磨出来的陈迹。这张相片只有一个头颅，方正的脸，塌陷的腮，颧骨高峻，左颧骨下方有冻伤的痕迹，短发长须，眼睛微闭，嘴唇微张，牙齿显然可见。每看一回这张相片，我的胃就莫名地绞痛一阵。

我知道这个头颅曾经骄傲地架在一副身材健硕的躯体上，威震东北；这个头颅曾经带领众勇士充满激情地喊唱着："我们是东北抗日联合军，创造出联合军的第一路军；乒乓的冲锋杀敌缴械声，那就是革命胜利的铁证……"是的，他被人们唤作杨靖宇。他创建了以磐石红石砬子为中心的游击根据地，配合全国抗日战争，智慧地领导着抗联战士与日伪军游击作战数百次，他的足迹遍及长白山麓和鸭绿江畔，在白山黑水间转战，让日伪军闻之破胆魂散。毛泽东曾专门作文称赞"有名的义勇军领袖杨靖宇……坚决抗日艰苦奋斗的战线，是人所共知的"。

可是，这个头颅刚满三十五岁的时候，被生生地砍了下来，脱离了那个高大稳健的身躯，带着中国人的骄傲和倔强折服了杀害他的每一个日本人，那些日本军人，还有日本女人，他们穿着黑色的和服去拜祭杨将军的头颅。

那些往事多么不堪回首呀！好战的日本人明晃晃地闯进了我们的国土，杀我兄弟，欺我姐妹，多少家庭失散，多少骨肉分离，这群两条腿的生物侵略性地站在中国的土地上，用中国人的鲜血慰祭他们的战刀，试图在我们的国土上圈地称王。这如何能让有血性的中国人答应？又怎么能咽得下这屈辱的折磨？善良温厚的中国人，崇尚儒家的中国人，站起来反抗了。这片从来就不缺少气节和忠烈的土地上，走出了千万个杨靖宇。在十四年的东北抗联游击战争中，"杨靖宇"已经不仅仅是一个将军的名字，更是所有抗联将士的化身，是所有被日本侵略者点燃怒火的生命。

杨靖宇并不姓杨，本姓马，名尚德。1932年奉命到吉林南满组建游击武装，为了便于开展工作，化名杨靖宇。靖宇，朝鲜语，驱逐外敌。

其实，姓名仅仅是一个代号，一个区分自己和他人的名称，但在中国，姓名被赋予了很多责任，尤其是承载着家族血脉延续和光宗耀祖的男孩，"行不改名，坐不改姓"是祖训，姓什么，叫什么，自是有着莫大的含义。但马尚德改了姓名，面对日寇猖獗的侵略和无人性的毁灭掠夺，千万个"马尚德"违背祖训，改了姓名。国之不存，家园何在？改，是为了自己和家人活得更好，为了更多的民族同胞活得更好。多年以后，英雄牺牲地，蒙江县更名为靖宇县。这个改，是为了更好的纪念，纪念一个将军的付出，纪念一个英雄的生命，纪念千万个抗联将士保家卫国的情怀。

有资料显示，每年到杨靖宇殉国地参观的游人达二十三万人次之多，这让我们日渐干枯的灵魂欣喜地看到了希望，这希望让我们知道：一代代中国人没有忘记抗联将士血染战袍魂断沙场的壮举，是他们牵制了数十万日本侵华关东军无法入关，是他们四保临江扭转整个南满战局，是他们给我们带来了当下的安宁与和平，是他们用自己的顽强挺起了中国脊梁，凝聚起民族力量。

2

"头颅可断腹可剖，烈忾难消志不磨；碧血青蒿两千古，于今赤旗满山河。"这是郭沫若先生在1949年为杨靖宇将军写下的诗句。

将军牺牲后，残忍的日军割其头示众报功，又剖其腹查验胃肠，他们不明白"胃里没有一粒粮食，只有未消化的草根和棉絮"的杨靖宇到底是凭着什么样的意志，能在茫茫林海中，八天断粮没水无眠，还能与日军周旋战斗。到底是什么样的坚强，才会让这个中国将军八天前与警卫员合吃一碗雪水糊糊的胃，能够吞咽下成团成团的棉絮。这些日本人永远不会明白中国"邪不压正"的道理，正义之火会点亮天空，会驱赶长久的黑暗。侵略，从来就不是正义，又怎么能够压得倒中国人守护家园的燎原之火？

没有一粒粮食的胃，只有草根和棉絮的胃，饿得严重变形的胃，从此，像烙印一样烙在了每一个中国人的心中，又像刺刀一样刺痛了侵略者不安的心。震惊。折服。参与捕杀将军的伪通化省警务厅厅长岸谷隆一郎不由得感叹着"大大的英雄"！虽为敌人，亲睹将军的壮烈，感叹中升腾起来的是尊重和敬佩。岸谷隆一郎找到蒙江县最有声望的两个木匠，一夜之间为将军刻了一个木头颅，又亲自主祭安葬，按照日本习俗，焚香供酒，礼拜诵经，为将军举行慰灵祭。墓碑上书"杨靖宇之墓"，碑背署名"岸谷隆一郎"。真可谓是，英雄壮烈，争民族之气，振华夏国威；贼寇折服，叹将军英魂，感中国气节。

将军牺牲的消息传开后，抗联一方面军将士抱头痛哭：头可断，血可流，坚决把抗日的大旗打下去，打到底，为杨司令报仇！

亲爱的同志们团结起，
从敌人精锐的枪刀下，
夺回来失去的我国土，
解放亡国奴的牛马生活！

英勇的同志们前进呀！

赶走日寇推翻满洲国。

这一次的民族革命战争，

要完成弱小民族的解放运动。

高悬在我们的天空中，

普照着胜利军旗的红光。

冲锋呀，我们的第一路军！

冲锋呀，我们的第一路军！

在将军作词的《东北抗日联军第一路军歌》嘹亮的歌声中，一路军将士频繁对敌人发起拼死攻击，《日军战场实录》说，这支部队"打疯了"。能不"疯"吗？这"疯"是对将军的祭奠，这"疯"是对日寇的仇恨。恨有多深，打得就有多狠，满腔的仇恨射出"疯"的子弹，我们要的是，让日寇滚出中国！

将军牺牲五年后，1945 年 8 月 15 日，日本宣布无条件投降。虽然从此以后，我们开始了漫长的等待，等待日本承认八年的侵华历史，等待日本幡然醒悟，等待日本向世界人民道歉！七十年过去了，日本像个无赖的孩子，依然不愿意承担属于他的过错。一个不能勇于面对历史，不敢承担过错的民族，如何能让世界对他刮目相看？那曾经沾满鲜血的罪恶面孔，又如何能以新的面目重新站在万物生灵的面前？

1957 年 7 月 15 日，靖宇陵园在通化市江东胜利街东山之巅落成。朱德为将军题词：人民英雄杨靖宇同志永垂不朽！9 月 25 日，哈尔滨万名军民恭送将军遗首。1958 年 2 月 23 日，将军殉国十八周年，在庄严的《国际歌》中，将军的遗首和遗骨对接合葬。毛泽东、刘少奇、周恩来、朱德等党和国家领导人敬送了花圈。

三十五年的短暂生命，十八年的身首异处，终于合而为一了。

跪拜我的大漠长林

彭真曾这样说过，"我们共产党二十多年领导的革命斗争中，有三件最艰苦的事。第一件是红军二万五千里长征；第二件是长征后，南方红军的三年游击战争；第三件是东北抗日联军的十四年苦战"。是呀，在那些饥渴交加、缺衣少觉的日子里，在那些天寒地冻、滴水成冰的时光里，在那些把共产党员铸造成钢铁战士的岁月里，英雄们走出或贫穷或富贵的小家，踏上了保家卫国的艰苦征程。他们用鲜血，用生命，用顽强，用意志，用精神，用不朽，书写着中国人别样的高贵。

3

写此文的时候正值央视播出《重读烈士家书》，在这之前，播出了"狱中八条"。节目做得深刻、细致、通透。每天我都是流着泪看完。

有些问题是无法回避的，既然无法回避，我们就要直面相对，比如叛徒。《挺进报》事件，渣滓洞、白公馆烈士的血泪嘱托，还有杨靖宇将军鲜活生命的终止，无不是叛徒造成的恶果，似乎除了真刀实枪的战场，叛徒无处不在无孔不入。钱、权、情，物质与肉体的享受，是每个人都难以抵挡的诱惑，最关键的问题是，当诱惑来临时，我们能不能记得自己是一名在党旗下宣过誓的共产党员。尤其那些位居要职的领导干部，比如，地下党重庆市委书记刘国定，他贪图享受，私欲膨胀，出卖组织出卖同志，做了可耻的叛徒，而在那个"单线联系"的特殊时期，一些优秀的共产党员为了保护刘国定而被捕、被害。

"毒刑、拷打，单凭个人的勇气和肉体的忍耐，是没有法子忍受的。没有坚强的革命意识，没有牺牲个人、贡献革命的思想准备，便不能通过考验。"只有心揣坚定的共产主义理念，才会成为合格的共产党员。

考验是残酷的。教训是惨痛的。时隔七十年后的今天，一个个英雄烈士靠生命换来的"加强党的自身建设，特别注意防止领导成员腐化"的血泪嘱托依然发人深省。

物必先腐而后虫生！

叛徒是可耻的，人们对叛徒是憎恨、蔑视的。出卖杨靖宇的四个叛徒，一个在"镇反"时期被枪毙，一个在将军坟前被枪毙，另外两个虽因种种借口躲过了死刑，但终生都受着人们的唾弃和指责。叛徒的日子也不好过，在最初背信弃义的时候，他一定不会想到，在短暂的愉悦之后，面对的会是更长久的精神折磨，甚至还有生活的窘迫。

而那些舍生取义报国为民的英雄们，身陷囹圄还忧思着党的命运，面对酷刑还思虑着战友的安危，走向刑场还高唱着胜利的凯歌，"杀我夏明翰，还有后来人"，则是人们永远不能忘记，并真诚敬仰的。

翻看一页页落满尘埃的史册，抚摸一张张泛黄的老相片，那些视死如归的勇士们，或伤痕遍身，或嘴角带血，或反剪双手，或脚镣手铐，但他们无一不昂扬着高贵的头颅，不向恶势力低头。这些真正的共产党人，他们不愿意让乞求玷污了高贵的信仰，也不愿意让背叛迷失了高贵的方向，更不愿意让享乐腐化了高贵的灵魂。

累累忠骨，烈烈英魂，作为后人，我们告慰英灵的行为只有一个：把自己洗刷干净，做党旗下举起右臂时亲口发出誓言里的那种人。

跪拜我的大漠长林

铁人，一个坚韧的背影

"妈妈，铁人爷爷是铁做的吗？"看着八岁女儿仰起的稚嫩小脸儿，我不知道该点头还是该摇头。牵起女儿柔软的小手，对她说"让我们去寻找答案好吗"。

1

那是怎样的一个年代呀？！

1959年开始，连续三年，中国自然灾害频发，全国大面积干旱，粮食产量大幅下降，"粮荒"在全国蔓延。1960年，国际形势风云突变，苏联撤走了全部援华专家、资金、设备，百废待兴的中国内困外急，在此关头，一个振奋人心的消息传到中南海——发现大庆大油田。

最先喷出工业流油的"发现井"松基三井所在地，大庆大同区高台子镇由此被誉为"大庆的延安"——大庆，从这里开始。

随着大庆萨66井、杏66井、喇72井相继喷油，"三点定乾坤"显示出明确的大油田轮廓，大庆石油大会战的帷幕就此拉开。全国各地近五万名专家、学者、技术员、石油工人、转业官兵来到大庆。王进喜带领三十七名钻井队员从玉门油田出发，加入到会战队伍中。3月的松嫩平原，寒冷广袤，却因为参战者的到来而变得热气腾腾了。

没有路，没有车，要命的是还没有房子住。工人们就在地上挖个坑，铺上草。下雨的时候，人就睡在了水里，老天爷倒是帮他们洗了澡。这种叫"地窨子"的"房子"，工人们居然住了六七年之久。行李还没到那会儿，就用草或土当棉被。

国家困难，只能按"五两管三餐"的标准拨给每个工人，但根本喂不饱流汗出力的肚子。肚子吃不饱，腰杆却挺得直，干瘪的胃肠里蠕动着的是革命精神和国家利益。钻机到了火车站，没有吊车，没有拖拉机，王进喜大手一挥，说"天大的困难也要上！没有条件，创造条件也要上"。把系裤带的麻绳再使劲勒勒，硬是靠着绳子拉、木板垫、撬杠撬，把钻机卸下火车，拉上钻台。又用人拉肩扛把三十多米高的钻机立在了茫茫草原的井场上。王进喜创造了奇迹。

仰望四十七级台阶上的"铁人王进喜纪念馆"，我的心中充满敬意。干工作不讲价钱，不讲你我，只要能为油田建设多出力，不要说"天当被，地当床，野菜当干粮"，只要还有一口气在，只要还能爬得动站得起，哪怕能摸摸井架抚抚刹把，他们就会心满意足。

思想境界让我汗颜。

拾阶而上，我无法平静内心的激动。这个坚硬的汉子，曾因为看到公共汽车背着"煤气包"而蹲在北京街头失声痛哭。他为国家缺油落泪，他为自己是石油工人却无法解决国家的困难感到耻辱。他立下大志"宁肯少活二十年，也要拼命拿下大油田"。没想到的是，他真的把生命永远地定格在了四十七岁，一个还很光鲜的年龄上。

2

"独臂将军"余秋里甩动着空空的左袖管喊出了"向铁人王进喜学习"的口号。至此，大庆，连跟着那个叫王进喜的"铁人"一起走出黑龙江，走向全国。

输水管线没有安装好，井架立起来了也不能开钻。"恨不得一拳头砸出一口井"的王进喜上来了急脾气。破冰取水保开钻。王进喜带领全队三十七名队员和闻讯赶来的老乡们，凿开附近泡泽的冰层，脸盆端，水桶挑，硬是用一天一夜的时间端出六十吨水，萨55井顺利开钻，进尺一千二百米，首创五天零四小时打一口中深井的纪录。为了这口井，王进喜五天五夜守在井场，困了，倚着钻杆打个盹儿。老乡赵大娘对王进喜的队友说："你们的队长真是个铁人呀！"这口井成功完钻后，"铁人"的称号就传开了。

在石油大会战这场战役中，打的是思想战、精神战，那个年代创造了"工业学大庆"，创造了以"爱国、创业、求实、奉献"为主体的大庆精神和铁人精神。那段逝去的岁月已经不仅仅是一个故事，一个传奇，更是一种动力，一个信仰。

是呀，将军余秋里临危受命，出任石油部部长，他带领五万大军在极度艰苦的松辽平原上进行了一场气壮山河的石油大会战，没有人烟，没有粮食，没有住房，没有大型机械设备……这岂是一个"苦"字能说得清楚？"石油赤子"康世恩出任大庆油田会战指挥部总指挥，他把石油科学的一般原理和中国的地质条件结合起来，丰富和发展了中国石油地质、油田开发的理论和应用科学，这岂是一个"钻"字能表述明白？

国家利益高于一切。

正是因为有了这种国家利益至上的全局意识，才有了以"铁人"王进喜为代表的老一代石油人在那个全身上下皮裹着骨头却精神抖擞的岁月里迸发出来的韧劲、拼劲和干劲，这股子在老石油人身上体现出来的荡气回肠的民族魂，已经成为中华民族精神的重要组成部分，他们勇往直前的豪情壮志激励着新一代石油人不断地向前，向前。

站在大庆繁华的十字路口，如注的车流已经掩埋了这片土地曾经的荒凉。蓦然回首，半个世纪过去了，而那些充满激情的声音仍然回响在耳边——"就是天大的困难也得硬着头皮顶住""跟我上""这困难，那困难，国家缺油是最大困难""不干，半点马列主义都没有"……从此，在这片土地上生长的每一个人，血管里都流淌着叫作"石油魂"的血液。

历史发展到今天，在这座有着"油城之都"称号的城市里，随处可见用"铁人"命名的景观和事件，铁人广场、铁人大道、铁人纪念馆，还有铁人一口井、铁人小学、铁人中学、《铁人文学》，甚至还有"铁人式的好队长""铁人钻井队"……大庆，用自己的方式纪念铁人，缅怀铁人。

"铁人"这个称呼，当它被时间打磨、粉碎的时候，大庆石油人愿意把它融入自己的肌肤和骨髓中，更愿意让它成为身体内的每一个细胞和每一滴血液。

3

"……天不怕地不怕，风雪雷电任随它，我为祖国献石油，哪里有石油哪里就是我的家……"这首歌在大庆传唱了半个世纪。

1964年3月，青年作曲家秦咏诚从沈阳来到大庆，在铁人王进喜带领的1205钻井队体验生活。简陋的设备，恶劣的条件，艰苦的劳动，还有背井离乡别妻离子转战南北的种种境遇，丝毫没有挡住石油工人冲天的干劲和高昂的情绪，在这里，似乎没有一个叫作"不可能"的词语，这群来自五湖四海的石油工人在大庆，在隔居中国一角，正处于保密状态还没有正式地名的地方，创造了一个属于中国人自己的石油王国。

看到这些，秦咏诚久久不能平静心怀，尤其当他捧起石油工人薛柱国创作的歌词"……头戴铝盔走天涯，茫茫草原立井架，云雾深处把井打，地下原油见青天，祖国盛开石油花……"时，再也按捺不住内心的喜悦和激动，当即趴在招待所食堂的大圆桌上为这首歌词谱曲。

《我为祖国献石油》就这样诞生了。从此，这首歌在半个世纪的岁月进程中，一直陪伴着大庆石油人。传了一代，又一代。

在一次井架搬家中，王进喜右腿被砸伤。看不到油井心就没底儿的王进喜抱着拐杖坐在井场看施工。由于地层压力过大，当新井打到七百米深时发生了井喷。如果不马上制服井喷，不仅会造成火灾、爆炸，甚至还会出现井场塌陷，人员伤亡。当时没有压井用的重晶粉，王进喜当即决定用水泥代替。成袋成袋的水泥倒入泥浆池中，时间紧迫，可是太多的水泥却

跪拜我的大漠长林

搅拌不开。危急关头，王进喜扔掉拐杖，带头跳进齐腰深的泥浆池，用身体当搅拌机搅拌泥浆。三个小时，井喷被制服了。王进喜累得站不起来，受伤的右腿更是肿胀得连裤子都脱不下来了。

跨越时空的巧合，总会带给人们无尽的遐想。1959 年 9 月 26 日，大庆油田的"母亲井"松基三井喷油。半个世纪后的这天，"中俄原油管道黑龙江穿越段油品泄漏事故应急处置联合演练"在黑龙江举行。9 月末的黑龙江水凉得椎心透骨，但参赛的三十名中国石油工人毫不犹豫地跳入刺骨的江水中，用四十一分钟圆满完成了围油栏支架、轻便储油罐、收油机、罗茨泵的安装以及油品回收等各环节的维修抢修程序，比俄方提前了五分钟。第二天，这群平均年龄不满二十八岁的小伙子全都发烧、呕吐、拉肚子。我问他们为什么会如此努力地坚持。这群出生在 20 世纪八九十年代的年轻石油人坚定地告诉我，"在外国人面前，我们是中国人。我们绝不能给祖国丢脸"。

4

大庆石油会战之初，到底有多难？连久经沙场的"将军部长"余秋里都感慨"到了现场，才知道困难和矛盾要比预料的多得多"。面对一个又一个的困难和矛盾，石油人都挺过来了。

为了高产稳产，新"铁人"王启民不断探索新的采油方法。在我国没有采油经验，又没有外国专家支持的 20 世纪 60 年代，王启民"跨过洋人头，敢为天下先"，把生产与科研结合起来，为油田培养了一批日产百吨以上的高产井，蹚出了一条我国自己的"注水开发油田"新路子。近半个世纪，他的研发成果为大庆油田创造了巨大的经济效益，仅"表外储层"一项就相当于增加了一个地质储量七点四亿吨的大油田。2009 年，"宁肯把心血熬干，也要保持油田稳产高产"的王启民被评为一百位新中国成立以来感动中国人物之一。

王启民，一直以"铁人"王进喜为榜样，为了高产稳产，他吃住在井场阴冷潮湿的帐篷里，进行现场试验。恶劣的环境让他患上类风湿僵直性脊椎炎，严重时疼得走路直不起腰来，鞋带都系不上。类风湿转移到眼睛上，又引起虹膜炎。他仍然不离井场，咬牙忍痛，完成一个又一个精细精准的现场试验。

王启民被誉为"新铁人"。

接力棒在往下传。

一个夏季的夜晚，星火一次变电所员工周丽琴在值班时发现瓦斯继电器有漏油，如果漏油超出紧急缺陷范围，就会引起电闸误跳，从而导致大面积油井停产。为了精准计量漏油次数，周丽琴提着马灯一动不动地站在瓦斯继电器旁。一个小时，当她确定漏油是每五分钟两滴时，裸露在护具外面的皮肤早已经被蚊虫叮咬得又红又肿。周丽琴以"最讲认真的人"收录到大庆油田星火一次变电所的"吉尼斯纪录"里。巧合的是，四十年前，她的父亲周占鳌曾被大庆油田党委授予"最讲认真的人"称号。

父亲的称誉，女儿双手接过。父亲的旗帜，女儿高高扬起。

传，承，石油人把它看成是自己的使命。

刘国军，大庆油田杰出员工，井下工程地质大队技术员。一个冬天，在抢修油井时，为了拿出合理、节约的修井方案，他在井场反复观察、研究。北国冬天的草原，寒气凛冽，狂风怒号，气温达到零下三十多摄氏度。方案完成后，他才发现双颊被严重冻伤。爱人熟练地为他涂药膏，不说一句话，没掉一滴泪。说，是因为疼你；不说，是因为懂你。哭，是因为爱你；不哭，是因为知你。每个石油人的家属都深深地明白一个道理：家里有个石油人，就必须心里时刻装着井场井架，就要心甘情愿地奉献付出，还要学会面对问题时的淡定从容。

在风雪诉说苍凉的荒原，在严酷相伴寂寞的井场，高高的井架可以作证，坚实的大地可以作证，日月星辰流转的时光可以作证，为了石油，大庆几代石油人一直与艰苦同行，与寂寞相伴。他们在孤苦之地默默地奉献着，他们在严寒酷暑中静静地驻守着。他们宛如开在路边野坡杂草丛中的丁香花，虽然生长在贫瘠的盐碱地上，但一直坚强地开放着。暗香涌动。

5

1960 年 3 月，甘肃是全国自然灾害重灾区。王进喜对母亲说要去参加大庆石油大会战。母亲说："你走了，全家九口人可怎么吃饭啊？"王进喜扑通一声跪在母亲面前，磕了三个响头。他说"妈，这次会战是一场大仗，关系到国家命运"。通情达理的老母亲含泪点了点头。王进喜带着队员们出发了。那时的大庆荒原一片，虽然河里的鱼多得可以用瓢舀，草原上奔跑的动物多得可以用棒打，但方圆几十里路却看不到一户人家。

21 世纪初，黑龙江畔的漠河县兴安镇，一个荒凉得不足五百人的小镇，虽然自然风光如画，但没有电，没有报纸，没有网络，没有手机信号，年均气温零下五点五摄氏度，年无霜期仅为八十六天，一年中甚至有半年时间需要依靠破冰取水来满足基本的生活用水。因为中俄原油输送管道，安静寂寞的兴安镇突然热闹起来，一批批身着橘红色工装、头戴钢盔的建设队伍进驻到这座百年古镇。板房住满了人，帐篷住满了人，老乡家也住满了人，机械设备喧闹轰鸣，施工队伍身影忙碌。"中俄原油输送管道"使小镇一夜之间声名鹊起，一下子成为国际关注的焦点。

从大庆到漠河，从铁人之城到神州北极，从繁华都市到茫茫林海，从一个冷的地方到一个更冷的地方。

往北。再往北。继续往北。

穿过黑龙江，就是俄罗斯阿默尔州加林达镇计量站，那是中国设在俄罗斯境内的唯一作业区，担负着计量俄罗斯向中国输送原油的数量和质量的双重职责。每天清晨八点，计量数据和油品化验报告都要通过传真准时发往祖国。计量站共有八名工作人员，全部来自大庆，平均年龄三十岁。他们在寒冷寂寞的加林达，在零下六十摄氏度的极寒天气中坚守着石油人的责任。日夜陪伴他们的只有输油泵的轰鸣声和一望无际的原始森林。过生日的时候，他们就在雪地里做一个"雪蛋糕"；寂寞的时候，就围着计量站跑上一圈再跑一圈。实在吃不下黄油大列巴的时候，他们就到九公里外的小镇，运气好的话，可以花二十元人民币买到一根不足二十厘米长的青萝卜改善伙食。一天三餐大列巴让这群年轻人患上了肾结石，疼的时候，他们就使劲地蹦。他们用这种古老的方法蹦碎蹦掉身体里的结石。偏僻的加林达没有可以治病的药，而中国蔬菜和药品又根本带不进计量站。没有电视网络报纸不可怕，安静寒冷寂寞也不可怕，最难对付的是想家。想家的时候，年轻的石油人就站在黑龙江边，看祖国边陲小镇上飘扬的五星红旗，看祖国兴安首站亮在储油罐顶上的点点灯火。

　　一条江，隔开了年轻石油人和祖国。祖国的亲人在江的这面想他，他在江的那面思乡。原来相思，就是一条黑龙江面的宽度。

　　计量站需要二十四小时不间断检测，年轻的石油人必须昼夜坚守在岗位上。为了不让祖国受到损失，他们必须认真做好每一笔输油计量数据，出现问题时，必须与俄方据理力争。"我们是中国派驻到俄方的工作者，我们肩负着祖国和人民的信任，我们必须捍卫祖国的能源安全，我们要把大庆精神铁人精神名扬国门之外。"

　　青春只有一次。年轻的石油人却选择了"坚守"。

　　没有人计算过几代石油人到底走过了多少沧桑，也没有人会告诉他们走向明天的路还要有多长。一代代石油人依然前行着，"三老四严""四个一样""聚是一团火，散是满天星"……不管多苦多累多艰难，他们依然奔跑着，哪怕路途遥远荆棘丛生。

　　

　　站着是脊梁，躺下就做山脉。

6

　　"孩子，人，哪能是铁做的？人，只能是皮肉筋骨，只能是血肉之躯。但人有精神呀！精神是个吓不倒压不垮的'怪物'，它一旦占据人的灵魂，这个人就会为了一个伟大的目标而努力奋斗。王进喜爷爷的一生只有短短的四十七年，但他的心中一直充满着精神。孩子呀，你一定要记住：人生不怕短，就怕没精神。"

"妈妈，我知道了，大庆油田是铁人爷爷和他的队友们拿血肉之躯换来的。"

在"铁人"王进喜手持刹把的高大塑像前，女儿庄严地鞠了三个躬。看着正在成长的女儿，我知道，在这座精神饱满的城市里，"铁人"之花已经开遍了整片土地。

患上胃癌的工进喜在临终前，把一个纸包交给身边的同志。纸包里，包着生病以来组织上发给他的补助款和一张记账单，一笔笔进项记得清清楚楚，却没有一分钱的出账记录。王进喜交代"把这笔钱花到最需要的地方。我不困难"。他又对弟弟说，"我可能看不到妈了，你替我尽孝吧"。

走的是时光，留下的是精神。

"铁人"，用他的实际行动告诉我们每个人，物质可以贫乏，精神绝不能空虚。贫穷、困难、寒冷、寂寞、严酷、艰苦……什么都无法成为可以放弃前行的理由。我们的生活可以很卑微，但我们的灵魂一定要永远保持站立的姿势。只有这样，我们才能拨亮灰暗的灯光，才能拥有一双刚毅的明目，才敢仰起高贵的头颅，才敢有勇气拍着胸膛，大声地说，我是堂堂正正的石油人！

白桦林为你作证

带着朝圣者的虔诚，我向漠河，向神州北极，向祖国边陲最北部、纬度最高的地方，行进。

作为北方人，像我，对寒冷和风雪是不陌生的，但零下五十多摄氏度的天气和一米深的雪地还是会惊得我瞠目结舌。

作为大庆人，像我，对大庆精神和铁人精神是再熟悉不过了，但能在油田行业之外领略到大庆精神铁人精神的风采，还是会让我热泪盈眶。

当我跟随大庆市作家采风团深入到中石油管道加格达奇输油气分公司、中俄管输原油漠河输油首站工作现场，近距离接触到管道人、国检人的时候，我始终被一个叫作"感动"的词语激荡着。

是的，我一直无法平静我的心怀，尽管这种久违的感动折磨得我几个昼夜不能安稳入睡。

"把好国门，精准计量""奉献能源，走向春天""物质可以缺乏，精神绝不能空虚""我们的行政行为就是国家的经济利益""只要能保证原油运输安全，我失去的一切都是值得的""我们是相亲相爱的一家人"……一句句饱满真情的话语不断地在我的耳边响起，面孔还带着稚嫩，声音却是如此的坚定响亮，步履又是如此的铿锵有力。

说出这些话的，是一支平均年龄仅为二十八点五岁的年轻队伍，这支队伍先后荣获过全国青年文明号、省级文明单位、全省系统先锋团队、2010年度漠河县"关注民生、服务发展"群众最满意单位等称号。这支队伍引以自豪的视为生命的实验室，也顺利地通过了 CNAS（国际标准化组织）认证，从此可以出具国际承认的检测报告、具有国际权威性的资质。

这到底是怎样的一群人？！

这到底是怎样的一个团队？！

漠河国检人

素有"林海千里绿色长廊、边疆万里香格里拉"美誉的大兴安岭地区，因大自然鬼斧神工造就的大森林、大冰雪、大界江、大湿地而著称于世，这颗镶嵌在祖国金鸡冠上的绿宝石，不仅拥有天然氧吧，还拥有独一无二的清爽静谧的黑龙江源头。

"南有天涯海角，北有极地漠河。"漠河的美丽纯粹自然，带着苍凉，含着古朴，藏着神秘，还有些许的寂寞和严酷。

距离漠河县城二百一十三公里的兴安镇应该是中国最北、也是最冷的边陲小镇了，这座与俄罗斯阿穆尔州隔江相望的小镇年均气温零下五点五摄氏度，无霜期仅有八十六天。在 2009 年中俄原油输送管道开工建设之前，这里居住的人家不足百户，人口不到一千人，年轻人外出务工，镇里留守的只有老人、孩子和体弱者。

没有手机信号，没有电视频道，看不到报纸，没有任何娱乐设施，更不能上网，就是这样一个接近原始生活的地方，工作、生活着这样一群人——

他们平均年龄二十八点五岁，学历均为本科以上；他们身着制服，头顶检徽；他们因为中俄原油管道而从五湖四海相聚到这里；他们主要承担着进口俄罗斯管输原油的计量监管和品质检验工作；他们时刻践行着一个诺言——为祖国守好北国大门，做好国门卫士；他们心中拥有一个共同的信念——忠于职守，甘于奉献，战胜高寒，勇于取胜。

他们自称是漠河国检人。

是什么，让艰险在他们面前退却？

是什么，让困苦在他们脚下让步？

只要能，为中俄管输原油提供可靠精准的服务；

只要能，为祖国的能源战略尽心，尽力，尽情，尽意；

只要能，忠诚地守卫好共和国的能源安全；

只要能，把北极国检精神做实做好。

历经沧桑，才识壮士断腕；旋转乾坤，方显英雄本色。

艰难吓不倒，困苦难不倒，在漠河首站国检人所做出的不争的事实面前，别人眼中的"不可能"被一次次地颠覆。在"不可能"中求"可能"，是胆魄，是谋略，是境界，更是使命。

黑龙江检验检疫局党组书记、局长高建华在视察漠河办事处时深有感慨地总结了"三个极其"：生存条件极其艰苦和寒冷，工作条件极其困难，生活条件极其艰辛。"最远的漠河，也是我最放心的漠河！"这是高建华给予漠河首站国检人的评价。

还有什么赞誉能比它更高？还有什么鼓励能比它更稳？

漠河首站三十名国检人当然不辱使命。

高二十二点八米、容量五万吨的储油罐，在漠河首站共有六个，国检人必须每天都要攀爬到每个罐顶，进行打尺计量、取样。而后在实验室进行密度、水分、机械杂质、氯盐、硫含量等十一个项目的品质检验，检验数据分析后，还要将检测结果与俄方检测结果进行比较，对原油结算的依据进行监管，保证原油贸易的公平公正，以维护国家能源战略的安全。

让外行人想不到的是，看上去操作简单的打尺也不能小觑，因为打尺的数据如果偏差一毫米，就会导致原油数量相差两吨。所以，无论是简单的打尺、取样，还是繁杂的品质检验分析，都必须要求国检人步步精准，时时精细。

让所有人不得不叹服的是，在漠河漫长的冬季，在零下五十多摄氏度的天气里，在罐顶狂风的怒号中，年轻的国检人一次次地攀爬在冰雪没膝的台阶上。北风在原野里呼啸，雪花在天空中飘扬，那前行的国检人，必须双脚踏实阶梯，必须双手握紧护栏，因为被掀下去的危险在随时相伴。

上去。下来。打尺。取样。一个储油罐就需要一个多小时的时间，完成六个油罐的取样后，不要说口罩帽子上的白霜，也不要说眼睫毛挂着的冰凌，更不要说汗水打湿衣背结下的厚厚冰碴，就连那双一直在脚踏实地的脚，也已经肿胀得脱不下鞋来……

面对首站国检人一张张年轻、清瘦、俊朗、微笑的面孔，我几次无语，落泪有声。

我知道，并深深地相信：在风雪诉说寂寞的漠河，在严酷相伴苍凉的首站，漫天的风雪可以作证，坚实的大地可以作证，清澈的黑龙江可以作证，茂密的白桦林也可以作证，漠河首站国检人的路，在纵横，在延伸，在远方——

一条大动脉

让我们把时针拨回到起点，从最初的历程开始说起。

中俄原油管道是我国四大进口能源战略通道之一，是国内第一条穿越多年冻土区域和原始森林的大口径长输跨国原油管道，也是一条上下游连接三个水利系统的国际管道。漠大线的投产，不仅填补了东北地区的石油资源供应缺口，而且实现了我国进口原油运输和供应的多元化，对提高我国石油资源供应的安全性和可靠性，也具有显著的经济意义和长远的战略意义。

管道起自俄罗斯斯科沃罗季诺分输站，止于中国大庆，全长近一千公里。其中，俄境内管道长约六十五点五公里，穿越两国界河黑龙江的管道长一点一公里，穿越出土点至漠河首站管道长七点四公里。漠河首站至大庆林源末站管道长九百二十五公里。管道设计年输量一千五百万吨，最大年输量三千万吨。

管道沿线共设有五座站场、三十七座阀室，途经黑龙江省和内蒙古自治区所属的十二个县市、五处省级以上自然保护区、十一条大中型河流、十五处铁路、二十六处二级以上公路。管道横贯大兴安岭山脉，穿越松嫩平原腹地，所经地段山高坡陡，沼泽遍布，人烟稀少，地质环境复杂，生态环境敏感脆弱，社会依托条件较差。

特殊的自然环境、地理环境，特殊的运销模式，国际管道本身的战略意义，决定了漠大线在带给管道人、国检人更大的使命和荣誉的同时，也使他们面临着更高的要求和挑战。

从 1996 年 4 月中俄两国政府在北京正式签署《中华人民共和国和俄罗斯联邦政府关于在能源领域共同开展合作的协议》，到 2004 年 10 月在北京发表的《中华人民共和国和俄罗斯联邦联合宣言》，再到 2006 年 3 月签订的《中国石油天然气集团公司与俄罗斯天然气工业股份公司关于从俄罗斯向我国供应天然气的谅解备忘录》，而后到 2008 年 10 月中国石油天然气集团总公司与俄罗斯管道运输公司签订的《关于斯科沃罗季诺至中俄边境原油管道建设与运价的原则协议》，最后到 2009 年 5 月漠大线的开工建设，直到 2010 年 9 月 27 日，中国国家主席胡锦涛和俄罗斯总统梅德韦杰夫共同出席的中俄原油管道工程竣工仪式，终于实现了"从 2011 年 1 月 1 日起至 2030 年 12 月 31 日止，中国将从俄罗斯远东管道进口俄产原油共计三亿吨"的合作。

十四年的春来暑往，十四载的风雨历程，中俄双方终于用耐心和沟通展开了能源外交史上的崭新画卷。

站在安静清爽的黑龙江边，看着冰排在江面上缓缓地滑行，我自问：2010 年 9 月 27 日，当中国国家主席胡锦涛和俄罗斯总统梅德韦杰夫共同按下竣工按钮的时候；2010 年 11 月 1 日 19 时，当中俄原油管道进入国内段的时候；2011 年 1 月 1 日，当原油管道里开始涌动黑色油流的时候，会有多少人流下喜悦和辛酸相伴的泪水？又会有多少人背起行囊辞别亲人踏上夜以继日奔波的征程？还会有多少人守望相助默默奉献一肩担起双重的责任？

三十名漠河国检人，就这样，从此，开始了顽强地坚守。

原油管道建设期间，漠河国检人全力投入到管道穿江工程的检验监管工作中，派员长期驻扎在封闭区内，为管道穿江工程提供全天候二十四小时的监管服务。办公的简易板房不保暖，休息的老旧楼房室内结冰，北国凛冽的寒风似乎要卷走所有的生灵。就是在这样的条件下，业务科李国军硬是在封闭区坚守了四十八天。从此，"李铁人"这个称号叫响了全省出入境检验检疫系统。

数字是枯燥的，但唯有数字是最能说明问题的。据统计，在原油管道施工期间，漠河办事处通过实行 5+2 全天候无假日工作制度，克服各种困难，提前进入封闭区开展工作，现场办理各项检验检疫业务。仅封闭区开始运行期间，漠河办事处就检疫查验出入境人员五千五百零一人次，车辆一千四百四十八辆次，船舶八百一十二艘次，验放设备二百一十八批次，物资二百二十五批次，食品一百三十四批。

黑龙江检验检疫局高建华局长多次到漠河局调研，强调指出，漠河检验检疫机构的建设，关系到整个国家的能源战略，要举全局之力给予支持。2010 年 12 月底，冒着零下四十七摄氏度的严寒，高建华局长长途跋涉，到漠河首站为石油实验室揭牌，为正式通油做足做好准备。

2011 年 1 月 29 日，俄罗斯东西北伯利亚管道公司的总经理一行四人在中石油管道公司领导的陪同下参观了漠河首站的国检实验室。参观结束后，俄方总经理在高度赞扬的同时说了三个没想到：一是没想到中方在首站派驻了代表国家的执法部门在进行日常的检验和监管，而俄方的执法部门是每三个月去实验室检查一次，查到不符合规定的地方就罚款；第二个没想到是在中方首站国检实验室看到了合理的规划布局、世界一流的仪器设备、技术精湛的检测力量，而俄方的实验室在房屋、仪器设备、人员等方面还差得很远；第三个没想到是在中国最偏远的漠河首站，罗学锋竟然用流利的俄语向俄方介绍实验室的情况。

是的，这是一条贯通中俄两国的原油大动脉，这是一群共和国能源安全的忠诚守卫者。正因为有了他们的保驾护航，中俄原油输送管道才能够圆满实现运营；正因为有了他们的精准服务，中俄双方才有了结算的坚实依据。

两地国检情

坐落在黑龙江畔的兴安镇，自然风光如画。中俄原油管道首站工程和国家一类口岸这两个大的"头衔"，使这个名不见经传的小乡镇一夜之间声名鹊起。施工者忙碌的身影，机械设备的喧闹轰鸣，不仅打破了这座百年古镇的沉寂，也使它成为国际关注的焦点。

但是，我们不得不承认，在所有的关注中，最为关注它的则是首站工作人员的家属。大到管道的运营情况，小到镇子的天气物价，无一不牵动着亲人们的心。

从漠河县城到兴安首站有二百一十三公里的路程，山路弯多道窄，有一百多公里的山路没有手机信号，树高林密使得冰雪不易融化，因此，一年中有大半年的时间是冰雪路面。每次换班的时候，工作人员总会小心地行走在这条崎岖蜿蜒的山路上。李国军曾在这条路上经历过四次车祸，虽无大碍，他却不敢告诉家人，怕家人为他担心。他偷偷地为自己购买了人身伤害保险，他说"这是我唯一能为家人做的事了"。

毕业于山西大学的冯培信，阳光帅气，他的微笑可以融化兴安镇经年的积雪，他的认真可以打动夜空不落的星辰，就是这个刚满二十六岁的山西小伙子，从 2010 年 8 月来到首站后，为了工作，外婆去世、哥哥结婚，他都没有请假，偷偷地把家信藏起，只是在电话里请求家人的谅解。今年 10 月，漠河办事处罗学锋主任"命令"冯培信回家，怎么能不回呢？思儿的父母已经盼痛了双眼，热恋的女友已经流尽了相思的泪水。半个月后，满脸喜悦的小伙子回到了首站，他羞涩地告诉大家：深爱着他的姑娘王丽芬即将辞别亲人，放弃在太原的白领工作，随他来到漠河生活。那一刻，所有的同志都惊喜地睁大双眼，千思万绪涌上心头。

这就是我们优秀的国检年轻人！这就是我们国检人自豪的好媳妇！

检测室副主任岳远明刚到首站工作的时候，他的儿子还在襁褓中。如今，快三岁的儿子已经俨然一个小男子汉了，可是，在岳远明的记忆中，儿子学会吃饭、走路、说话的情节却永远是一个空白。今年有了手机信号后，每当夜深人静时，岳远明就会与妻儿在电话里聊天，聊着聊着，电话的两端就会共同响起一首歌"你不扛枪，我不扛枪，谁来保卫祖国谁来保卫家……"撼动人心的歌声轻柔地穿过窗玻璃，穿过茂密的白桦林，穿过万水千山，走进妻儿思念的梦乡。

衣带渐宽终不悔，为伊消得人憔悴。

还有什么思念比相离更为刻骨？

还有什么眷恋比相望更为铭心？

曹国范，综合办公室主任赵洪杰的爱人，一位细腻的极具文学气质的知性女人，她怀揣着对爱人满满的爱创作了《爱在北极国检情》《兴安首站过大年》等文章。她因为爱人而深深地爱上了寒冷寂寞的兴安镇，爱上了枯燥乏味的检验检疫工作，爱上了背井离乡的首站国检人。她自称"我们是北极国检人"；她说"我们没有什么惊天动地的壮举，也没有什么荡气回肠的事迹，作为北极国检人，我们只是秉承了大山的伟岸，青松的挺拔，冰雪的圣洁，在高寒禁区艰辛地履行着国门卫士的职责"；她说"我们是不扛枪的战士，为了把疫情疫病挡在国门之外，我们只有抱愧亲情去履行职责。因为，我们头顶着的是熠熠生辉的检徽"。曹国范，这个细腻的极具文学气质的知性女人，甚至顶着寒风攀爬到储油罐的罐顶，气喘吁吁，双腿沉重，满身霜花，去亲身体验爱人工作中的每一个细节。

曾经沧海难为水，除却巫山不是云。

是什么让我们的爱如此深沉？

是什么让我们的情如此炙热？

总有一种缘分叫风雨同行；总有一种幸福叫春泥护花。茫茫人海，能与一个人相逢、相识、相知是一种莫大的缘分；能与一个人分享路程、历程、过程是一种无上的快乐。这个人，就叫——知心爱人。

我寄愁心与明月，随君直到夜郎西。

漠河。家乡。两地情。

工作。亲人。两份爱。

首站国检人，首站国检人的亲人，无论是五十一岁的罗学锋主任，还是二十一岁的山东小汉子张伦，抑或是所有国检人的亲人，他们无一不张扬着活力，散发着精灵，他们用真心情意把漠河、把首站、把爱情、把亲情，都深深地融入到自己的肌肤和骨髓中，并心甘情愿地让这些成为自己的每一寸细胞和每一滴血液。

三滴真心泪

于佳，漠河国检正式职工中唯一的女性，2010 年招录的国家公务员。毕业于哈尔滨工业大学。经济学硕士学位。英语专业八级。就是这个漂亮、端庄、家和男朋友都在哈尔滨的小姑娘，在省局报到的时候，省局有关同志问她愿不愿意留在省局工作。没做任何犹豫，这个执着、热情的丫头就婉拒了同志们的好意，她说"我报考的是漠河，我就一定要到那里去"。

2010 年初冬，当哈尔滨爱美的姑娘们还没有穿上大衣的时候，没膝的大雪已经把漠河变成了一个银白色的童话王国。那年冬天是一个寒冷的冬天。娇小柔弱的于佳，在这个时候，背起行囊，辞别亲人，从省城哈尔滨来到边境兴安镇，从繁华都市到僻远边陲，从莺歌燕舞到孤独寂寥，从一个冷的地方到了一个更冷的地方。

我此行唯一的遗憾是没有见到于佳。罗学锋主任告诉我小于佳到哈尔滨出差了。采访中，罗主任几次激动地提到于佳——顶着零下五十三摄氏度的高寒攀爬一百零五阶台阶，在储油罐顶检尺、取样，刺骨的冽风吹粗了她娇嫩的皮肤，透心的冰冷冻伤了她俊俏的面孔，可是她依然上罐打尺一丝不苟，精准计量严肃认真；在办公室里写体系文件、分析实验数据，经常加班到深夜；帮助同事缝扣子；清晨，把水果送到每位同事的宿舍；春节时，她想为远方的父母准备一份新年礼物，可是兴安镇的小商店实在没有什么可以买的，她就花了两千多块钱到镇里买了一头农家猪，分四半寄回了家……她被同事们亲切地称为"我们的大管家"，她被首站国检家属亲切地称为"我们的小才女"。

是的，首站国检人已经适应了有于佳的日子。有一天，她接到命令去哈尔滨出差。当她走下火车，走进曾经熟悉的城市里，喧闹的车笛声、川流的街路人群，突然让于佳有了一种隔世离空的感觉。那一刻，她很想很想首站的安宁和静寞，很想很想同事们的清爽和俊朗。那一刻，她走进商店，买来一大抱的哈尔滨红肠，寄给远在边陲的战友们。她想念他们。虽然离别才刚刚开始。

我去时，首站的年轻人向我不停地说起于佳，他们甚至拿出那些红肠来，一遍一遍地告诉我，"这是于佳一下火车就买来的"。

我必须要向读者表述的是，于佳的眼泪。

是的，这个自称"性别女，性格男"的坚强不屈的小姑娘于佳流过泪。

第一次流泪是在送行父母返程的漠河火车站。那天，列车缓缓启动，带走了父母亲渐行渐远的身影和充满慈爱惦念的目光，于佳第一次有了心被碰疼的感觉。"父母在，不远游。"可是，自古忠孝难两全呀！

站在于佳整洁有序的宿舍里，我猜想着她带泪的脸庞会有着怎样的痛楚，那思父思母思亲的泪水，会搅疼多少颗为父为母的柔软心肠？身已行，心留下。我不知道，父母的心会填满多少对女儿的冷暖挂念？他们是否会为漠河的清贫而担心？他们是否会因为女儿形影孤单的身影而泪如雨下？他们是否会在列车拐了一个弯又一个弯，不知何时还能再见到自己的女儿时，心如刀割痛断肝肠？

第二次流泪是在中秋节那个月圆的夜晚。那天的月亮格外圆，那天的星星格外亮，那天的夜空格外高远清爽，那天的思乡情结，格外深刻厚重。令于佳没有想到的是，细心的罗学锋主任早早地做了准备，亲自下厨，烧出一大桌子酒菜。大家围在一起，喝酒，吃菜，聊天。天南地北的口音，奇思妙想的未来，永不言弃的梦想，刻骨铭心的情感……看着一张张快乐无邪的脸，听着一句句情真意切的话，于佳流下了感动的泪水。是的，她感动着如父如兄的罗主任能读得懂年轻人的心；她感动着并肩作战的同事们能耐得住首站的寂寞生活；她感动着五湖四海的兄弟姐妹能在漠河聚成一家人；她感动着共同的信念铸就成不屈的北极国检精神。

第三次流泪是在实验室建设的时候。那是一个冬天的早晨，星期六，气温零下三十摄氏度。于佳像往常一样，一大早顶着薄雾去单位。那天，省局为他们购置的实验室仪器设备要搬运到二百一十三公里外的首站实验室。冬天路滑，仪器设备又怕碰撞，所以，平时四个小时的车程那天就需要八个小时才能走完。为了赶时间，早晨七点多，罗学锋就带领所有人员动手装车。等装卸工赶到时，大多数设备已经装上了车。到了首站，其他设备还好办，可是面对九百多公斤重的防爆柜时，装卸工说什么也不干了。罗学锋指着首站外墙大大的"爱国，创业，求实，奉献"八个大字，说"有条件上，没有条件创造条件也要上。这才是大庆精神"。一声令下，在罗学锋的带领下，硬是靠着人拉肩扛，把这个光溜溜的"大家伙"在实验室里尘埃落定。看着同事们通红的面颊、双手和额头晶莹的汗珠，看着罗主任棉服背后因汗水湿透冻结的冰层，于佳落泪了。

是呀，这支能够迎难而上的队伍还不值得去爱吗？这支能够齐心协力的队伍还不值得付出吗？这支能够甘于奉献的队伍还不值得护卫吗？

那天，于佳在日记中写道："作为一名北极国检人，我很自豪。我感动这支二十一岁到五十一岁的队伍。为了我国的能源战略，他们各尽其能，全力以赴。我自豪我们在新时期的石油会战中肩负的神圣使命；我自豪我们拥有上下一心排除万难的不屈精神；我自豪我们不是只喊号子而是实实在在做事的国检人！"

哭，是因为爱你；不哭，是因为懂你。

漠河首站漫长的冬季会让风雪驻足，漠河首站寂寞的夜晚会让星星落泪。可是，工作在这里的每一个漠河首站人都必须学会承受寂寞，忍耐寒冷。听着输油管道里滚滚涌动的原油，看着实验室里品质检验的分析报告，哪一个首站国检人不露出骄傲自豪的笑容？哪一个首站国检人不在为国家鞠躬尽瘁？

"让检徽在北极闪光，让青春在逆境中飞扬。"国检家属曹国范道出了北极国检人对祖国对人民的庄严承诺。

四季护国门

儒雅而不失睿智，温和而不失阳刚，沉稳而不失干练，这是罗学锋主任给我的深刻印象。这个五十岁刚出头的男人曾在北大荒生产建设兵团待过十年，从事出入境检验检疫工作已有二十六个年头。深厚的生活积淀，丰富的人生阅历，独特的生命体验，使罗学锋在宦海沉浮中更深地懂得了品格和责任的重要，于是，他踏实地工作，踏实地生活，踏实地走着每一步，正是这种踏实的书写，使他在平凡中成就了不平凡。

原油检验来不得半点儿马虎，每一个细小环节的失误都可能会导致严重的损失。比如打尺，如果打尺数据偏差一毫米，就将导致原油的数量相差两吨。比如检测报告，十一项品质检验的数据分析是原油结算的重要依据，哪怕是一个小小的小数点儿，都在决定着国家的经济利益。正因为这样，罗学锋时刻处于紧张的备战状态，他的手机二十四小时开机，不仅如此，他还特意为自己选了一个尾数是 119 的号码，以提醒自己"像救火队长那样"时刻保持清醒的头脑和迅速的行动。

二十一岁的张伦，被同事们亲切地称为"山东小汉子"，他刚刚走出大学校门，就来到人迹罕至的漠河首站，用自己稚嫩的双肩扛起庄严的国检徽章。

张伦清楚地记得自己第一天到首站工作时的情景，那天是 2011 年 10 月 27 日。那天，山东的阳光温暖如春；那天，首站的气温零下十摄氏度。穿着单衣单鞋的张伦刚放下背包，就来到工作现场，正赶上清洗管道收发球，但因为收发球时出了点儿问题，延误了时间，为了做好进境监管，张伦硬是从早晨七点坚持到晚上十一点。三天的坚守，换来收发球工作全程的安全监控。

综合办公室主任赵洪杰是名副其实的"大管家"，管道建设期间，他除了要完成封闭区的检验监管工作，还利用业余时间采集蝶类标本，充实办事处的标本室。管道通油前后，正值石油检测实验室建设最繁忙的时期，为了保障原油检验工作的如期开展，整个办事处的人力全部投入到首站参加实验室的建设工作，只把赵洪杰一个人留在了漠河本部。那段日子，赵洪杰牢牢地记着罗学锋的叮嘱"你一个人在家，要撑起一个局"。就这样，他没日没夜地一个人坚守在本部，不负众望地承担起了整个办事处的所有工作。

三十三岁细心的"大管家"赵洪杰不仅安排好了工作上的事情，还定期为首站采购生活物资，调节全站人员的饮食，他甚至连续两个春节主动要求在首站坚守岗位，好让其他同志能够回家过年。

这就是年轻务实的首站国检人，这就是团结一致的首站国检人，这就是任劳任怨的首站国检人，这就是驻守青春忍耐严寒的首站国检人。

每一个首站国检人都牢牢地记着这样一句话——在外国人面前，我们是中国人；在管输原油首站，我们是国检人！

形象，形象，还是形象。

背子要叠成"豆腐块"，用品要摆成一条线，上岗要着装列队，进餐要统一进出餐厅，地面无杂物，说话不喧哗……生活区的军事化管理让每一个年轻的国检人都收起了傲慢和娇气，自觉地承担起了属于自己的职责和承诺。

忘不了，为了建立健全实验室的管理体系，李国军经常加班加点。

忘不了，为了体现实验报告的权威性，张伦在零下三十九摄氏度的窗口下做过滤操作，冻麻了双手。

忘不了，为了如期完成检验监管工作，杨天荣持续工作四十天。

忘不了，为了实验室早日投入运营，岳远明"三过家门而不入"。

忘不了，为了原油检验，冯培信深夜十点，冒着零下三十摄氏度的严寒，攀爬到储油罐顶打尺取样。

忘不了，为了做同样的实验，承担综合工作的于佳也与男同事们一样爬罐检尺计量……

忘不了呀，忘不了！

忘不了，三十名首站国检人，为了保证原油数据的准确，在北纬五十三度和零下五十三摄氏度的执着坚守！

路漫漫其修远兮，吾将上下而求索。

采访中，罗学锋主任特别告诉我一组数字——截止到 2011 年 10 月 28 日，中俄原油输送管道经受住了冬季零下五十多摄氏度的考验，经受住了震级达 6.6 级的地震考验，安全平稳运营三百天，累计进口俄罗斯原油一千二百八十八万吨。

在这里，我们不能不提到另外一个情节。进口原油的凝点，是漠河输油站冬季关注的重要指标，它关系到在寒冷的季节输油的安全问题，也就是说，一旦进口原油在管道里被冻凝就将无法正常输送，甚至发生恶性安全事故。由于凝点的检验不属于中俄双方合同规定的检验项目，不属于国检的工作职责，上级就没有配备凝点检测的实验室仪器设备。为此，中石油管道公司必须要派人派专车去一千三百多公里外的大庆检验。首站国检人看在眼里，急在心上。由于向上级申请购置仪器设备的周期较长，为了能尽快给予管道公司更大的帮助，为国家能源大动脉保驾护航，他们就在为数不多的生活费中挤出了几万块钱，立即购置了凝点检测设备，每天进行该项目的检测，为管输原油的正常运转提供了科学依据，解决了管道公司的后顾之忧。

11 月 11 日，星期五，晚。罗学锋接到中石油国际事业有限公司经理和漠河县政府领导的求助电话，原来，中石油国际事业有限公司进口了一批货值达八点六亿美元的原油，由于该公司没有充分做好报检准备，还没有聘用自理报检员，漠河县又没有具备资质的代理报检公司，企业无法对这批原油进行报检，但如果在 11 月 14 日之前拿不到通关单就无法进行报关，海关要依法征收每日货值千分之五的滞报金，这就意味着该公司每天要损失近三百万元人民币。接到电话后，罗学锋安排专人连夜与省局通关业务处联系，请求帮助企业办理报检员注册手续。省局通关业务处本着"特事特办，急事急办"的原则，按照要求，使企业在星期日上午顺利拿到通关单，星期一便到海关办理了报关手续。

休息日里不休息，使得企业免受了损失，也解决了地方政府的燃眉之急，这就是让人敬佩的检验检疫系统热情高效的工作态度和工作效率。

为感谢漠河首站国检人所做出的贡献，今年，中国石油天然气管道公司特意赠送了一面锦旗，上面书写：管道建设惠及龙江人民，国检相助铸就友谊丰碑。

寄意寒星荃不察，我以我血荐轩辕。

傲雪的梅，幽香的兰，劲节的竹，凌霜的菊。哪一个不能称得上是国检人真实的写照？

共行"家"文化

"夜深人静的时候，是想家的时候，想家的时候不说话，爹娘悄悄走到梦里头……"

远离家乡，远离亲人，"家"就成了一个甜美的隐痛和奢侈的梦想。

拥有一双智慧的眼睛和一颗柔软心灵的罗学锋是深谙此理的。

于是，在他的倡导下，"家"文化就这样在首站诞生了。

为了当好"家长"，最年长的罗学锋成了首站正处级的驾驶员、导游员、炊事员、采购员。他会在"家宴"时，露上一手，烧几个好菜；他会在任何一个他称为"我的孩子们"过生日的时候，送上一个温暖的生日蛋糕；他会全程陪同来首站慰问的家属们游玩首站内外；他还会利用一切出差、回绥芬河的机会，带点漠河市场根本买不到的食物，亲自做给山上的"孩子们"品尝；他还自愿当起司机，把节省下来的费用给他的"孩子们"改善伙食；他漠河家里的钥匙是把公共钥匙，他的家成了首站所有国检人的"根据地"，为的是给换勤的孩子们有个"家"的感觉，还可以省下旅店的费用；他甚至带着他的这群孩子们在休息时，徒步八公里，走下山去，到首站人诙谐地称为沃尔玛、家乐福、香格里拉的不足五十平方米的两个小商店和一个小饭馆去逛逛……

今年春节，罗学锋远在绥芬河的妻子来到首站，陪他过新年。年三十儿晚上，看着依偎在身旁多情的妻子，看着依然爬罐打尺取样和在实验室里进行品质检验的年轻人，他动情地写下了这样一首诗——送给节日期间坚守在漠河首站的孩子们——在大兴安岭的深处，我陪你们过春节，我知道你们青春的花儿在寂寞中绽放，我知道你们的坚强和勇气足以让北极的冰雪融化，我知道首站的友邻会陪我们度过辞旧迎新的时刻。我陪你们过春节，我只是想，能陪你们一起迎来共和国能源战略的曙光。让我们拨亮新年的烛光，让烛光如梦，让梦想启航！

在首站国检人的心中，物质可以贫乏，精神绝不能空虚。

黑龙江出入境检验检疫局漠河办事处，这个优秀的团队，不仅见证了中俄原油管道开通的艰难，也洒下了管道建设运营的辛勤汗水。为了这条铺设在祖国北疆，穿江越岭的能源大动脉，首站国检人一直与艰苦同行，与寂寞相伴。他们在孤苦之地默默地奉献着，他们在严寒之冬静静地驻守着。他们宛如满山遍野的茂密的白桦林，虽然清秀，但一直坚强地站立着。

我相信，每一个首站国检人都已经紧紧地与大兴安岭的一草一木交融在了一起。如果有一天，他们离开了这片土地，他们一定会在日升日落月升月落的时候，遥望神州北极，遥望兴安首站，因为这里，生长着耐严寒，耐瘠薄，永远洁白优雅的白桦林。

如此美丽

　　我们伟大的祖先一代代故去，却在方方正正的中国字里为我们留下了宝贵的精神财富。我们多么幸运，能够生成一个中国人，能够认识并朗读这些字正腔圆的中国字。

　　面对灵动的汉字，我们不能无视她的高贵和优雅。我们唯有心怀敬重，五体投地，叩首膜拜。

　　我努力地，尽力地，用一个中国人的名义去捍卫每一个中国字的尊严。

　　汉字，是有灵魂的。

叩首汉字

汉语是动听的，汉字是美丽的。面对美丽的汉字，我们唯有膜拜，叩首。

传说在六千年前，有个叫仓颉的人"仰观星象圆曲之势，俯察龟纹、鸟羽、山川、手掌纹路等"创造了汉字。方方正正的汉字像方方正正的中国人，中正，规矩。

以食为天的中国人把"田"看得无比重要，于是，敬畏自然崇尚土地的中国人把美丽的汉字写在了规规矩矩的"田"字格里。从此，每一个汉字都大大方方地横贯格内，不逾越分毫，不冷落分厘。左起笔，为大，带动下一笔；右收笔，为小，以上笔为基础。上起笔，为尊，做好样子；下收笔，为谦，不妄自菲薄。"田"字格里的每一个汉字都如同一个中国人，头顶青天，脚踏大地，清清白白，光明磊落。"兄则友，弟则恭"，兄弟友爱悌敬，才会"家和"；"居上不骄，为下不乱"君臣守法有制，才会"万事兴"。我们伟大的祖先一代代故去，却在方方正正的中国字里为我们留下了宝贵的精神财富。我们多么幸运，能够生成一个中国人，能够认识并朗读这些字正腔圆的中国字。

面对伟大的汉字，我充满敬意，不敢亵渎，不敢轻慢。我抚平每一本书的每一张页角，我认真书写每一篇文章的每一行字，我清晰读出每一个字的每一个音母，这都是因为尊重。有了这份尊重和敬畏，我不舍得乱丢高贵的书籍，不忍心写下阴郁的文字，不愿意说出刺耳的脏话。我努力地，尽力地，用一个中国人的名义去捍卫每一个中国字的尊严。

有声无泪，为号；无声有泪，为泣；有声有泪，为哭；无声无泪，为痛。仅仅一个"哭"字，一个"伤心"的真伪程度，我们伟大的祖先就用了那么多的词汇去描述。多么多么不可思议呀！多么多么神奇美妙呀！女子的娇羞，男子的豁达，日月星辰的自由运转，万物生灵的相辅而行，汉字都能拿捏得那么精细独到。当一种情感的极致连"语言都会显得苍白"时，汉字也会让这种情感永存在时空里。"海到天边天作岸""千江有水千江月"，我们在无言中禅悟、意会着彼此的情意，这是一种多么有趣的想象。思念，悲伤，欢喜……都在虚空中无限地长大，长大，再长大。

唯有方块字能做到如此了。

外圆内方。方外有圆。方方正正的汉字所引发出来的虚空无尽的想象，又何尝不是先人们告诫我们的人生道理：保持自我本性，圆融处事对人。自认为堂堂正正的我们呀，是否在书写着一撇一捺的方块字时读懂了先人的良苦用心？又是否能在明白了先人的告诫后敢于有勇气修正自己的错误言行？

女友读大学时的一个舍友，特别爱读某美女作家的畅销书，并对书中主人公吃喝玩乐却不工作的奢华生活心生羡慕，大学毕业后，她在某古镇开了一家酒吧，做着半公开的色情服务。一天，女友在古镇遇到了这位衣着艳丽暴露的舍友，完全没有了大学时代清爽容颜的她，安静从容地坐在自己酒吧的卡椅上，修长的手指夹着细长的女士香烟，摇曳着玛瑙红的酒杯在闪烁的夜灯下泛着诡异的光。她笑着说"谁能想到呢，一本书改变了我的一生"。

我心痛起来。为这个女人，更为美丽的汉字。我没有想到，一直都规规矩矩的方块字面对利益、虚荣的诱惑时，是这样脆弱，不堪一击。当美丽的汉字乱了前后顺序以后，就会变得如此下贱，丑陋，甚至无耻。它既然能毁掉一个人一生的幸福和追求，也必然能改变一个民族、一个国家的前途命运。呜呼！

在所谓的时代文明下，越来越多各种各样的奇怪汉字组合出现在我们眼前，这些汉字或美丽，或伟大，或龌龊，或调侃，它们给人以憧憬希望，或阴沉冷漠。只是我真的不愿意，不愿意这些充满内涵的汉字乱了顺序，变得堕落。

方方正正的汉字应该是高贵美丽的。面对灵动的汉字，我们不能无视她的高贵和优雅。我们唯有心怀敬重，五体投地，膜拜叩首。

汉字，是有灵魂的。

跪拜我的大漠长林

书边碎笔

走失的故乡

> 读到这里，他总是微笑起来，而且将头仰起，摇着，向后面
> 拗过去，拗过去。
>
> ——鲁迅《从百草园到三味书屋》

每个人都会背叛故乡，先是从踏离那片熟悉的土地开始。最初的时候，似乎还有一点儿窃喜在里面，心里想着终于走了，终于可以离开父母的管束了，终于像一只鸟一样自由自在地飞翔了。脚步是轻快的，没有一丝一毫的犹豫和忐忑。谁不向往更高更远的地方呢？

总有疲惫、落寞、不堪和委屈的时候，蹲下身，把自己蜷缩起来，有泪流下。必须承认：想家了，想父母温暖的怀抱，想故乡坚实的大山和清澈的河流。

可是，回不去了。

鲁迅先生在创作《从百草园到三味书屋》的时候，正值"三一八"惨案过去半年，先生被北洋军阀列入通缉名单，被迫离开北京，辗转流徙，心情苦闷，少年往事开始不断地浮现在先生的脑海中，父亲、保姆长妈妈、恩师藤野、友人范爱农、邻居衍太太、私塾老师寿镜吾，一个个与先生共同生活过的人物出现在他的作品中，于是有了《父亲的病》《琐记》

《阿长与〈山海经〉》等一系列家喻户晓的回忆散文。后来，先生把这些作品结集成《旧事重提》，后又更名为《朝花夕拾》。

我也是有故乡的人。虽然十一岁就离开了那里，但这么多年来，我一直喜欢把别人对我的批评看作是自己的过错，却把别人对我的赞美归功于我的故乡。我认定，是故乡的大山让我学会了宽容，是故乡的小河使我懂得了豁达，是故乡的山山水水养育了我的性情，虽然有瑕疵，但基本保持着故乡的色彩。

可是，自从父亲离世后，我就好像没有了故乡。她一定是随着父亲的身影一起消失了。

对于远在故乡之外的我来说，故乡和父亲是一辆勒勒车上的两个轱辘，失去一个，另一个也就无法再发挥作用了。在我眼里，故乡到处都是父亲的身影。他在山丁子树下种菜，他在北山顶上喊歌，他在吉文河边洗眼睛，他居然还在达达香花丛中喝酒，他醉了，就那样带着酡红的面孔斜躺在花丛中睡觉，他并不响亮的鼾声撞击着达达香单薄的花瓣，而后在山野间闷响起来。

父亲拍着宽厚的手掌，爽朗地笑着，笑声在我的头顶回荡。他给我讲故事，讲我儿时的淘气和他童年的顽皮，讲我青春的脚步和他年少的足迹，讲我们祖先的迁徙和故乡的光辉……故事在父亲离世后戛然而止，随之远去的还有我那些尘封在记忆深处的祖先和故乡。

父亲离世后，我们按照森林蒙古人的习惯土葬了他。坑口面向东方，那是面向太阳升起却背对故乡的方向。我想，自此，故乡在父亲的灵魂中将永远是这等模样了。

父亲走后，我不再喜欢回忆故乡，甚至不再喜欢照镜子了，镜子中的我总是在一天天衰老，我真担心父亲回来时会找不到他心爱的女儿，一如我回到故乡时，看到的故乡再也不是儿时的模样。

我就这样丢失了父亲，还有我和他共同的故乡。

跪拜我的大漠长林

愿你被世界温柔对待

> 我用手去触摸你的眼睛。太冷了。倘若你的眼睛这样冷，有
> 个人的心会结成冰。
>
> ——沈从文《月下》

有一种思念望穿天涯，有一种爱恋真心陪伴，有一种孤单寝食难安。这种情感总有一点儿喝普洱茶的感觉，绵长，顺滑，托付给茶汤的，是千百年前那一声温暖的问候。

沈从文先生的散文无疑是细腻、浪漫的，融写实、幻梦、象征于一体，古朴简峭，单纯厚实，诚笃传神。尤其那些诗意般的情话语言，任谁看了都会融化成一汪水。不管张兆和如何对待，沈先生对她的爱始终默然、执着，汹涌澎湃，直到离世也从未停息。似乎她爱他的文字胜过于爱他，那么他就写下去，把对她的万般喜爱千般好，全部写成了文章、家书——我行过很多地方的桥，看过许多次数的云，喝过许多种类的酒，却只爱过一个正当最好年龄的人。

爱是什么？似乎是一个人的情绪行为，张爱玲之于胡兰成，徐志摩之于林徽因，杜月笙之于孟小冬，一个人就那么热烈地燃烧着，像擦亮的火柴头，随着"嚓"的一声，便迸尽全身的力气去点亮。它不知道自己的生命只有一季，火灭了，就再也不能够被点亮了。爱得如此卑微低眉，爱得"从尘埃里开出花来"，爱得花开一季花落一生。总有一丝悲壮在里面，令后人叹息一声。

相爱则不同了，那是青山与绿水的面对，围绕着，纠缠着，映照着，像钱钟书与杨绛，周有光与张允和，陈寅恪与唐筼，爱得力透纸背，大气磅礴，爱得生命相依，生死相随。是呀，没有绿水，青山怎么能伟岸？没有青山，绿水又怎么会轻柔？

据说，阿难出家前曾遇到一美貌少女，只一眼，便爱慕难舍。佛问阿

难"你的爱有多少"。阿难说"愿化身为青石桥，受五百年风吹、五百年日晒、五百年雨淋，只求那少女能从桥上走过"。

我的爱没有阿难多，但我爱时，一样是把他当成娑婆红尘中的唯一。我卑微地爱着，努力张着昏黄灯光下的眼睛，唯恐他在摩肩接踵的人流中走失。我是担心呀！就像阿难担心他的少女不会从桥上走过一样，找担心海誓山盟也会握不住爱的手，担心我把他遗失在灯火阑珊处，自己却独留在轻风冷月里。

花前月下你侬我爱，泼茶赏花，吟歌斗诗，岁月一派静好。此情美景恐怕拿千年去换也不舍得。可是，情爱再深，终究抵不过那碗孟婆汤的遗忘；誓言再牢，终会在轮回的路上灰飞烟灭。

如果，我是说如果，有那么一天，走了春夏秋冬，丢了生死相许，独倚冷窗，孤望寒月，清淡寡味的日子里，你是否有勇气醉在曾经的海枯石烂，曾经的执手倾诉中，忘掉背叛，记住缠绵；又是否会有勇气看着他模糊在茫茫人海中的背影，祝愿这个曾经的爱人，能够被薄情的世界温柔对待。

因为懂得，所以放弃

立在属于我的那块三生石旁，三生石上只有爱玲的名字，可是我看不到爱玲你在哪儿。原是今生今世已惘然，山河岁月空惆怅，而我，终将是要等着你的。

——胡兰成《今生今世》

那是风雨飘摇的年代。上海。"汉奸"胡兰成与"才女"张爱玲相爱了。

只一面，他便对她说"因为相知，所以懂得"。一声"懂得"，让高贵优雅的贵族后裔不惜身段，变得很低很低。张爱玲是孤寂的，但她绝不是世俗的。正因了她的非凡，才会在胡兰成手书的一纸"愿使岁月静好，现世安稳"婚书中，倾心相许，甘愿下嫁。

时局变化。没有了岁月静好，没有了现世安稳。胡兰成逃难。张爱玲苦着自己，也要用稿费接济心上人。可是结果又怎样呢？胡兰成一次次用移情别恋试探着才女的"懂得"底线，经过一年半的思考，张爱玲用三十万稿费"买断"胡兰成的爱情。她说"我倘使不得不离开你，亦不致寻短见，亦不能够再爱别人，我将只是萎谢了"。萎谢的，不仅是她的爱情，还有她的文采。此后的张爱玲，创作也进入了低谷。

胡兰成用"懂得"驯服了张爱玲桀骜的心，张爱玲用"懂得"松开了胡兰成翱翔的翅膀。因为爱过，所以慈悲；因为慈悲，所以放弃。

谁的一生没有爱过？谁的一生没有过放弃？或许，在你我的生命中，就有过这样一位异性，你待 TA 就像待自己一样熟悉、信任，在你的心中眼里，TA 的素质和气质都是绝对一流的，你幸庆自己能够今生与 TA 相识。也许你们交往并不多，但每当想起 TA，你或好或坏的心情总会为之一震，而后，似乎又回归了平静。你们面对面平静地坐着，没有异常的激动，也没有异常的不安。你们不说这场约会就是想看看彼此是否有了改变，虽然不问"你好吗"？却能透过 TA 的神情揣摩出 TA 的生活模样。

总是说着与爱无关的话。

从不故作深沉，也无意渲染什么，但彼此心中有一席永远留给对方的位置。这位置好像是一个秘密，藏在心底最深的那个地方。无人能触摸，无人能代替。也有过冲动，想违背最初的意愿，但看到 TA 光洁的额头、端正的脸庞、洁净的气质、忧郁的眼神，终究是忍住了。

也有想得心痛的时候，把 TA 从记忆深处打捞出来，拿着电话，却总是拨不完那个熟悉的电话号码。是呀，永远不会说有多么想 TA，即便想到哭，也不能去找 TA。那种风花雪月的故事，早已成为心底的往事。

多想能出现奇迹，在某个转角处遇见 TA。不为别的，只想轻声说一句，只一句——好久不见。

生活不只是远方和诗

我们的祖国正在灾难中，我们不能离开她，假如我们必须死在刺刀或炸弹下，我们要死在祖国的土地上。

——林徽因《致费正清夫妇的信》

印象中的林徽因传奇、冷艳、精致，似乎一直被甜美的爱情、浪漫的诗歌，还有虚弱的病体包裹着。

徐志摩月下等待，倚暖了冰凉的石栏，虽然美人未嫁，诗人失事飞机的残骸却始终跟随她的脚步；金岳霖放下工作，跑到乡下去养鸡，只是为了给林徽因补身子，虽然美人未嫁，哲学大师却始终做着她最近的邻居；逃难到李庄后，山穷水尽的梁思成当掉了贴身的派克笔和金表，只为换回两条草鱼，清炖给病中的林徽因。是呀，我们以为中国大师的生活是灯红酒绿、奢华时尚的太太客厅，却忽略了大师的智慧、平凡，还有贫困。他们的爱情可以是花前月下的卿卿我我，可以是霓虹灯摇曳下的玛瑙红，可以是诗歌、艺术、出国留学，还可以是煤油灯、粗布衣、包药纸上画出的建筑图。

1939 年，四川，宜宾，李庄，乡绅们联合发出了一份份电文"迁川，李庄欢迎，一切需要，地方供应"。于是，国立同济大学、中央研究院、中央博物院等十多家高等学府和科研院所迁驻李庄，一大批全国知名专家、学者云集李庄，受李庄乡绅供养，直到 1947 年迁回原处。使得这座距今一千五百年的古镇成为"民族精神的涵养地，传统文化的折射点"。

李庄乡绅，在中国文化面临巨大存续危机的时候，联合起来，张开温暖的臂膀，接纳，供养着中国文化机构，使得一批知识分子能够在古老的小镇，度过整个抗日战争最艰难的时期，并继续着本学科的研究。李庄的庇护，使中国文脉得以延续，而这种庇护的源头，来自于李庄人内在坚守着的一种精神，这种精神叫"尊重中国文化"。正是这种精神，让中国文化在那个特殊的年代依然薪火相传，尽管存息艰难。

走到现在，文化一下子变成了可以消费的东西，于是，很多人便只知道林徽因的爱情，这是轻薄了一代才女呀！撤离到李庄后，林徽因，一个知识女性，大家闺秀，却沦落到一个乡村妇女，也许连乡村妇女都不及，乡村妇女只管一家子的日常生活，而林徽因还要坚持学术研究。她和梁思成在东北大学创立了中国第一个建筑系，又完成了第一本由中国人自己编写的《中国建筑史》。而三弟林恒的战死，带给林徽因的是一种摧裂身心般的悲痛。这些，我们都知道吗？

在李庄，林徽因患肺结核久治不愈，在包药纸上绘图，梁思成脊椎病恶化，用花瓶支着下巴绘图。他们用自己的行动告诉我们，什么是知识分子，什么是中国文化，什么是祖国。

回望上下五千年悠久的中国文明，回望李庄乡绅庇护延续下的中国文化，回望屈原、司马迁、傅斯年、邓稼先等历代知识分子流淌在血液里的中国精神，我们扪心自问：自己丢失了什么？又缺少了什么？

生活，不只是远方的旅行和诗意的爱情，如果我们的父母还在苟且生活，如果我们脚下的这片土地出现震荡，如果我们无法承传一代代中国大师的高节遗风，我们还有什么资格去诘问现在大师的稀少？又有什么资格去谈论远方和诗？

做好女人成太太

在这之前，我孤陋得不知道"太"是一个伟大的姓氏，我甚至不知道"太太"是对一个女人最崇高最尊敬的称呼。

我是知道周文王的，不仅知道，而且敬重。这位贤明德重的君主在他统治时期，积善行仁，政化大行，倡导笃仁、敬老、慈少、礼贤下士的社会风气，孔子称其"三代之英"，感慨道"郁郁乎文哉，吾从周"。孟子曾赞曰"文王这样的圣人，五百年才出一个"。自周后，历代以恢复周礼为己任的圣贤居士更是多得数不胜数，不夸张地说，周文王影响着中国历史两千多年的岁月时光，并还将继续影响下去。

"推动世界的手，是一双摇摇篮的手。"伟大的姬周王室就因为有了太姜、太妊、太姒这三双温婉祥和的手，才会造就其宗室八百年王朝的绵延不朽。

据载，太姜智慧美丽，性情柔顺，贞洁文静，教导诸子，至于成人，从来没有过失。古公谋事，必与太姜商量。古公迁徙到哪里，太姜都会不辞劳怨，顺从追随。太妊端庄诚一，严谨诚敬，仁爱明理，"目不视恶色，耳不听淫声，口不出傲言"。太姒天生姝丽，聪明贤淑，生活俭朴，严教子女，尊上恤下，深得文王厚爱和臣民敬重，被尊为"文母"。

就这样，姬周宗室三代贤妃良母用其感动天地的厚重德行，使得"太太"成为母仪和顺、仁慈贤德的代称，成为对女性至高至上的尊谓。

原来，"太太"是贤德，是礼让，是祥和，是能让人内心充满安宁的幸福，是能带给人们满满爱心的情怀。

突然懂得了"上善若水"。

最上等的善良如同洁净的水，自身柔弱至极，却能滋润出万物的勃勃生机；至柔至广的胸襟，能容下天地的沧桑巨变。在"水"的眼中，万物生灵平等无我，名、利、功、色，过眼云烟，五蕴皆空。一切"无所从来，亦无所去"，万物皆"如梦幻泡影，如露亦如电"。没有什么值得去争去抢，也没有什么亘古不变。

好女人当是水。养万物，又不与万物相争。合五色，调五味，原质总不变。站在最高巅，也要稳；处在最低处，也心安。清凉干净，荡涤尘埃。

好女人当是冰。洁净明爽，晶莹剔透。冬天来了，不会大喜忘形；春天走了，不会大悲忧伤。化了，成水，滋养万物；热了，成汽，升腾心灵。随顺众生，圆融安详。

好女人呀，总会把自己大地般的厚重、清水般的善良、大海般的广博、绸缎般的柔软一一传递给儿女，教导子孙后辈能够成长为厚德载物的君子，学富五车的才子，志得意满的孝子，智勇双全的贤子。

好女人的心性呀，要深如海，细如针；要宽如天，窄如发。正如著名教育家王凤仪先生所言：姑娘是世界的源头。源头不浊，水流自然清洁。媳妇性如水，弯弯曲曲流几千里终归大海，媳妇的意也要那么长，把全家人都托起来。

我想，先生所言"把全家人都托起来"的女人，一定会是一个好女人，一个可以配得上称为"太太"的好媳妇、好母亲。

弯下腰，亲吻大地

生活是苦的。一直以来，我们背负着生活之苦前行，生活越苦，背负越重，我们离大地也就越近。大地的厚重和沉稳给了我们踏实，让我们活得更加真实。

我多么喜欢匍匐在土地上的感觉呀！

把头深埋在两臂间，额头、鼻尖、嘴巴，还有肩膀、胸腹、腿脚，全部触碰到大地，鼻孔温暖的气息会带飞一些尘土，但我不在意。我把双眼紧闭。我试图聆听大地的呼吸。

这样做的时候，我还不知道佛教有一种修行叫"接触大地"。这项修行是这样的：深深地接触大地六次，将自己完全地托付给大地。用前额、双腿、双手接触大地，让身心一体，超越自我的界限。"接触大地"这项修行，目的是让人放下傲慢、恐惧、怨恨甚至渴求，进入"实相世界"，回归内在智慧的根源。

随着清凉乐曲，"如来一叶"风起影动。一枝一叶一世情，一莲一生一瞬间，原来聚散只在佛祖一指间。

"回到'合一'的感觉中，回到'安全'的地方去。"我微闭双眼，照此做着。臆想中的光明从我的顶轮切入，进入我的眉心轮、喉轮、心轮、脐轮、腹轮，在海底轮打个旋儿后，分化成两束光芒，而后，原路返回。我的确收到了意想不到的效果——宁静，喜悦，还有光明——"如如不动，了了分明"，原来就是一种自我的觉察与调整。觉察事情的本末，调整内心的慌乱，说到底，就是训练自己具备一种"把握情绪，立刻平静"的能力。

强者，不是不哭；弱者，不是只会逃避。接纳命运，不是软弱；修复自我，才是坚强。情感，无所谓胜负得失；生活，无所谓对错输赢；人生，无所谓本末始终。

从我记事起，就羡慕着那些能够转山的修行者。他们勇敢地放下事业、权势、金钱，还有家庭、亲人、疲惫，带着向往和喜悦上路了。他们深深地向虚空叩拜，深深地向大地叩拜，然后用身体去丈量大地的长度，用体温去试探大地的厚度。三步一叩。三步一拜。三步一触。只是为了完成与大地的亲密交融。

大地是母亲呀！托起了山河，托起了日月，托起了万物生灵。

大地是根源呀！叶落要归根，星落要归根，万物生灵的肉体哪个最后会离开与大地的融合？

我们传承着祖先的教诲，后人延续着我们的精血。新的肉身在不停地诞生，旧的肉身在不停地消亡。谁能说自己是无父无母的独立个体？谁又能甩得掉祖先给予的血脉筋骨？

叩拜大地，叩拜祖先。

亲吻大地，亲吻生命之源。

我终于明白自己为什么会喜欢匍匐在大地上，也终于懂得了为什么匍匐下去就会全身心放松不愿意再起来。

大地把温暖和力量给了我，让我不再苦闷，让我勇敢坚强。站起来时，还怕什么风霜雪雨冷言刁难？

大地把慈悲和宽广给了我，让我不再怨恨，让我宽容豁达。站起来时，还有什么苦难坎坷不能过去？

大地把安稳和厚重给了我，让我不再傲慢，让我充满活力。站起来时，我知道了每个人都会跌倒受伤，痛苦烦恼。

弯下腰。跪下去。趴下身。贴紧点儿。用心听。

相信你会和我一样，真切地感觉到大地传递来的平和与安宁。不管这片土地曾经见证过多少爱恨情仇，多少成功失败，多少刀光剑影，多少万物生灵的来去过往。它亦不悲，不喜，不忧，不惧，"心无挂碍，无挂碍故，无有恐怖，远离颠倒梦想"。

有大地的滋养和保护，我们的心灵一定会如花般悄然绽放，我们的时光一定会如茶般幽香清爽。

跪拜我的大漠长林

真实生活的梦

一个女人和一只羊

我知道，事情过后，我是不会因为一个男人而作践自己身体的。尽管我很想大醉、大哭、大喊一下，但我没有做，我怕我会胃痛、头痛，或是嗓子痛，那会很难受的。所以，我一脸平静——

他就那样死心塌地地爱着我，爱得妻离子散，家破人亡，流离失所。

我不知道他是怎么把自己的老婆、孩子弄丢的，也不知道他是怎么离开她们的，我没问过，当然也可以说，我根本就没有兴趣去问。我只知道他为了我离开了那个属于他的家，而后，就那么一个人孤单单地追着我的脚步，向前走。

我带着我的孩子—— 一个瘦弱的孩子。也许是为了躲避，也许是为了追求，也许仅仅是为了逃离，反正我是离开了自己熟悉的那片故土，远走他乡。除了我深爱的孩子，我什么也没带，甚至那颗曾经充满温暖充满爱的心。

他就那么一步步地跟着我。我不回头也知道他在我背后的存在。

孩子病了。孩子太饿了，她好久没有吃到东西了。她最初还能用微弱的声音告诉我她饿了，后来连这点儿力气也没有了。我很着急，我迫切地想找到能吃的东西，但周围只有白茫茫的大地和干枯的树林。

他突然拉住我的胳膊，说"跟我来"。而后，他就这样拉着我跑。我们跑得很快，我能感觉到风在我耳边的响动。

我们面前有一堆火和一群人。他们在吃烤羊肉串。

"你们吃的是什么？"他问那群人。

"羊肉串。"一个满脸络腮胡子的男人答。

"你们吃的是这棵树下埋着的羊？"他用手指着火堆旁的那棵树，带着哭腔问。

"是。"

他恼了。他与他们拼杀起来。他一边拼杀一边声嘶力竭地喊："那是我的羊，那是我的羊……"

他满脸满身的血染红了身下白皑皑的大地。他的胳膊、手、脚、腿、手指……七零八落。现在，他不仅弄丢了自己的老婆、孩子，而且还弄丢了自己的身体。

这个不小心的男人。

原来，他在那棵树下埋藏了一只羊。他知道有一天，我和我深爱的孩子会饿，他为我们早早地备下了口粮。但那群抢了他身体的恶魔们偷吃了他为我备下的羊。

我和我深爱的孩子因为吃了他的肉，喝了他的血而存活下来。

我泪流满面。我知道，我再也看不到他朦胧的面孔了，我再也感受不到他跟在我身后的脚步声了。

……

我惊坐起身。我被这场恐怖的梦惊出了一身的冷汗。

我看不清梦中的男人模样，但我知道他曾深深地爱着我。为了满足我的虚荣和我的胃，他妻离子散，家破人亡，流离失所，他弄丢了自己的身体，他流干了最后一滴血……

地狱培训班

我梦到地狱已经不是一次两次了。这一次更可怕。

我居然在梦中去参加一个叫作"地狱"的培训班，在那里，我遇到很多熟悉的、认识的、陌生的人，宿舍、食堂、操场、走廊、楼梯上到处都是人，满满的，挤挤的。我因为迟到，被取消培训资格，赶出了培训班。

我很落寞。

我当然很落寞。我一直以为我是阴间很优秀的鬼，我努力认真地给阎王爷打工。我和一群男鬼女鬼替阎王爷把一个又一个的人抓来，丢进不同的地狱。阴间没有镜子，我不知道自己的长相，但我的阴间同事们长得可不怎么样——或多手多脚，或多眼多嘴，或多头少脸，或口牙外出……虽然大家长得不好，但大家都很忙。是的，要进地狱的人太多，每晚我们都会疲惫地工作到天亮。

作为一个优秀的鬼，除了任劳任怨地工作外，我从来不随便吓唬人、恐吓人，更不会与自作聪明的阳间人斤斤计较。我小心地游离在人与鬼之间，尽我所能地避免在人前做鬼，在鬼前做人。

可是，我还是被取消了培训资格。仅仅因为迟到。

地狱真是不可思议。

大伯去世那年只有四十九岁，过于年轻的生命让所有认识他的人都很惋惜。在他离世后的十一年间，我总是不停地梦到他。我去他阴间的家中做客，看他优雅地抽烟，听他轻声地感叹，感受他孤独的冰冷。

有一次，大伯无比幽怨地对我说："你看，我的苹果都是烂的，我的饭菜都是馊的。我很饿！"我拿起他面前光鲜油亮的苹果，才发现里面已经腐烂。苹果外表的光鲜骗了我的眼。我又拿起他面前色彩斑斓的饭菜，一股呛人的腐朽的味道扑进鼻孔。饭菜色彩的斑斓迷惑了我的眼。

我很心疼。我流下伤心的眼泪。我在心中说："聪明的人类怎么可以这样糊弄一个鬼？"

正当我不知所措的时候，大伯突然说"快走吧，孩子，再晚就来不及了"。

这时，我才发现大伯家原本大敞四开的门在悄无声息地一点点地合拢。是的，我即将被关在大伯这个没有灯光没有温暖没有食物的家中。

我突然醒悟过来。我开始拼命地奔跑。我在大门即将合拢的最后一刻冲出门外。

从梦中醒来的我知道，是善良的眼泪救了梦中的我一命。

从此，不敢忘记关于地狱的梦。

梦中，有善有恶，有美有丑，有生有死。而决定了姿百态的梦境根源，在于梦醒之时，能否拥有一颗善良清净慈悲宽容的心。

跪拜我的大漠长林

执

1

决定朝拜鸡足山之前，我做了一个梦：一场战争让我流离失所，我夹杂在拥挤的逃亡人群中，向未知的前方行进。饥饿、寒冷、疲惫，沉重着我的步伐和灵魂，灰蒙蒙的天空看不到一丝曙光。人群喊叫着，推搡着，慌乱着，感觉整个世界都陷入茫然无措中。我满脸泪水，绝望地注视着昏暗阴霾的前方——奇迹出现了——一尊金光耀眼的坐佛赫然出现在前方，不上不下，不远不近，不大不小。他慈眉善目，跏趺而坐，宽肩丰胸细腰，眼似闭非闭，嘴似笑非笑，身非男非女。右手施无畏印，左手施愿印。奇怪的是，他在空非空，如莲花不着水，似日月不住空。

我呆立了，被他惊人的淡定和安详所慑服。

逃亡的人群依然拥挤着，喊叫着，推搡着，慌乱着。只有我一个人安静下来，安静地站在那里看，看这尊在空非空的坐佛。

"大日如来。"一个声音这样在我耳边说。

我从梦中惊醒，默诵着"大日如来，大日如来"，这称谓遥远亲切。我搞不懂这个梦之前的陌生称谓怎么会出现在我的梦中，并且如此清晰。

"百度"这样解释"大日如来"：依梵音译成毗卢遮那佛，为密宗金刚界五方如来之首，代表五佛五智中的法界体性智，也是三身佛中的法身佛。大日如来佛土是第一佛土，此佛土名色究竟净土，藏文名称意思是不在任何之下，亦即至高无上，美得难以想象、难以言语，此一卓越境界为法界。

"百度"还说，大日如来面为白色，象征无垢、无恶；右手持法轮，左手持铃。

我糊涂起来。百度说的大日如来与我梦中的形象不一样，我梦中的大日如来不是白色，是金色耀眼的，况且他双手空空，没持法轮，也没持铃。

2

背好行囊，我从松嫩平原出发，飞往云贵高原，落脚古城大理，向宾川县走去。去朝拜雄踞县境西北隅的鸡足山。

据唐玄奘所作的《大唐西域记》载，释迦牟尼十大弟子之一的大迦叶尊者，在佛陀涅槃后，继佛衣钵，统领教团，承旨主持正法，在王舍城召集第一次佛经结集后，推引阿难成为弘法继承者，尊者则来到鸡足山，守护佛陀的锦襕袈裟，携舍利佛牙，入定山中华首门，等待弥勒佛出世转授予他。后经学者多方考证得出，迦叶尊者入定的鸡足山在今印度境内的南比哈尔，古称摩揭陀国。但是，我国释史将云南鸡足山列为迦叶尊者的道场，每天迎接不同国家、不同民族的信众来此朝拜。其实，附会也好，伪造也罢，只要心中有信仰，有虔诚，有真情，狗牙也能生舍利，又何必去纠结哪真哪伪呢？

鸡足山岩壁幽洞，奇山险峰，梵刹林立，静室遍布，其佛教建筑始于唐，盛于明、清，据说，清康熙年间，鸡足山发展到四十二寺六十五庵一百七十处静室，僧尼超五千人。宏大精美的建筑群落，经文诵音在山谷沟壑间的荡气回肠，此情此景自是当今所不能比的。

站在幽静秀美的鸡足山脚下，我的心莫名地静谧下来。我试图用我并不悠远的目光穿透密密匝匝的树林和山峰，以看清楚这座方圆百里，气势磅礴的华夏第一佛山。据说，鸡足山势顶耸西北，尾迤东南，前列三支，后伸一岭，因其形似鸡足而得此名。我的目光远没有那么高踞深远，它甚至无法沿着山中浩茫树林的枝枝蔓蔓，抵达位于天柱峰巅的金顶寺。我来不及为自己短浅的目光遗憾，就把目光收回脚下，弯腰屈腿，开始向鸡足山的百年古刹祝圣寺行进。

祝圣寺依山而建，置于古木丛林中，清静安宁，淡然超世，似乎除了晨钟暮鼓诵念唱经和虫鸣鸟啼外，听不到分毫杂乱的声响，真是适合静修的好地方。心怀真诚，拾阶而上，仰首之处，三块贴金横匾悬挂檐山——赵朴初题"大雄宝殿"、孙中山题"饮光俨然"、梁启超题"灵岳重辉"，在缭绕佛香的映衬下，增添了大雄宝殿的气派雄伟和庄严肃穆。

祝圣寺，原名迎祥寺。1904年，佛教禅宗泰斗虚云老和尚应邀到大理崇圣寺讲法，来到向往已久的鸡足山，看到建于唐朝的迎祥寺颓垣断壁，心生疼痛，发愿重修寺院。为了募化修寺经费，他远赴马来西亚、泰国、缅甸，一路讲经说法，募化功德。在泰国曼谷讲经募化期间，老和尚跏趺入定九天九夜，震惊曼谷，上至王公大臣，下至黎民百姓，纷纷前来礼拜供养。1909年，老和尚用三百匹马驮送回藏经和募化的财物，开始了为期十余年的修建工程。光绪帝封赐虚云老和尚"佛慈弘法大师"之号，钦赐清宫内务府所刊的藏经《龙藏》及紫衣袈裟、钵、玉印、锡杖；慈禧太后赐寺名"护国祝圣禅寺"。

历百年岁月，经世事变迁，如今的祝圣寺已发展成为国务院确定的汉传佛教全国重点寺院之一，云南省文物保护单位。

在虚云老和尚的全身塑像前，我顶礼叩拜。老和尚袈裟着身，手持念珠，长须长眉长发，目光坚定。站起身，看着他，他亦看着我。这位"一身系五宗法脉"的禅宗高僧大德，十九岁出家，一百二十岁圆寂，一衲一钵一杖一笠，行走天下，自度度人，历做十五个道场，重兴六大祖庭，以一身兼承起禅门五宗法脉，法嗣信徒数百万人。

草棚静修，行脚天涯，参访求道，寒来暑往，百余年苦行，需要多少毅力和忍辱，想一想都足够神奇。

一个年轻淡雅的姑娘站在塑像前，静静地微笑着看我。见我看她，她轻声问："需要我讲讲虚云老法师的故事吗？"原来，这个美丽的姑娘因为崇敬老和尚，便当起了老和尚的义务讲解员，只要有时间，她就会跑到祝圣寺，站在塑像旁为朝拜者讲老和尚的故事。为我讲解中，姑娘几次哽咽，我亦喉头酸紧。

老和尚圆寂了，他把禅门法脉留了下来，他苦行百余年的参学精神更是激励着一代代的后学人。

3

沿着台阶继续前行。下一个目标是位于天柱峰的金顶寺，这是鸡足山海拔高度最高的寺院，海拔三千二百四十米，始建于明朝弘治年间。徐霞客提炼总结的鸡足山著名"四观"就是指这里。

金顶寺距离祝圣寺五十五公里，一路向上攀爬，对于不喜运动的我来说很是辛苦。身子越来越重，脚步越走越沉，把手里攥着的水瓶和雨伞丢掉后，还是沉重得想要丢掉一些东西，打量自己，思忖着，除了身体和裹体的衣裤鞋袜外，实在无物可抛了。却在一瞬间动了这样的念头：空，难道是指丢掉沉重的身体，只保留轻巧的精神？那么，这个沉重的身体就是色吗？这个轻巧的精神就是心吗？

惊奇的是，这个念头一打起，身体居然不那么沉重了。我暗笑，不会是身体这家伙怕我丢掉它吧？

踏着一级级台阶绵长地向上向远延深，遥想这一块块青石砖瓦曾经某时从某处起身，扛在某个行者的肩头，才使得它们有机缘化成台阶助人攀登，化成寺庵解人心愁。这其间会有多少汗水滴落在路上，又会有多少肩头脚掌被磨破流血。血汗交织的路呀，多么像苦难忧愁的人生。

终于看到楞严塔了！十三层，方形，檐式，白色。塔前的山门是典型的白族建筑风格，飞檐、翘角、垂脊，画笔美妙别致，工艺精湛美夹。

大雄宝殿拜过佛、菩萨后，我去转楞严塔。

很多人在转塔，我加入其中，随着声声佛号的音律，我们双手合十，迈着统一的步伐，转塔一圈又一圈。转塔时，我好运气地发现塔门开着，

跪拜我的大漠长林

于是独自走进，沿着螺旋形狭窄的木梯来到二层，塔心里面有一尊小巧的释迦牟尼卧佛。顶礼后，我来到塔外，方形塔让我领略到鸡足山四个方位的景观，"东观日，西观海，南观云，北观雪"，鸡足山的著名"四观"果然不虚。还有那些远山近壑的多彩经幡，变化莫测的云海升腾，更是增添了鸡足山的壮美和神奇。

我来到宽敞平坦的睹光台。睹光，睹光，日睹佛光。据说，在睹光台凭栏远眺，可以看到鸡足山"八景之一"的"天柱佛光"。这一景观要在夏秋之交，风雨过后，云漫山腰时才会偶尔出现。我来时，是响晴的天，没有福气看到天柱佛光，倒为下一次来鸡足山找到了好的借口，这样想时，心里充满了快乐。因为贪欲，所以遗憾。其实，鸡足山的"八景"有的只是留下了名字，比如"苍山积雪"，因为游人多、气候变暖等原因，苍山早在几年前就已经没有积雪了。

4

下山途中结一善缘。

我在台阶上，他在台阶下。一个着海青袈裟的光脚出家僧，一步一拜一叩首，想必是去朝拜金顶寺。我停住脚步，合掌等师父通过。不急不缓，不快不慢，师父淡然从容地一步一拜一叩首，静谧安详的气息弥漫开来，像网一样笼罩着我。走到我身边时，我低额一拜，念了一句"阿弥陀佛"。师父站定，双手合掌也念了一声"阿弥陀佛"，他结着血痂的额头让我的心一紧，陡然生起崇敬之情。师父从手腕处摘下一串木念珠，说"这个与施主结缘吧"。我无措起来，第一次遇到这样的情景，不知道应该如何处理。双手接过，傻傻地问"这是什么"。师父没有嫌弃我的傻问题，轻答"五台山的六瓣木佛珠"。

"五台山？"我惊呼起来，"那么远的路，师父你就这样一路跪拜来的？"

原来，师父是五台山的出家僧，发心朝拜鸡足山，一声佛，一步走，一跪拜，芒鞋竹杖，风餐露宿，终于来到了鸡足山。我不禁感慨，有什么能挡得住信仰者的虔诚和脚步呀？他们用身体丈量着路程的长短，用额头感受着大地的坚实，他们疲惫着，顽强着，隐忍着，也快乐着，他们可以披星戴月，可以承载艰辛，可以与危险同在，也可以失去生命，但绝对不会放弃和丢掉的，是心生的出离和心定的菩提。

师父送我的这串六瓣木念珠泛着红褐色的光泽，为五台山特有。每枚念珠都有清晰的六瓣痕迹。闻，有极淡的香气，用手捻过后，香气渐浓，色泽也愈加红亮起来。

捻着香气的佛珠，我走进鸡足山"第一殿"迦叶殿，因迦叶尊者曾在此殿守衣入定五百年，而使此殿名扬佛教界，此殿也被誉为"山中诸寺之祖庭"。它始建于明朝永乐年间，几经火灾、动乱、迁址，现如今的迦叶殿已没有了明朝的印记。殿内供奉着一尊由香樟木雕塑的迦叶尊者像，据说，此像重达三吨。殿内绘有释迦牟尼在灵鹫山讲法的"灵山会"壁画，庄严，磅礴。

我在殿外找到了盘陀石，尊者就是坐在这块石上入定了五百年。盘陀石平坦宽广，我估计可容纳十五人同坐，这块庞大的盘陀石让我猜测着，尊者的身量该有多么高大健壮。盘陀石旁边是一处置于古木参天间的露天讲堂，空气清爽纯净，设三十位莲花座，其方寸比尊者的盘陀石要小，但容纳五人同坐是没有问题的。想必是尊者时代的人都比现今的人高大健壮，可怜现今的我们，身量小了，愚痴却长了。

叹惜着，我们离智慧的距离越来越远了。

5

拜谒华首门之前，我先拜请了多彩经幡和吉祥哈达，准备献给大迦叶尊者，是的，世间只有多彩经幡和吉祥哈达才能表达我对尊者的敬意和真诚。

因为急促，我显得有些紧张，走向华首门时，诵念佛号的声音都在颤抖。虽然一路都在惦记着，可是当华首门骤然出现在眼前时，我的心跳还是出现了短暂的停顿，随之袭来的是一种无法呼吸的灼痛感。我茫然无措地仰望着绝壁千尺的华首门，捧着经幡和哈达的双手战栗起来。

"好好拜拜吧！这是我们的藏地，我们的布达拉宫。"旁边一位居士模样的人这样对我说。凡尘的语音把我拉回当下。我走向华首门，在众多的经幡和哈达的间隙间，把我的多彩经幡和吉祥哈达恭敬地供养给门内的尊者。

华首门，高四十米，宽二十米，由两扇大石门组成，中间隔着一道笔直的石缝，两扇门的中间部位各有一块突起的巨石，人称"石锁"。门上有门楣、檐口，门两旁有门框。这座门，因为大迦叶尊者在此入定，而被佛教界誉为"中华第一门"。奇妙的是，天然绝壁，笔直如削的华首门前有一大块较为平坦的空间，似乎是专门用来敬香参拜用的，接着就是万丈深渊，峭壁危崖。凭栏下望，深不见底，云雾缭绕，仿若人在九霄云外处。

匍匐在华首门前，泪流满面，我用眼泪供养你呀，稀有的大迦叶尊者。你用深厚的品德、行头陀、持戒律，赢得佛的赞扬，分坐佛的半座莲台；你守护婆婆世界上一尊佛的衣钵、舍利，入定等待，等待婆婆世界下一尊佛的到来；你无欲知足，成就佛陀的无执着之念，奉佛指示不行涅槃，担负起承传佛之衣钵的责任。

我用额头叩敲华首门，稀有的大迦叶尊者呀，你是否听到我的呼唤？你是否知道我的深沉？

放眼"饮光双塔"和"泣泪泉"，我知道我不是唯一一个用眼泪供养尊者的人。据唐代李元阳在《嘉靖大理府志》记载：805年，曾有两位印度僧人朝山拜门，并在华首门旁搭棚清修，一天，一个叫小澄的和尚向两位僧人化斋，遭拒，小澄转身从草棚出来，走到华首门前，随着惊天动地的响声，华首门打开了，小澄和尚从容地走进门内。两位僧人豁然开悟，知道了小澄和尚就是迦叶尊者的化身，便高喊着起身追出，可是，华首门无情地在他俩面前合拢了。两人追悔莫及，悲痛椎心，泪流成河，汇成华首门前一钵清泉，名"泣泪泉"。眼睛掏空了他们的身体，忏悔已没有了再一次的等待，万念俱灰的俩人焚身华首门外。后来，焚身处长出两株柏树，人们在柏树生长的地方建造了"饮光双塔"。

迦叶尊者，一名饮光。

拜别华首门时，门前跪满了朝拜的人，五体投地，号啕大哭，默默无语，安宁淡然……万千朝拜者生出万千种姿态。突然间明白了佛陀的八万四千法门——因人因机化人——不同的人，不同的机缘，运用不同的教育方法。用现代人的话说，就是"因材施教"，其实，早在三千年前，佛陀就提出并运用了这种教育方法。三千年，放在浩瀚宇宙中仅仅一瞬，但对于人类来说要经过漫长的迁移，当一代又一代教育工作者通过大量的实例，论证得出"因材施教"时，才发现这不过是一个换了名字的老办法而已。

新，旧，哪里还有分别？

6

转身离开的当口，晴朗的天空响起雷声，不由得心中一动，想必是传说中的由山谷雷雨而引发的"华首晴雷"。雷声震寰宇，空谷留余音。

好一阵动人的雷声。

不远处，有一块大石头，名"袈裟石"，据说，迦叶尊者曾在此晒衣。石纹沟沟壑壑，仿若一袭硕大的青色袈裟，庄重美丽。我们同车来鸡足山的十六人相约在袈裟石合影留念，百年修得同船渡，能同车朝拜佛教名山也是缘分。我们十六人在石上各自摆景，或坐，或站，或孑然，或手牵，袈裟石依然宽敞，并不显得拥挤。忆想华首门的宏大、盘陀石的阔大，更加肯定了大迦叶尊者无与伦比的高大身量。

我们这十六人，有十五个姓氏，来自十二座不同的城市，流着八种不同的中华民族血液，却不约而同在一个时间，搭乘同一辆车抵达鸡足山，各自不同的生命中，分出一天共同属于我们这十六人。我们一同上山，一同朝拜，一同吃喝，一同下山，而后，我们挥手作别，回到各自的生活轨

跪拜我的大漠长林

迹里。也许今生我们都不会再相见，也许几年后我们就会忘记彼此，但有什么关系呢？存在的，不会因为忘记而消失。

一个戴着僧帽、手持念珠的老和尚坐在台阶上，我俯身在老和尚脚边，发现老和尚长得很奇怪，慈眉善目、清瘦干瘪的脸庞根本看不出性别，他有着母性的慈祥，亦有父性的坚定。我请问老和尚高寿，老和尚笑答："记不得喽!"我惊觉自己的愚痴，性别也好，年龄也罢，在一声佛号面前早已轻如虚空。在以生死为大，以追求不生不灭涅槃境界的目标面前，性别、年龄，又岂能成为一个可以聊说的话题？

7

站在山下仰望奇秀的鸡足山，云雾，缥缈缭绕；高山，直冲云霄；古木，枝叶相连；幽谷，深沉悠远；溪泉，清澈淙淙；植被，丰富茂盛；禽兽，珍贵多异……然而，鸡足山给我的，不仅仅是美丽异彩的风光、种类繁多的动植物、林立幽静的寺庵，我在这一次朝拜中更加深切地体悟出佛法的无限魅力。

是的，我愿意像那个站在虚云老和尚雕塑旁的姑娘，做一名义务讲解员，讲解老和尚修行的艰辛和对万物众生的慈悲。

我愿意像那个五台山的年轻僧人，带着忠贞上路，带着虔诚朝山，一声佛号一跪拜，如是念，如是行，如是拜，纵然磕破额头跪破膝盖也不悔。

我愿意像那个捻着佛珠，忘记年龄的老和尚，把昨天的事还给昨天去忘记，把明天的事交给明天不去思量，自己只是安心地做好当下。

由此说来，大迦叶尊者入定的鸡足山是在印度境内的南比哈尔，还是云南的宾川，都已经不重要了，重要的是尊者传承下来的佛陀精神，给我们黑暗的心灵点燃了一盏明灯。

回观我的那场梦，当是点醒我这梦中人，不要执着万物表象，要放弃我执、法执，才能守住寂静。不是"有"梦，不是"无"梦；不是"有"

大日如来，不是"无"大日如来，这只是一个有着"平等"特质的"空"。

慈悲，清净，平等，觉悟。

思绪间，一句经文入脑——色不异空，空不异色。色即是空，空即是色。

地球运动变迁，有了鸡足山的秀美，大迦叶尊者守衣入定又赋予了鸡足山的神奇。色是物质，心是精神，精神要通过物质来显现，物质的存在要彰显精神的内涵。亦如一盏茶汤，哪里分得清是茶染了水，还是水洗了茶？又哪里分得清哪个是水，哪个是茶？

色，空，是一不是二。

不二法门，亦复如是。

行

走

　　我很想像我的先人们一样，围着森林，过着依水而居的迁徙生活。

　　在密林深处，我燃起母亲留下的火种，在旺盛的牛粪火上支起石壶，烧开香飘四溢的奶茶。

　　夜幕降临了，我和我的族人们在火堆旁吃肉喝酒，唱歌跳舞。那歌声一定会如草原的儿马般穿过茂盛的森林，蹚过清澈的河流，翻过连绵的群山，向浩瀚的苍穹冲去。

大理四章

走进大理，我便跌入岁月的轮回中。总是在不经意间踩到千年古道，闯入百年村庄。我在千百年不朽的时光里，把自己揉碎又整合，整合又揉碎。反反复复，周而复始。

浪漫大理

在大理，无关爱情的风花雪月，造就了爱意流淌的旖旎风光。三月街、蝴蝶泉、廊桥梦、风情岛……含情藏爱，与浪漫相拥，让我在悠闲从容中感受到大理的温暖情怀。

热闹的三月街，传唱着千百年来不衰的盛会。阿哥扬鞭策马，阿妹欢歌乐舞，在四目相对的刹那时空中，在讨价还价的依音絮语里，点亮阿哥真诚的眼，羞红阿妹爱情的脸。千年赶一街，一街赶千年。想一想都足够神奇。

蝴蝶泉水太清太静。清得见底，静得无波。在正午阳光的照耀下，水底沙石透过碧绿的泉水泛着明亮的光。守护泉水的合欢树，粗壮高大，散发着悠悠清香。千百年来，树就这样一直站在泉边，守护泉，爱恋泉。我不知道，树在佛前到底许下了多久的誓言，才会这样长久地立在泉的身边。

树轻柔地拨开泉的心，把自己牢牢地定在了泉的心中。从此，树与泉生死相依。大理人读懂了树，读懂了泉，于是，蝴蝶泉边就有了鸳鸯戏水的情人湖，又有了红丝带飘飞的情人路。

背对苍山，面朝洱水。山有云雾，水有小岛。山伴水，水连山。山水相映，天灵毓秀。双廊镇哟，怎一个"美"字描画得清？蓝蓝的天，青青的瓦，直直的巷。阿奶露在包巾外面银色的头发在清风中微扬，阿爷黝黑布满皱纹的脸庞挂着温和纯净的笑。古朴，静谧，让时间都舍不得离开。

我去云龙看廊桥。抚摸着廊桥经历百年风雨的木板，感受着祖先不朽的杰作，猜想着百年前的茶商樵夫和百年后的观光游客，他们读出来的一定是不一样的廊桥遗梦。这无与伦比的廊桥呀，遮住了风雨，挡住了烈日，犹如身边真情挚爱的恋人，他时刻张开强壮有力的臂膀，为我遮风挡雨。爱人把胸膛拍得啪啪作响，说，累了，你就靠在这里歇会儿。

这就是爱情了。这就是大理了。

天边飘过望夫云

那个清凉的傍晚，一大片火烧云染红了洱海远处的上空。我静静地坐在清澈的洱海边，听白族阿妈给我讲望夫云的故事——

故事发生在遥远的南诏国时期，公主与苍山上一个年轻的猎人相爱了。国王极力反对，派法师把猎人打入洱海，变成海底冰冷的石螺。愤郁而死的公主，化成一朵白云。为了能够见到心上人，每年冬天的每个下午，即便万里无云，也会在苍山玉局峰上空准时出现一朵亮如银，白似雪的云朵。它纯净洁白，柔美轻盈，在湛蓝的天空中闪动着深邃神奇的光彩。

她向洱海靠近。她越升越高。她的身影渐渐拉长，显露出窈窕的身姿来。她由白变黑，黑发飘散，黑衣罩身。她飘到洱海上空。她低头俯视这片茫茫的海水。她把思念生化成风。她把洱海吹得波浪滔天，大有不吹干海水誓不罢休之态。她是想见一面沉在海底变成石螺的爱人呀！

伟大的苍山神呀！尊贵的洱海神呀！请你们帮帮情思心碎的公主吧！

云终于看到了海底的石。

云安静下来，逐渐消散而去。一切又风平浪静。

这朵云就叫望夫云。

阿妈看着海天的尽头，轻声地低语着，公主只是想见心上人一面哟！

我也把目光投向海天的尽头，那里是看不到尽头的海天的远方。我叹息着，来得真不凑巧，在大理热闹的夏季，只有碧蓝如洗的天空，没有望夫云。

阿妈依然低语着：望夫云一年能看到石螺一季，而我的阿哥离开我三十三年了，我却一面也见不到他。三十三年了呀！

阿妈和她的阿哥相识在三月街，成婚在火把节。日出耕作，日落对歌，苍山下，洱海边，他们听风赏花观雪望月，尽享人生的浪漫温情。不幸的是，正值壮年的爱人突发急病撒手人寰。从此，阿妈的歌无人能对，阿妈的心无人能解。从此，下关的风，吹不干阿妈的泪；上关的花，开不出阿妈的情；苍山的雪，载不动阿妈的忧伤；洱海的月呀，装不满阿妈深深的思念。

我也是爱过的。我的爱没有南诏公主多，也没有白族阿妈深，但我爱时，一样是把他当成婆娑红尘中的唯一。我卑微地爱着，努力地张着昏黄灯光下的眼睛，唯恐他在摩肩接踵的人流中走失。爱的时候，我没有想过我会红颜尽失，更没有想过海誓山盟也会握不住爱的手。不知道在哪一天的哪一段时辰，我把他遗失在灯火阑珊处，自己却独留在轻风冷月里。即便如此，要我拿云对石的千年守护去换，也终是不舍得。纵然下一个轮回中，我们无法再相见，也不能够与他再续前缘，我依然会选择爱在今生，不要千年。

夜，又深了一层。半个月亮斜挂在大理清爽的夜空中，深蓝的洱海泛着明亮的光。这静静的海水哟，是否能把多情的云朵记在心中？又是否能在万千云朵中分得清那片一年一季的望夫云？

阿妈的寿鞋艳丽俊俏，一看就是好针脚的女儿做的。夜空中，几片如丝如缕的云朵在明朗的月亮身边灵巧地舞动着。

关于风花雪月

大理的风花雪月无关情爱，又与温情根根相连。

下关风，上关花，苍山雪，洱海月。说的是景致，谈的不是情，可是景观含真情，情中又满是爱。

温婉的金花指着头顶的帽子，轻声慢语地说"垂下的穗子是下关的风，艳丽的刺绣是上关的花，洁白的帽顶是苍山的雪，弯弯的造型是洱海的月"。不由得我不惊讶，惊讶得张大嘴巴，白族姑娘居然把大理的"风花雪月"戴在头顶，随身携带。

下关的风，在大理是出了名的。尤其在冬季，据说凛冽刺骨。作为一个北方人，像我，实在想象不出冬季零上十几摄氏度的大理下关，会刮出怎样凛冽刺骨的风来。我来时，正值七月酷暑。下关的风是轻柔和煦的，夕阳西下之时，有点点清凉。

这风，很讨我的喜。

因了下关的风，我爱上了下关的景，甚至动了留下来的心思。某个雨天，我特意撑起伞去看洱海。急切的雨敲打着平素安宁的洱海，敲着敲着，海就怒了，开始起浪，不安的身躯随着雨的急迫扭动得愈加厉害。远处的苍山消失在茫茫雨雾中，看不清山在何处，亦看不清海的尽头。

在风雨的吹舞中，苍山洱海又有了别样的景致。

我问开车的阿鹏，上关花是指什么花？曼陀罗花。阿鹏唉儿都没打，就回答了我。

曼陀罗花？那种蕴含佛教密语的花？低头思量大理的前生今世，能把曼陀罗定为上关花，倒也不难理解。曼陀罗花象征着宇宙世界结构的本源。据佛经记载，释迦牟尼成佛之时，天降艳丽多彩的曼陀罗花，清香扑鼻，满地缤纷。

芬芳无比的曼陀罗是一种诱惑力极强的花，花色纷杂广博，花语众说不一。唯有纯净洁白的曼陀罗被称为情花，多种药书表明它有麻醉神经的作用。像爱情一样吧?!

传说中的上关花很神奇。花开时香飘十里，平年花开十二瓣，闰年花开十三瓣。因其黑色的果实是做朝珠的上等材料，又得名"朝珠花"。只是不知道，曼陀罗花可是朝珠花?

八年前，我初来大理，那时的夏季苍山还可以看到积雪，在阳光的照耀下闪着晶莹的光。想想吧，酷暑，烈日，高温，抬眼之时，连绵的苍山，从山腰到山顶，赋予给我一抹足够清凉的雪色，怎能不让我在瞬间忘记疲惫和烦躁? 那一刻，唯有清澈凉爽留在心头。

可惜的是，今年再来大理，苍翠欲滴的山脉没有了雪的覆盖。盛夏的大理就这样少了点点清丽，丝丝清爽。我在唏嘘间打消了再游苍山的念头。因为爱，我选择远离。

大理人好福气。每年中秋之夜，白族人家都会划船到洱海中，欣赏映在水中的金月亮。传说，为了帮助渔民打到更多的鱼，善良的天宫公主把自己的宝镜沉入洱海，宝镜变成了金月亮，在夜晚会发出明亮的光，把海里的鱼群照得一清二楚。于是，在大理，天上一个月亮白晃晃，水中一个月亮金灿灿。

水灵灵的洱海月呀，定会是大理人的骄傲和自豪，是白族人家不变的牵绕。

永远的崇圣寺

我的眼泪，在那一刻流下。

那一刻，我匍匐在大理崇圣寺观音殿的后门。前方，是庄严肃穆、静谧美丽的大雄宝殿。

雄伟的苍山卫护着宝殿。洁白轻巧的云雾飘浮在半山腰，山中的积雪使苍山更增添了几许沧桑和壮美。

洱海，大理的母亲河，澜沧江的分支，以宽阔、广博被大理引为自豪和骄傲。此时，她万般柔情地躺卧在宝殿的正前方。

依山伴海，崇圣寺怎能不庄严、不静谧、不磅礴？

崇圣寺，南诏国、大理国的皇家寺院。据记载，大理国二十二位皇帝中，有九位"黄袍换袈裟"在此遁入空门。这其中，就包括金庸笔下的风流皇帝段正淳和倜傥皇子段誉。

心怀真诚，叩阶而上。

大雄宝殿如梦幻般出现在我的面前。慈爱、悲悯、静美、威严，让我猝不及防。

忍不住泪流满面。

香炉里，燃着香客们的虔诚。那支支糅进菩提子的"平安香"哟，在大理上空暗香浮动……

八年前，我初次朝拜崇圣寺后，写下了上面的文字。每次读起，都忍不住忆起当时的心情。我惦记着崇圣寺的大雄宝殿、三塔，还有菩提园中那一百零八棵菩提树，它们在唱经咒语中是不是长得还好？

再来大理，放下背包，我没做任何犹豫就决定朝拜崇圣寺。

沐浴。更衣。唯有清洁才配得起纯净。

把脚步放慢，放轻。把心境放平，放稳。我用八年的岁月时光沉淀着自己，纵然无法做到不悲不喜，也要努力不急不躁。

站在三塔面前，方觉自己的渺小。

多么多么不可思议呀！世事沧桑，风雨剥蚀，三塔依旧巍然屹立。地震火灾算得了什么？兵燹祸乱又能哪般？纵然古刹无存，纵然"佛都"不在，三塔还是用傲然伫立的身躯讲述着曾经的辉煌壮丽。

穿越千年时光，南诏国，大理国，崇圣寺该是何等的富丽庄严。方圆七里，三阁七楼九殿，房屋千间，佛像一万一千四百尊。家家户户有佛堂，男女老少数念珠。

佛国。佛都。难怪会有"梵刹之胜在苍山洱水，苍山洱水之胜在崇圣寺"之说。

所有的天灾人祸都会归于平静，亦如喧闹过后的安宁。历史给了三塔足够见证苦难人生的机会，可它们依然还是沉默无语。俯视中，看人间悲欢离合；仰首间，体味世事沧桑变迁。有多少生灵来了又走，走了又来？又有多少故事开始了又结束，结束了又开始？

唯三塔鼎立，气势恢宏壮观。苍山，因你而更加壮丽；洱海，因你而更加光彩。

就做菩提园中的一棵菩提树吧！立在苍山脚下，沐浴洱海轻风，陪伴三塔身旁，聆听殿堂经语。总会是幸福的。

大理，这座走过四千年岁月时光的古城，可以用来浪漫，用来思念，用来记忆，还可以用来禅定和感悟。

大理有梦，梦留大理。

跪拜我的大漠长林

大庆湿地和森林

悠悠当奈仙女情

在油城大庆有一片美丽的杜尔伯特草原，草原上蜿蜒着一片清爽安静的湿地，人们叫她"当奈湿地"。

当奈，蒙古语，意为仙女。只有走近她，你才会知道，这里果真是一片有仙女神韵的地方。

我来时，清风习习，芦苇依依。伴着百鸟欢歌，我乘竹排徜徉。

当奈湿地的水是清澈的，清澈得让我猝不及防。是的，我没有料到湿地的水会如此清澈纯净，会如此晶莹剔透。弯腰掬起一捧，她的清凉让我不由得打了一个冷战。便想，也许流淌在草原上的水，都如奔跑在草原上的儿马一样吧，会清得如此彻底，凉得如此痛快。

当奈湿地，一个美丽得宛如仙女的蒙古族姑娘，身上流淌着父亲乌裕尔河、母亲双阳河的血液。不知道多少年前，生长在小兴安岭的乌裕尔河和双阳河恋爱了，他们一路欢歌，奔腾南下，他们行走了一千二百多里的路程。他们倦了，累了，他们因为杜尔伯特的安静而留了下来，并在这里孕育了他们爱的结晶——当奈湿地。

当奈湿地，这个美丽得宛如仙女的蒙古族姑娘，父精母血使她继承了父亲的豪迈和母亲的温厚。她把更多的生命之水溢向四面八方，她把更多的雄魂伟魄植入芦苇荡，她把更多的安静温婉展现给世人，她把更多的甘美乳汁给了丹顶鹤。于是,这里就又有了一个响亮的名字——扎龙国家级自然保护区腹地。

当奈湿地,这个美丽得宛如仙女的蒙古族姑娘,她用三万多公顷的湿地面积,培育着大片的草原和芦苇沼泽,栖息着两百多种野生水禽。她用博大的胸怀让众多鱼鸟珍禽在这里繁衍后代,她用宽广的身姿成为无数珍稀水禽眷恋不舍赖以生存的家园。蓝天碧水,芦苇荡漾,鱼虾戏莲,风景旖旎,使这里成为人间天堂,成为黑龙江西部地区极具特色的旅游胜景。

站在百里泽国的水岸边,看着纵横交错的河道港汊,听着野生鸟禽的快乐鸣叫,赏着浮游生物的水中摇曳,我问自己,还有什么比她更为美丽?还有什么比她更为大气?还有什么比她更为敦厚?还有什么比她更为淡定?

沿着曲径通幽的水道,我感受着清流缓缓的安详。竹排静悄悄地在数万公顷浩浩的芦苇荡中穿行着,苇林如海,水网如织,我深深地懂得了什么叫壮美,什么叫安宁,什么叫幽雅,什么叫静谧。

"蒹葭苍苍,白露为霜。所谓伊人,在水一方。"我相信,只要走近草原,走近当奈,你一定会感受到一种从容、一份宁静,她会让你深深地知道,这个有着仙女神韵的湿地,带给你的不仅仅是感动和从容,还有来自远古的眷恋和思念。

我与寒地温泉的一场相约

我们把这场相约定在一个料峭轻寒的日子里。

带着满心的欢喜和期待,我如热恋的情人般走进那块版图形似枫叶的大庆市林甸县,向那个荣膺中国十大温泉、最佳寒地温泉之称的北国温泉城行进,忐忑与兴奋,热烈与期盼搅荡着我的灵魂。我如诗如画梦幻般的北国温泉城哟,就在不远的地方等着我的到来。

终于走进。

面对洁净的温泉,大自然温和而润泽的恩赐,我轻轻地撩起手臂,抬起腿脚，小心翼翼地涉入蒸汽氤氲的水中。温暖瞬间透过我光滑的肌肤，蔓延开去，渗入我滚滚涌动的血液和如钢如绵的骨髓中。愉悦，舒展着我的肌体；美妙，抚慰着我的心灵。我日思夜想清爽宜人的温泉哟，原来，真的可以让我如此心旷神怡！

来了才知道，原来北国温泉是一种含氯化钠的小苏打类型的医疗矿泉，极适宜浴疗。于是明白，为什么温暖的室内和冰雪包裹的室外会有这么多温泉池？为什么这里会有茶、牛奶、枸杞、天麻……这么多种类的沐汤？为什么夜幕已经降临还会有这么多人缠绵着她的怀抱？

伴着温泉呢喃的话语，我漫步在休闲广场的林荫小路，九曲回环中，我体味着这座中国最佳寒地温泉城的温暖情怀，感悟着这座版图如枫叶的小城心动，体验着家家拥有"华清池"的林甸梦想。站在著名书法家欧阳中石先生题写的"中国温泉之乡"面前，我遥想先生，搅动上好的墨，提起柔韧的笔，凝住心底的气，那落在纸上的豪迈与温情哟，宛如粒粒纯净无垢的莲花珠，化作北国温泉千姿百态、造型优美的座座汤池，坚守着北国固有的神圣洁白。

春生，夏长，秋收，冬藏。当我在春气散发的季节里走进温泉的时候，我才知道，原来北国温泉城的经营者为了能够提供四时的养生之法，创造了形式多样、功能多样的温泉种类，以切合四季阴阳消长的变化，切合人体阴阳之气的盛衰。我在感叹大自然与人类身体充分和解的时候，也深深地感叹着温泉经营者的良苦用心。

夜，北国温泉城的夜，纯净如处子。我清楚地知道，我们只有这一晚的姻缘，带着万般不舍，我静静地坐在池边，凝视她姣好的模样，倾听她地心的涌动，枕着她温暖的气息，我张着等待的眼睛，渴望会听到轻轻的门扉的敲夜声。

无法入眠。

我多想能够永驻在她的身旁，就此掩埋在她的怀抱中，化作她身体的一部分，与她共同奔涌、流动、冲击。我愿意把所有的思念都留在中国北方这座温泉城，我愿意在这个充满等待美好清爽的小城冬季里，触摸春的勃动，体味火的温暖，收藏冰的晶莹，以等待下一个雪浴的到来……

秀美娇柔果午湖

据说，这个故事发生在钟表还没有诞生的年代。

在一片水域旁，生活着辛勤劳作的人们。每天，他们以这片水域为支点，根据太阳的移动来判定时间。太阳东升，出工耕耘；日头西斜，收工回家；正午刚过，饭后小憩。久而久之，"过午"休息被人们约定俗成了。因为人们向往"渔翁醉着无人唤，过午醒来雪满船"的闲适，于是，这片水域被称为"过午泡"。随着时间的推移，演变成如今的果午泡、果午湖……

果午湖如此纤巧柔美是我所没有料到的。

是的，在号称"百湖之城"的大庆，与油田广场相连的果午湖并不大，水域面积仅为零点八三平方公里，在大庆诸多湖泊中，称得上是秀美娇柔的。尤其是环湖而建的风景，愈加衬显出她的明净与安宁。

在果午湖畔，不必说，醉人的丁香会带给你春的娇美，绿荫的杨柳会带给你夏的清凉；也不必说，火红的枫叶会带给你秋的俊美，常青的松柏会带给你冬的暖阳；更不必说，绵长的栈桥会带给你九曲十八弯的回环，辛勤的"磕头机"会带给你油城大庆的壮观……放眼望去，那水岸的高低，花树的馨香，相依着演绎出果午湖独特的淡泊与妩媚。

看果午风光，不必说，清晨的露珠抖洒着梦的花瓣，舞动着飘向果午湖的怀抱；也不必说，正午的阳光铺展开情的衣裳，张扬着扑向果午湖的热情；更不必说，傍晚的夕阳笑红了爱的脸庞，尽情地沐浴果午湖的甘美……举目远眺，那水线的曲折，油井的勤劳，相伴着描绘出果午湖特有的丰硕与绚丽。

坐落在大庆油田生态园之内的果午湖，东到奔腾转盘道，南北在世纪大道和龙十路之间，西与油田广场相连，是一座天然的盐碱泡。这里，曾经荒芜一片，因气味难闻而令人叫苦不堪；这里，曾经是油田企业排污排废的垃圾场，废水漫溢，四处流淌；这里，曾经地面龟裂，寸草不生，蝴蝶不来，麻雀不落……挺拔的芦苇在消失，神采的泡泽在殆尽，秀美的湖水在哭泣，那不知疲倦的抽油机呀，也在翘首期待奇迹的出现。

2005年4月，一个北方乍暖还寒的月份，清脆的金属撞击声与弧光闪烁的光影汇成一首动听的歌声——"龙须沟"之歌——一座美丽的生态湖就这样诞生了。当上万名石油工人与解放军官兵共同挥锹抡镐挖坑植树的时候，很多人泪如雨下，心潮涌动，仿佛回到半个世纪前那震惊国内外的石油大会战时代。那个时候，天，就是这样蓝；地，就是这样广；湖，就是这样清；水，就是这样秀。是呀，对于地企领导来说，还有什么比提高居民幸福更为重要的事情？对于人民百姓来说，还有什么比改善居住环境更为温暖的举措？对于一座城市来说，还有什么比提高文明品位更为显赫的告白？对于一片水域来说，还有什么比回归美丽风景更为悦目而赏心？

果午湖，这片坐落在大庆让胡路城区中心地带的水域，以其柔美安宁极致地展现着水的灵动与秀气，让每一个见到她的人不由得从心底弥漫出一种从容与淡雅。

夜，深了。人，散了。热闹的果午湖恢复了静谧。

柔和的月光下，果午湖洋溢着智者的祥和。湖边茂密的芦苇映出细长的剪影，偶尔，远处乍起的响动惊飞了湖边休憩的鸥鸟，倏忽飞出芦苇的怀抱。

野趣的果午湖，就这样，又动了起来。

大庆的国家森林公园

作为大庆人，大庆市大同区给我的最初诱惑是松基三井。

"三点定乾坤"——作为大庆油田的"母亲井"，松基三井所在地大同区高台子镇被誉为"大庆的延安"——大庆，从这里开始，一步一个脚印地，踏踏实实地，走向了辉煌。

于是，"松基三井"成为共和国最年轻的文物、各级爱国主义教育基地、中国油气企业精神教育基地。

于是，"松基三井"所展示的石油工人敢打硬仗的气质和性格成为共和国工业战线上一面高扬的旗帜。

大庆的历史必然是一部关于奋斗、艰苦、坚韧、卓越的会战史。

大庆的今天终会是一部关于进取、加压、负重、创新的发展史。

是的，当我带着朝圣者的虔诚走进大同的时候，我才发现，大同给我的震撼是如此强烈——"松基三井"的厚重，"新华湖"的秀美，"农业科技公园"的景观，"民俗园"的乐趣，"井乡坑烤"的特色，"八井子采摘园"的体验……让我一次次尽享壮观绝美、返璞归真的过往生活。尤为欢喜的是，这一次，我知道了在大庆，在大同，在红旗林场，有一方属于鸟语花香，属于自然宁静，属于林荫茂密，属于层林尽染的"国家森林公园"——瑞鹤庄园。

我对森林的亲切来源于我的家乡——吉文。吉文，原始蒙古语，意为森林。那里，生活着以猎为生的勇敢的鄂伦春人。

走进平原之后，我以为我的生活会与森林久远，久远得消失殆尽。嚼着亲人从远远的吉文寄来的蘑菇木耳、山鸡狍子，我总是不忍大口吞咽，那满口飘着森林味道的野菜山禽常会搅得我心潮涌动，泪湿脸庞。

当我在毫无准备中走进瑞鹤庄园的时候，猝不及防的大片森林让我一时语塞。吉文的起脊房屋、吉文的大片森林、吉文的山丁子稠李子、吉文的雨后蘑菇、吉文森林中的野生小动物……这里，是我的吉文吗？

这片建于十年前的瑞鹤·国家森林公园，占地两千二百亩，距市区五十公里。原来，这么大片的森林离我的居住地居然如此相近。

经过十年的开发建设，如今的森林公园已渐成规模，形成了休闲游乐、野菜采摘、森林科普三大景点。

在休闲游乐园——森林木屋让我仿佛回到幼年的童话王国，沙滩排球让我宛如"小鹿纯子"，水边垂钓让我与姜子牙话聊鱼的忧愁快乐；在野菜采摘园——三百多种可食用菌类、一百多种有毒蘑菇让我张大辨别是非

跪拜我的大漠长林

的眼睛，香飘四溢的草莓、葡萄让我齿颊留香，初露青果的山丁子、山杏等果实已压满枝头；在森林科普园——上百种珍奇树种错落有致，几十种野生小动物奔来跑去，松涛阵阵，百鸟争鸣，还有那飘荡在庄园上空的刚出锅的煎饼香味哟，让我不由得心醉！

远离闹市的喧嚣，觅一处风景秀丽，清新幽美的怡人去处，体验一次野外风情，是每一个繁忙城市人的遐想；走进森林的怀抱，在一方清爽纯洁，绿树成荫的秀丽处所，安放一颗躁动的灵魂，是每一个飘荡城市人的愿望。

既然如此，还等什么？

请让我们放下手中繁忙的工作，给自己一天的假期；请让我们放下心中难舍的情怀，给心灵一天的等待；请让我们放下脑中纠结的思维，给梦想一天的腾飞；请让我们放下身边热烈的缠绵，给故事一天的张扬……

让我们走进大庆大同，走进红旗林场，走进国家森林公园，看树的斑斓，听鸟的歌唱，闻花的沁香，品果的味道。我相信，这里带给你的不仅是安宁清爽，淡雅闲适，一定还有一份洗去浮华的坚定从容，一份心灵久违的恬静安逸。

有个地方叫济南

　　有这样一个地方，它一直幸福地被清澈晶莹的泉水流淌养育着。它因水得名，因泉惊世。天下第一泉、海内第一塑、世界泉都……所有所有的称谓都在缓缓地讲述着发生在这座古老都城里的历史故事。拨开岁月的尘埃，翻动老旧的书卷，我们总会感叹这个有水有灵气的地方演绎出来的万千精彩。

　　这个地方哟，南倚"天下第一山"——泰山，北跨"中华母亲河"——黄河。它是中华文明重要的发祥地之一，著名的龙山文化从这里起源。它头戴"中国历史文化名城"的华冠，双手擎起"世界泉水之都"和"中国唯一联合国国际艺术广场"的标签，旧城新貌展现着"四面荷花三面柳，一城山色半城湖"的秀美风姿。

　　这个地方深得老舍先生的钟爱。先生写尽了它的山水荷柳、四季风光、饮食男女，先生与它怀中的万物情景"相看两不厌"。它张开臂膀，敞开博大的胸怀，为老舍先生，为这个在海外漂泊了六年的游子开辟出一份宁静的田园。弥漫着浓郁文化气息的古都城让先生在瞬间找到了生命的激情，这块氤氲着温暖、从容和厚重的古城使得先生在短短的四年时间里，创作出了大量的脍炙人口的名篇佳作。先生说："从一上车，我便默默地决定好：我必须回济南，必能回济南！"遗憾的是，先生此去，终是再也没有办法回到济南了。

　　这个地方哟，汇集着多如繁星的名士，他们或仕，或商，或文，或武，或医，或术，他们用不朽的功绩璀璨着中华大地上下五千年的昼夜时光。墨家创始人墨翟，中医科学奠基人扁鹊，阴阳学创始人邹衍，"第一名相"房玄龄，爱国词人辛弃疾，民国上将上官云相，中国公共图书馆首倡者周永年……"常记溪亭日暮，沉醉不知归路。兴尽晚回舟，误入藕花深处。争渡，争渡，惊起一滩鸥鹭。"名士的辉煌灿烂着她的历史，她的山水成就着名士的梦想。

没错的，这个地方，叫济南。

济南，是一座有着两千七百多年历史的古城，因地处济水之南，而得此名。它因伟大的舜曾在这里"渔于雷泽，躬耕于历山"，而衍生出"舜耕山""舜井""舜耕路""舜华路"等地名，这些烙印着以"舜"为名的山川地块，是因为济南人不愿意忘记舜的丰功伟绩。这足以说明济南人是厚道的，厚道的济南人是不会忘记每一个在这里洒血流汗的英雄的。比如，蔡公时。这个出生在江西九江的原国民革命军外交处主任，随部进驻济南的第三天，因不满日军的无理强行搜查，在据理力争时遭捆绑，当日军残忍地割去其双耳、鼻子，挖去双目，打断腿脚后，血流满身的蔡公时仍然大声怒斥着日军的兽行。日军将骂声不断的蔡公时割去舌头后，枪毙焚尸。

如今，距离蔡先生壮烈殉国的 1928 年 5 月 3 日，已经过去了八十六年，但他铿锵有力的"日军决意杀害我们，唯此国耻，何时可雪？野兽们，中国人可杀不可辱！"的呼喊声仍然在中华大地的上空回响。这个被誉为"中国外交史上第一人"的硬汉子，在日军的淫威和屠刀下，保持了中华民族的气节，维护了一个中国人的尊严。

敬天敬地敬英雄的济南人，重情重意重精神的济南人，无法忘记这个誓死捍卫国家和民族尊严的中国军人。为了纪念这个在济南仅仅生活了三天的九江人，厚道的济南人把蔡先生曾经居住、殉难的地方建成"蔡公时纪念馆"，还在美丽的趵突泉边建设了"五三惨案纪念园"。在济南，1928 年 5 月 3 日是一个沉重的日子，为了不忘记，更为了永久的纪念，济南大大小小的街头巷尾甚至出现了"五三商店""五三饭店""五三理发馆""五三体育场""五三街"……每年 5 月 3 日，济南都会拉响防空警报，以警示人——勿忘五三！勿忘国耻！

济南人，终是有气节、有情怀的。

我与济南的缘分起自于娟子。我与娟子的相识起自于邮局。二十四年前，在那个没有网络，没有视频，没有微信，电话费又奇贵的年代，写信是最好的联系方式。那时，我和娟子都是每两天去一回邮局，给自己远方心爱的恋人寄信。因为信写得太频，我和娟子总会在邮局不期而遇。而后便知道了彼此的情况。娟子与男友是大学同窗，他是家中的独子，大学毕业后他回到家乡济南，娟子也回到家乡大庆。两人总是剪不断理还乱，信件来往得频繁有序。因为我和娟子的状况很相似，于是我们便成了朋友。四年后的一天，娟子欢喜地告诉我，她的男友终于说服了父母，辞去济南的工作来到大庆。我一下子对济南有了好感。我用女人的思维推理：能培育出如此执着坚定、情诚意厚男人的地方一定是一个沉稳大气、情韵独特的好地方。

二十年后的某一天，娟子向我辞行。她要随夫去济南生活。娟子说："他在我的故乡生活了二十年，现在，我要陪他回家乡。"这个为了爱情远离故乡的济南汉子，终于可以偕着爱妻回家，终于可以站在大明湖畔看水。只是不知道，游子回乡时，当年离别的父母是否依然健在？当年一起玩耍的伙伴是否鬓角染霜？只是不知道，那座古老秀美的济南城哟，有没有人愿意为娟子分担忧和愁？她能不能遇到知心的好朋友？

在遇到古老的济南城之前，没有一个地方，能像它一样让我如此爱痛交加。历史的尘埃已然落定，可是血泪交织的过往已经注入我的灵魂。有水的地方总会充满灵气，清澈晶莹的半城泉水滋养着济南的厚重和大气，厚重大气的济南文化孕育出铮铮铁骨，柔情爱意，刚正不阿，淳厚质朴的济南人。

老舍先生曾写过，"更绝的是在大明湖。杨柳荫浓、荷花满塘……一到荷花开时，这里游人如鲫，赏荷观莲，置身在荷叶与荷花中间，清香扑鼻，让你荡涤掉满身的污浊，只留清气在人间"。先生笔下的济南是干净的，清爽的；我梦中眼中心中的济南是整洁的、沉静的。

济南，我爱这个地方。

芬芳香自彩云城

雪芬芳香都匀生，

不亚龙井碧螺春。

饮罢浮花清鲜味，

心旷神怡攻关灵！

　　著名茶学家庄晚芳先生手书的"都匀毛尖赞"，仿若面前一盏清茶，条索卷曲，白毫披身，随着热水的浇注，如钩的干茶伸长婀娜曼妙的身姿，翩跹起舞，舒展开来的一芽一叶偎靠着，叶托着芽，芽依着叶，彼此温情相伴。茶汤嫩绿明亮起来，茶毫在水的缝隙间漂浮，茶烟呢喃着冲破茶杯，把香气带进茶室的角角落落。我的心，也跟着莺歌燕舞起来。

　　茶汤如此青翠，茶味如此娴雅，是我所没有料到的。饮一口沁人心脾，平淡幽香，让我的肠胃瞬间明亮清爽起来，一如春日含苞待放的鲜花，澄美得近乎晶莹明彻。

　　都匀毛尖，果然不错，到底是巴拿马万国博览会上获过金奖的尤物。尽管经百年岁月的冲刷，历世事沧桑的变迁，它亦不悲喜不怨恨，把争斗和苦涩留在那年那月，只把幽远的清香一路带来，并造就了"心旷神怡攻关灵"的不朽传奇。

　　都匀，布依语"彩云之城"，这个生在彩云中的美丽的地方，民族风情浓郁，山水清秀雅丽，气候温和湿润，用习近平总书记的话说，是"高海拔，低纬度，多云雾"的地方，这种地方适合种茶，因此，习总书记希望都匀"保持较为适宜的温度能出好茶，把都匀毛尖品牌打出去"。说这话时是2014年，第二年，都匀人不负厚望，在林木苍郁、云雾笼罩、峡谷溪流的特有环境中辟建了十点六万亩毛尖茶园，创下了二十点七一亿元的品牌价值。都匀人从祖先那里继承下来的种、采、制茶技艺从未丢失，这是普天下饮茶人的幸福。

为了不辜负都匀毛尖"香气清嫩、回味甘甜"的生命，我拿出心爱的白瓷盖碗。我一直固执地认为盖碗是最完美的泡茶杯。有天空似的茶盖，有大地般的茶托，还有顶天立地的茶碗。天时，地利，人和，一个盖碗传递着祖先留给我们的"茶道"。不大不小的泡杯正合适茶叶伸展开绚丽的身姿。不会委屈茶的飘逸，也不会浪费杯的灵性。盖碗于茶，是细腻的关怀；茶于盖碗，是醇厚的思念。他们深情的对望，恰似短暂生命中找寻到的忠诚伴侣，情深意重间把身心全部托付给了彼此。每每捧杯之时，我总会不由自主地想起制茶人和他们手中默默无语的茶，心灵相通，相濡以沫，相依相偕。

都匀毛尖在水起水落间翻滚飞扬起来，紧致的茶身渐显舒展，黄绿的茶汤渐显明亮，清新的茶香破杯而出，犹如明媚的春光，点起我沉睡的激情，忧伤也随之远去。饮一口入喉，清香迷人，回味甘鲜，齿颊留香。

在高郁的茶香中，翻开老旧的《都匀县志》，不觉为都匀毛尖一阵叫奇。我不知道还有哪一种茶，能有都匀毛尖这样的福气，居然两次被中国最高统帅亲自易名。

近四百年前，那个时候的中国是明朝，皇帝崇祯叫朱由检。那个时候的都匀毛尖叫"黄河毛尖"。作为朝廷贡品，某年某月某日，在皇室高堂之上，它被冲泡在白瓷盖碗中。晶莹剔透的白瓷盖碗衬托出茶汤的清澈明亮。雅致的是碗，清香的是茶。鲜香淡雅的茶滋味令龙颜大悦，崇祯皇帝妙手一点，赐名"鱼钩茶"。年轻的崇祯皇帝也是懂茶的人，"鱼钩茶"茶形如钩，润秀可人，回甘味甜，自是一般茶所不能相比的。更为称奇的是，在以后的岁月里，皇帝金口易名的"鱼钩茶"，真如一个鱼钩般，

"钓"上来一个又一个大奖，且在清乾隆年间，名声响亮，远销海外。

三百多年后的 1956 年，新中国缔造者毛泽东主席在中南海，品饮了"鱼钩茶"后，亲笔写信给都匀县团山乡茶站，"茶叶很好，今后山坡多种茶，茶叶可命名毛尖茶"。

"都匀毛尖"由此诞生。

我手中的这盏都匀毛尖，叶片嫩绿匀整，细小短薄，白毫多显，茶友说这款茶当是极品，必是经过茶人精心制作而成的。它有着都匀毛尖"三绿三黄"的显著特色——干茶绿中带黄，汤色绿中透黄，叶底绿中显黄。不由得心中暗喜，茶味也因了这份暗喜而更加醇厚起来。

四泡后的茶味越发淡了。我依然留根续水，以延长杯中茶叶的生命。手捧茶碗，问自己，激情后的平淡，平淡后的幽香，幽香后的隽永，哪一个不值得珍藏？

叶底慵懒地卧在盖碗中，肥厚柔软，亮泽十足。此时的我也已微汗习习，头清目亮，身体变得空荡起来，欢快轻盈的心似乎感受到了一种辽远的空寂。想必在彩云之城的高山之巅，云雾缭绕处、日月滋养下的都匀毛尖，也一定能够接收到远在北方的我，这种可以让生命浩荡的情怀。

能与这盏都匀毛尖相遇，是我今生的幸运。面对眼前华美的白瓷盖碗和杯中的清亮之物，我恍如面对隔世离空的红颜。我用自己心灵深处最诚实的恭敬，把茶看春秋，借茶养慈悲。在对这盏清茶的守望中，我，茶，还有所有的万物生灵，生命同在。

此时此刻，夜已深。壶里的水依然沸着，碗中的茶依然热着，饮过都匀毛尖的我，内心如此安静。

吉文河水清又清

这是一条安静清澈的小河。

她似乎一直都那么安静，从来就不曾有过咆哮；她似乎一直都那么清澈，从来就不曾有过污浊。

她从山的那面流来，经过山顶流向草场。山的连绵起伏让她一年四季都凉得那么彻底。

她像母亲般耐心地滋润着她流经的每一寸土地，她因为流淌在一个叫作吉文的小镇，而被人们称为"吉文河"。

吉文，原始蒙古语，意为森林。生活在这里的鄂伦春人奔跑在茂密的白桦林中，围绕着林中崎岖蜿蜒的吉文河迁徙、游猎。于是，因为这条流淌在森林中的吉文河，这座小镇才被命名为"吉文镇"。

吉文，一座上空飘荡着宁静和正气的小镇。她坐落在群山的怀抱中，山上茂密的森林给人厚重坚实的感觉。夕阳斜下，三三两两的羊群和牛群散落在吉文河边的湿地和草甸中，晚霞在河水中映出金色的轮廓，超然的静谧会让所有见到她的人在瞬间找到心灵久违的安逸。

存在记忆中的吉文永远定格在我十一岁的那个秋天。那时，不足百户人家的小镇充满着恬静和悠然。那时，吉文没有菜市场，所有填饱肚子的食物都来源于国家粮店和自己的菜园子；没有歌舞厅，所有喜怒哀乐的歌声舞蹈都来源于面对高山的呐喊和篝火旁的宣泄；没有电影院，所有悲欢离合的故事都来源于吉文人自己的生活告白。简单的生活方式使这里缺乏盛气凌人指手画脚的富人，人们安静地过着自给自足的生活。

张扬着神秘的森林是勇敢的鄂伦春人的最爱。挎着猎枪打猎，提着篮筐采山，培育了吉文人的大胆和无畏。采山的大弟就曾经在夜晚躺进别人的棺材里，与已经仙逝作古的陌生人相拥度过了一个星空闪烁的夜晚。

父亲说，吉文河水清，用她洗眼睛会心明眼亮。于是，每年端午节，父亲都会早早地把我们姐弟从暖暖的被里拎出，去吉文河边洗眼睛。虽然洗了十年的眼睛，我依然没有如父亲所愿有一双慧眼。但父亲和吉文给了我一双平等的眼睛，这双眼睛没有歧视，没有傲慢，没有张狂，没有攀附，她带着父亲的真诚和随顺，也带着吉文的慈悲和怜悯。

离开吉文的三十年中，耳边总会响起潺潺的流水声，那声音让我知道，我很想像我的先人们一样，告别文明走进森林，过着依水而居的迁徙生活；我很想像我的先人们一样，燃起母亲留下的那堆火种，在旺盛的牛粪火上支起石壶，烧开香飘四溢的奶茶。等到夜幕降临时，我和我的族人们会围在火堆旁，吃肉喝酒，唱歌跳舞，那歌声一定会如草原的儿马般冲向茂盛的森林，蹚过河流翻过群山。

我一直庆幸，我能在那座恬静的小镇里生活过十一年，能用那条悠然的小河洗过十年的眼睛。

那条清爽的吉文河水，给了我一双清洁的眼睛，让我看哪里都充满美好；

那条清澈的吉文河水，给了我一颗安稳的心，让我在凡尘中懂得慈悲喜舍；

那条清净的吉文河水，给了我一个安静的灵魂，让我在生活中减少躁动与狂妄。

那永远的吉文河水呀，在我的心中流了又流，清了又清……

图书在版编目（CIP）数据

跪拜我的大漠长林 / 曼娘著． -- 北京：作家出版社，2017.6

（中国多民族文学丛书）

ISBN 978-7-5063-9547-2

Ⅰ．①跪… Ⅱ．①曼… Ⅲ．①散文集 – 中国 – 当代 Ⅳ．①I267

中国版本图书馆CIP数据核字（2017）第161433号

跪拜我的大漠长林

作　　者：曼　娘
责任编辑：李亚梓
特约编辑：王　冰
装帧设计：曹全弘
出版发行：作家出版社
社　　址：北京农展馆南里10号　　　　邮　　编：100125
电话传真：86-10-65930756（出版发行部）
　　　　　86-10-65004079（总编室）
　　　　　86-10-65015116（邮购部）
E-mail:zuojia@zuojia.net.cn
http://www.haozuojia.com（作家在线）
印　　刷：北京玺诚印务有限公司
成品尺寸：170×240
字　　数：213千
印　　张：15
版　　次：2017年11月第1版
印　　次：2017年11月第1次印刷
ISBN 978-7-5063-9547-2
定　　价：36.00元